好逑傳

名教中人　編撰
石昌渝　校注

三民書局

總目

引言

石昌渝

好逑傳是古代才子佳人小說的代表作之一，它在藝術上與玉嬌梨等同代表了才子佳人小說的最高水平，而且對於才子佳人小說類型的產生作出了歷史性貢獻。清代以前，小說以男女情愛婚姻為題材的作品數不勝數，唐傳奇鶯鶯傳、元傳奇嬌紅記，明代文言中篇小說賈雲華還魂記、鍾情麗集等等，以及話本小說中的婚戀作品，早已膾炙人口，這類作品為才子佳人小說的形成提供了藝術生長元素，但它們還不是作為一種文學類型的才子佳人小說。作為一種小說類型，不僅在題材上有所規定，而且在題旨、人物配置、情節套路、敘事方式和語言風格等方面也都有規定性。好逑傳和玉嬌梨等一經問世即不脛而走，其主題、人物、情節、敘事，乃至於篇幅，都成為當時和後來一些小說摹擬的對象，相當數量具有與好逑傳、玉嬌梨相類文學特徵的作品出現，便宣告了才子佳人小說的成立。

幾乎所有的才子佳人小說都具有三種要素，即情、才、禮，只不過不同的作者和作品所要演繹的重點有所不同罷了。有的作品重才，有的作品重德，有的作品重情，從而形成才子佳人小說的三種流派。好逑傳，是重德派的代表作，共十八回。此書寫作的具體年月也不可考，但康熙五十八年（一七一九）已被英國人韋金生 (James Wilkinson) 譯成英文，由此推測它的成書要早於此年許多，可能也是清初的作品。好逑傳書名出自詩經周南關雎：「關關雎鳩，在河之洲。窈窕淑女，君子好逑。」這書名已提示它講的是君子淑女的故事。

好逑傳的男主人公鐵中玉才華俊美，俠烈義氣，更敢於擔當，與玉嬌梨中一聽強盜就驚下馬來的文弱書生蘇友白不同。女主人公水冰心美麗賢達，卓識遠謀，獨具靈心俠膽，與玉嬌梨中只會品詩識才的白紅玉也不相同。但更不同的是鐵中玉和水冰心相識相助，雖也互相傾慕，卻恪守男女大防，既沒有擇偶的動機，也沒有談情說愛的舉動。他們最終結為伉儷幾乎是受家長之命被迫的結果。作品演繹的是他們「愛倫常甚於愛美色，重廉恥過於重婚姻」。

就談情說愛而言，老天賜給鐵中玉、水冰心的條件要比玉嬌梨的才子佳人優越得多，蘇友白只見過扮成男子的盧夢梨，與白紅玉只是通過詩賦媒介相識相知，鐵中玉與水冰心則不同了，最初是阻攔惡少搶親，與水冰心在縣衙公堂上相見，後來被惡少下毒，到水冰心家中養病，同居一院，相見雖然隔著簾子，飲酒雖然不坐一席，在男女授受不親的禮教社會裡就算是親密接觸了。天賜良機，但二人卻未萌生絲毫的私情，見面時保持距離，談論的都是耿耿道義。這種親密接觸不但未能增進二人情愛之意，反而成為他們締結婚姻的障礙。鐵中玉並非不傾慕水冰心的才貌，但就因為有這種男女不該有的親密接觸，若再議婚姻，這本是義俠的豪舉便沾上了苟且的嫌疑，所以寧可坐失好逑，抱終身大恨，也斷不肯成就琴瑟之好。水冰心亦持此念。既然媒妁通言，父母定命，而後男女相接，乃婚姻之禮，今已相見於公堂，迎居於書室，那就不能再談婚嫁之事。水冰心的非禮勿言非禮勿動，就連他的叔父也難以理解，小小年紀，「說的話倒像個迂腐老儒」！

才子佳人拒絕婚姻卻給了小人可乘之機，過學士勾結大夬侯和仇太監分別向他們逼婚，他們的家長迫於這種權勢壓力，苦苦規勸他們成婚，他們這才妥協，合巹而不合歡，等待皇帝查明他們是童男處女，真相大白之後，方才絲蘿再結。

好逑傳講述的是才子佳人的一段離奇的婚姻故事，不過它與重才派的小說有明顯的差異，在情、才、禮三個要素中，它演繹的是禮，「情」並非沒有，但是被「禮」緊緊包裹著，而「才」則主要表現在靈心俠膽和仗義行為中，詩賦是才子與佳人傳情的媒介，它排斥私情，自然不需要詩才。它是才子佳人小說，但骨子裡反對才子佳人自行擇偶和月下私盟，道學氣味濃厚。十九世紀德國文學家歌德曾對好逑傳大加讚賞，他說：「一對鍾情的男女在長期相識中很貞潔自恃，有一次他倆不得不同在一間房裡過夜，就談了一夜的話，誰也不惹誰。還有許多典故都涉及道德和禮儀。正是這種在一切方面保持嚴格的節制，使得中國維持到幾千年之久，而且還會長存下去」（愛克曼輯錄歌德談話錄一八二七年一月三十一日）。歌德確實抓住了好逑傳的要旨，但誇獎中國的禮教，似乎和以伏爾泰為代表的十八世紀的一些歐洲啟蒙思想家一樣，由於沒有深入了解中國歷史和社會，把禮教及其制度理想化了。好逑傳與現實生活和現實生活的人性有著遙遠的距離，作者署「名教中人」，顯然以道學家自居，他編撰這部小說，是「禮正斧柯」，「成名教之榮」（好逑傳敘）。

好逑傳雖然宣揚禮教，但才子佳人小說的基本元素卻無不具備，「情」是潛藏的，「才」是別樣形態的，其人物配置、情節模式和敘事方式也都與玉嬌梨同出一轍，所以它沒有超出才子佳人小說的大範疇。

重德派的才子佳人小說作品的數量不及重才派，現知的清代前期的作品還有吳江雪、醒風流等。吳江雪中的才子江潮與佳人吳媛，其道德定力更強於鐵中玉和水冰心，他們不止是同居一院，甚至是同臥一床、同衾一夕，始終毫不干犯，這是好逑傳情節的發展。醒風流也是寫一個忠烈的才子梅幹和一個奇俠的佳人馮閨英，因為兩人曾以僕人和小姐的身份相處過，結婚時兩人退出洞房，以避私情嫌疑，直到皇帝出面驗明清白，才最後圓房，這也顯然是好逑傳的翻版。

才子佳人小說還有重才、重情二派，清初重才派的代表作是玉嬌梨，重情派的代表作有「煙水散人」的合浦珠、鴛鴦配以及署「煙水散人較閱」的賽花鈴等，這一派作品在情、才、德三者中強調「情」的重要，才子佳人私訂終身，婚前雖不及於亂，然而才子與丫鬟、妓女之間卻不受此限。這派小說距離艷情僅一步之遙。

本書的整理以好德堂寫刻本為底本，參校了獨處軒藏板本等刊本。不同版本的文字略有差異，脫漏誤慾的情況也不盡相同，但情節沒有出入，文字也沒有繁簡之別，整理時文字擇善而從，不出校記。

二〇一九年十月　北京

敘

自生人以來，凡偕伉儷，莫非匹偶。乃詩獨於寤寐之君子，窈窕之淑女，稱艷之曰「好逑」。斯何謂哉？謂以富貴譽之耶？武牝❶畫天子之娥眉，綠珠耀金谷之螓首❷，非不富貴也，未聞有此稱也。謂以佳麗羨之耶？西子❸倚白玉之床，阿嬌❹貯黃金之屋，非不佳麗也，未聞有此稱也。謂以賢才尊之耶？姜后脫簪❺，聞其賢矣；無鹽❻隱語，聞其才矣；謂君王之好逑，則未聞也。

❶ 武牝：武則天。牝，原指雌性的鳥獸。古時貶喻女性掌權為「牝雞司晨」，武則天登基掌權之世被稱為「牝朝」，故武則天有「武牝」之稱。

❷ 綠珠耀金谷之螓首：綠珠，晉石崇之姬妾，極美艷。趙王倫求之不得，遂殺石崇強奪之，綠珠墜樓死於石崇之前。石崇別廬在河南金谷澗。螓首，喻指女子美貌。螓，蟬的一種。

❸ 西子：春秋越國美女，姓施，或稱先施，別名夷光，亦稱西子。越王句踐敗於會稽，范蠡以西施獻吳王夫差，使其迷惑沉溺女色而忘政。見吳越春秋句踐陰謀外傳。

❹ 阿嬌：即漢武帝之陳皇后。漢武帝小時，長公主抱他置膝上，問他想娶婦否，他說想，長公主指身邊百餘女子，他都不要，末指阿嬌問他要不要，他乃笑而回答：「好！若得阿嬌作婦，當作金屋貯之也。」事見漢武故事。

❺ 姜后脫簪：姜后為周宣王之后，賢而有德，事非禮不言，行非禮不動。周宣王早臥晏起，姜后脫簪珥請罪，說「妾之不才，妾之淫心見矣，至使君王失禮而晏朝，以見君王樂色而忘德也。」遂使周宣王反省而勤於政

他如明妃遠嫁，悲馬上之琵琶❼；班女自修，賦秋風紈扇❽：時耶命也，且非婚媾，何況好逑？至於識英雄之紅拂女❾，感琴心之卓文君❿，俠膓明眼，亦自過人；然律以好逑，則又不足數也。若夫張郎畫眉⓫，止可眠閨闥之私情；荀倩中庭⓬，不過篤夫妻之溺愛：其去好逑愈遠。唯舉案之梁孟⓭，其庶幾乎？然鐘鼓琴瑟，未免稍遜一籌。

事。此為后妃輔主以禮的典實。事見列女傳周宣姜后。

❻ 無鹽：指戰國時齊宣王后鍾離春，因是無鹽人，故名。無鹽極醜無雙，但有德。事見列女傳齊鍾離春。

❼ 明妃遠嫁二句：明妃，漢元帝宮人王嬙，字昭君，晉代避司馬昭（文帝）諱，改稱明君，後人稱之為明妃。明妃出塞遠嫁漠北，杜甫有詩曰：「千載琵琶做胡語，分明怨恨曲中論。」

❽ 班女自修二句：班女指漢成帝妃班倢伃，失寵後作團扇詩，以秋扇見棄自喻。唐元稹苦樂相倚曲有「漢成眼瞥飛燕時，可憐班女恩已衰」之句。

❾ 紅拂女：姓張，名出塵，為隋末權相楊素侍姬。時天下方亂，李靖以布衣謁楊素，紅拂見李靖不凡，遂就李靖夜奔。此為慧眼識英雄的典實。杜光庭虬髯客傳敘其事。

❿ 感琴心之卓文君：卓文君是漢臨邛大富商卓王孫之女，好音律，新寡家居，時司馬相如作客，心儀文君，以琴心挑之。文君遂與司馬相如私奔。

⓫ 張郎畫眉：張郎即漢河東平陽人張敞，宣帝時為太中大夫、京兆尹、冀州刺史等，敢直言，嚴賞罰。曾為妻畫眉，傳為佳話，時長安有「張京兆眉憮」之說。見漢書張敞傳。張敞畫眉成為夫妻恩愛的典故。

⓬ 荀倩中庭：荀倩即荀奉倩，世說新語惑溺：「荀奉倩與婦至篤，冬月婦病熱，乃出中庭自取冷，還以身熨之。」

⓭ 舉案之梁孟：東漢梁鴻家貧好學，不仕，與妻孟光隱居山中，後避禍去吳，居人廡下，為人舂米，歸家，孟光為之備食，舉案齊眉。夫妻相敬如賓，傳為佳話。事見後漢書逸民傳梁鴻。

因知此好逑者，其必和諧有道，備極夫婦之歡於足法，隨唱非淫，曲盡人倫之樂而無愧者也。每儀圖之，何妨富貴也，但不可以富貴強非禮之歡；自安佳麗也，尤不可以佳麗賈若淫之罪。不德何賢，不才何淑？然才德反好逑之一班，而恩情之美滿，愛敬之綢繆，更似有進焉者。必也花香溈汭⑭，播衿衣鼓琴之美；春滿河洲⑮，揚端莊正靜之風。再不然而星戶照偕老之天，再不然而梟雁快同心之弋。始覺人倫不苟，玉性無他，而名教中自有樂地。奈何人不及知，知不能恃，而慕非所慕，悅非所悅。是以楚夢妖雲⑯，唐流禍水⑰，犯名於義，逐逐如逝波，遂令色荒有戒，為視明眸皓齒為蠱為災，而好逑一脉，幾乎斬矣，不亦矯枉之過哉？

因思二南仍在人間，桃夭未嘗乏種。第未竪懿形，無從求淑影，因譜茲好逑一案，使世知天才佳麗，原有安排，人每自輕，不知消受。惟德流荇菜，方享人生之福；禮正斧柯，始成名教之榮。捨此而登徒⑱

⑭ 溈汭：舜的居地，借指有名望的賢祖。

⑮ 河洲：詩周南關雎：「關關雎鳩，在河之洲。窈窕淑女，君子好逑。」用為禮教規範下的男女愛戀之典。唐盧照鄰中和樂歌中宮：「河洲在詠，風化攸歸。」

⑯ 楚夢妖雲：指楚懷王高唐夢中與巫山之女幽合。宋玉高唐賦序：「昔者先王遊高唐，怠而晝寢。夢見一婦人，曰：『妾巫山之女也，為高唐之客。聞君遊高唐，願荐枕席。』王因幸之。去而辭曰：『妾在巫山之陽，旦為朝雲，暮為行雨，朝朝暮暮，陽台之下。』」

⑰ 禍水：指稱惑人敗事的女子。舊題漢伶玄趙飛燕外傳敘趙飛燕得寵於漢成帝，淖夫人指趙飛燕「此禍水也，滅火必矣！」按五行家說，漢以火德而興，此謂趙飛燕得寵將使漢亡，如水之滅火。

⑱ 登徒：指好色而擇美醜者。典出宋玉登徒子好色賦：登徒子「其妻蓬頭攣耳，齞脣歷齒，旁行踽僂，又疥且

窺共柏之情牆，非然而嫫姆擲潘安之果⑲，吾見其不知量，而只自取辱耳。故于歸之徑，周行是正，直御為安。稍涉逶迤，而俠者則避之，義者則辭之，非以之子為不美而不動心，非以家室為不願而不屬意。所以然者，愛倫常甚於愛美色，重廉恥過於重婚姻。是以恩有為恩，不敢媚恩而辱體；情有為情，何忍恣情以愧心？未嘗不愛，愛之至而敬生焉；未嘗不親，親之極而私絕焉。甚至恭勤飲食如大賓，告誡衾裯為良友，伉儷至此，風斯美矣。此其所以為「好逑」而詩獨詠之哉。

嗟嗟！人心本自天心，既知好色，夫豈不好名義？特汨沒深而無由醒悟，沉淪久而不知興起，誠於此而寓目焉，必駭然驚喜曰：名義之樂乃爾，何禽獸為？則茲一編當與關雎同讀已。

宣化里維風老人敬題於好德堂

痔，登徒子悅之，使有五子」。

⑲ 嫫姆擲潘安之果：嫫姆，傳說為黃帝第四妃，貌甚醜。潘安，晉代人，名潘岳，字安仁，省稱潘安，貌俊美，晉書潘岳傳：「少時常挾彈出洛陽道，婦人遇之者，皆連手縈繞，投之以果，遂滿車而歸。」

回目

第一回　省鳳城俠憐鴛侶苦

詩曰：

偌大河山偌大天，萬千年又萬千年。
前人過去後人續，幾個男兒是聖賢？

又曰：

寤寐相求反側思，有情誰不愛蛾眉❶？
但須不作鑽窺想，便是人間好唱隨。

話說前朝北直隸大名府，有一個秀才，姓鐵雙名中玉，表字挺生。甚生得丰姿俊秀，就像一個美人，因此里中起個渾名，叫做鐵美人。若論他人品秀美，性格就該溫存。不料他人雖生得秀美，性子就似生鐵一般，十分執拗。又有幾分膂力，有不如意，動不動就要使氣動粗，等閑也不輕易見他言笑。倘或交接富貴朋友，滿面上霜也刮得下來，一味冷淡。卻又作怪，若是遇著貧交知己，煮酒論文，便終日歡然，

❶ 蛾眉：蠶蛾細長而彎曲的觸鬚，用以比喻女子美麗的眉毛，引申指代美女。

不知厭倦。更有一段好處：人若緩急求他，便不論賢愚貴賤，慨然周濟；若是諛言諂媚，指望邀惠，他卻只當不曾聽見。所以人多感激他，又都不敢無故親近他。

他父親叫做鐵英，是個進士出身，為人忠直，官居御史，赫赫有敢諫之名。母親石氏，隨父在任。因鐵公子為人落落寡合，見事又敢作敢為，恐怕招愆，所以留在家下。他天姿既高，學問又出人頭地，因此看人不在眼上。每日只是閉戶讀書，至讀書有興，便獨酌陶情，雖不叫做沉酣麴糵，卻也朝夕少它不得。再有興時，便是尋花問柳，看山玩水而已。

十五六歲時，父母便要與他結親，他因而說道：「孩兒素性不喜偶俗，若是朋友，合則留，不合則去，可也。夫婦乃五倫之一，一諧伉儷，便是白頭相守；倘造次成婚，苟非淑女，勉強周旋則傷性，去之擲之又傷倫，安可輕議？萬望二大人少寬其期，以圖選擇」。父母見他說得有理，便因循下來，故至今年將二十，尚未有配，他也不在心上。

一日在家飲酒讀書，忽讀到比干諫而死，因想道：「為臣盡忠，雖是正道，然也須有些權術，上可以悟主，下可以全身，方見才幹；若一味耿直，不知忌諱，不但事不能濟，每每觸主之怒，成君之過，至於殺身，雖忠何益？」又飲了數杯，因又想道：「我父親官居言路，賦性骨鯁，不知機變，多分要受此累！」一時憂上心來，便恨不得插翅飛到父親面前，苦勸一番，遂無情無緒，彷徨了一夜。

到次日，天才微明，就起來吩咐一個託得的老家人，管了家事，又叫人收拾了行李，備了馬匹，只叫一個貼身服侍的童子，叫做小丹的跟隨，畢竟自進京去定省父母。正是：

死君自是忠臣志，憂父方成孝子心。
任是人情百般厚，算來還是五倫深。

鐵公子忙步進京，走了兩日，心焦起來，貪著行路，不覺錯過宿頭。天色漸昏，沒個歇店，只得沿著一帶上路，轉入一個鄉村來借住。

到了村中來看，只見村中雖有許多人家，卻東一家，西一家，散散住開，不甚相連。此時鐵公子心慌，也不暇去揀擇大戶人家，只就近便，在村口一家門前便下了馬，叫小丹牽著，自走進去。叫一聲：「有人麼？」

只見裏面走出一個老婆子來，看看鐵公子秀才打扮，忙問道：「相公莫非是京中出來，去看韋相公，不認得他家，要問我麼？」鐵公子道：「我不是看甚麼韋相公，我是要進京，貪走路，錯過了宿頭，要借住的。」老婆子道：「若要借住，不打緊。但是窮人家沒好床鋪供給，莫要見怪。」鐵公子道：「這都不消，只要過得一夜便足矣，我自重謝。」遂叫小丹將行李取了進來。那老婆子叫他將馬牽到後面菜園破屋裏去餵，又請鐵公子到旁邊一間草屋裏去坐，又一面燒了一壺茶出來，請鐵公子吃。

鐵公子吃著茶，因問道：「你方才猜我是京裏出來看韋相公的，這韋相公卻是何人？又有何事？人來看他？」老婆子道：「相公，你不知道，我這地方原不叫做韋村，只因昔年出過一個韋尚書，他家人丁最盛，村中十停人家，倒有六七停姓韋，故此才叫做韋村。不期興衰不一，過了數十年，這韋姓一旦敗落，不但人家窮了，連人丁也少了。就有幾家，不是種田，就是挑糞，從沒個讀書之子。不料近日風水又轉了，忽生出一個韋相公來，才十六七歲，就考中了一個秀才。京中又遇了一個同學秀才的人家，愛他年紀小，有才學，又許了一個親事，只因他家一貧徹骨，到今三四年，尚不曾娶得。數日前，忽有一個富豪大官府，看見他妻子生得美貌，定要娶他。他父母不肯，那官府惱了，因倚著官勢，用強叫許多人將女子抬了回去。前日有人來報知韋相公，韋相公慌了，急急進京去訪問。不期訪了一日，不但他妻子沒有蹤影，連他丈人、丈母也沒個影兒，欲要告狀，又沒個指實見證。況他對頭又是個大官府，如何理論得他過？今日氣苦不過，走回來對他母親大哭了一場，竟去長溪裏投水。他母親急了，四下央人去趕，連我家老官兒也央去了。不知可趕得著否，故此相公方才來，我只道是他的好朋友，知他著惱，來看他。」

正說不了，只聽得門外嚷嚷人聲，二人忙走出來看，只見許多鄉人，圍護著一個青衣少年，掩著面哭了過去。

老婆子見他老官兒也同著走，因叫說道：「家裏有客人，你回來罷，不要去了！」內中一個老兒，聽見叫忙走了回來道：「我家有甚客人？」忽抬頭看見鐵公子，因問道：「莫非就是這位相公？」老婆子道：「正是。因走錯了路徑，要借宿。」老官兒道：「既是相公要借宿，怎不快去收拾夜飯？還站在這裏看些甚麼？」老婆子道：「不是我要看，也是這位相公，問起韋相公的事來，故此同看看。我且問你，韋相公的妻子，既是青天白日許多人搶了去，難道就沒一個人看見？為何韋相公訪來訪去，竟不見些影響？」老官兒道：「怎的沒影響，怎的沒人看見？只是他的對頭厲害，誰敢多嘴管這閑事，去招災攬禍？」老婆子道：「果是不敢說？」老兒道：「莫道不敢說，就是說明了，這樣所在，也救不出來！」

婆子道：「若是這等說，韋相公這條性命，活不成了。可憐！可憐！」說罷，就進去收拾夜飯。

鐵公子聽了，冷笑道：「你們鄉下人，怎這樣膽小沒義氣！只怕還是沒人知道消息，說這寬皮話兒。」老兒道：「怎的沒人知道消息？莫說別人，就是我也知道！」鐵公子道：「你知道，在哪裏？」老兒道：「相公是遠方過路人，料不管這閑事，就說也不妨。相公，你道他將這女子藏在哪裏？」鐵公子道：「無非是公侯的深閨秘院。」

老兒道：「若是公侯的深閨秘院，有人出入，也還容易緝訪。說起來，這個對頭是世代公侯，祖上曾有汗馬功勞，朝廷特賜他一所『養閑堂』，叫他安享，閑人不許擅入。前日我侄兒在城中賣草，親眼看見他將這女子藏了進去。」

鐵公子道：「既有人看見，何不報知韋相公，叫他去尋？」老兒道：「報他有何用？就是我熱心腸與韋相公說了，韋相公也沒本事去問他一聲，看他一眼。」鐵公子道：「這養閑堂在何處？你可認得？」老兒道：「養閑堂在齊化門外，只有一二里路，想是人人認得的，只是誰敢進去？」說完，老婆子已收拾夜飯，請鐵公子進草屋去吃。鐵公子吃完，就叫小丹鋪開行李，草草睡下一夜。

到次日起來，老兒、老婆子又收拾早飯，請他吃了。鐵公子叫小丹稱了五錢銀子，謝別主人，然後牽馬出門。臨上馬，老兒又叮囑道：「相公，昨晚說的話，到京裏切不可吹風，恐惹出禍來。」鐵公子道：「關我甚事，我去露風？老丈只管放心。」說罷，遂由大路而行，正是：

奸狡休誇用智深，誰知敗露出無心。

勸君不必遮人目，上有蒼蒼日鑒臨。

鐵公子上馬，望大路上走不到二三里，只見昨晚看見的那個青衣少年，在前面走一步，頓一步足，大哭一聲道：「蒼天，蒼天！何令我受害至此！」鐵公子看明了，忙將轡繩一提，趕到前面，跳下馬來，將他肩頭一拍道：「韋兄，不必過傷，這事易處，都在我小弟身上，管取玉人歸趙❷！」那少年猛然抬頭，看見鐵公子是個貴介行藏❸，卻又不認得，心下驚疑，說道：「長兄自是貴人，小弟貧賤，素不識荊，今又正在患難之中，怎知賤姓，過蒙寬慰，自是長兄雲天高誼，但小弟寃苦已隨天神坑累，屈長兄縱有荊、豫俠腸❹，崑崙妙手❺，恐亦救拔小弟不得。」鐵公子笑道：「蜂蠆小難❻，若不能為兄排解，則是古有豪傑，今無英雄矣，豈不令郭解❼齒冷？」

❷ 玉人歸趙：用「完璧歸趙」的典。史記廉頗藺相如列傳記秦昭王聞趙惠文王有楚和氏璧，聲言用十五城交換此璧，趙王遣藺相如奉璧使秦，秦王得璧爽約，藺相如勇敢機智應對，從秦王手中要回此璧，懷璧潛逃回趙國。

❸ 貴介行藏：高貴的舉止。

❹ 荊豫俠腸：荊，荊軻，奉燕太子丹之命刺殺秦王，事敗被殺。事見史記刺客列傳；豫，豫讓，晉卿智氏家臣，趙襄子與韓、魏共滅智氏，豫讓用漆塗身，吞炭使啞，謀刺趙襄子未遂，被執自殺。事見史記刺客列傳。

❺ 崑崙妙手：崑崙，即崑崙奴磨勒，負崔生逾十重垣，與紅綃妓相會，幫助他們出奔。事見裴鉶傳奇崑崙奴。

❻ 蜂蠆小難：蜂和蠆都是有毒刺的螫蟲，被蜂蠆螫刺是為小難。

❼ 郭解：漢代著名俠客。史記游俠列傳記其事跡甚詳。

那少年聽了，愈加驚訝道：「長兄乃高賢大俠，小弟在困頓中，神情昏憒，一時失敬。且請問貴姓尊表，以志不朽。」鐵公子道：「小弟的賤名，此時仁兄且不必問，到是仁兄的尊諱，與今日將欲何往，倒要見教了，我自有說。」那少年道：「小弟韋佩，賤字柔敷，今不幸遭此強暴劫奪之禍，欲要尋個自盡，又奈寡母在堂；欲待隱忍了，又忽當此聖明之朝，況在輦轂之下❽，豈容紈袴奸倖，強占人家受聘妻女，以敗壞朝廷之綱常倫理，情實不甘。昨晚躊躇了一夜，因做了一張揭帖，今欲進京，拚這一條窮性命，到六部六科十三道❾各衙門去告他。雖知貴賤相懸，貧富不敵，然事到頭來，也說不得了。」因在袖中取出一張揭帖，遞與鐵公子道：「長兄請一看，便知小弟的冤苦了。」說罷，又大聲痛哭起來。

鐵公子接了揭帖，細細一看，方知他丈人也是一個秀才，叫做韓愿。搶他妻子的，是大夬侯。因說道：「此揭帖做得盡情聳聽，然事關勛爵，必須進呈御覽，方有用處。若只遞在各衙門，他們官官相護，誰肯出頭作惡？吾兄自遞，未免空費氣力，終歸無用。若付與小弟帶去，或別有妙用，也未可知。」韋佩聽了，連忙深深一揖道：「得長兄垂憐，不啻枯木逢春。但長兄任勞，小弟安坐，恐無此理。莫若追隨長兄馬足入城，以便使令？」鐵公子道：「仁兄若同到城，未免招搖耳目，使人防嫌。兄但請回，不

❽ 輦轂之下：皇帝車輿之下，代指京城。輦轂，皇帝的車輿。

❾ 六部六科十三道：六部，隋唐至明清，中央行政機構分吏、戶、禮、兵、刑、工六部；六科，明清官制設有六科給事中，分察吏、戶、禮、兵、刑、工六部之事，糾其弊誤；十三道，明制都察院有十三道監察御史，糾劾百司，辯明冤枉，提督浙江、江西、福建、四川、陝西、雲南、河南、廣西、廣東、山西、山東、湖廣、貴州十三道。

出十日，當有佳音相報。」韋佩道：「長兄卵翼高情，真是天高地厚。但恐書生命薄，徒費盛意。」說到傷心處，不覺墮下淚來。鐵公子道：「仁兄青年男子，天下何事不可為，莫只管作些兒女態，令英雄短氣！」韋佩聽了，忙歡喜致謝道：「受教多矣！」鐵公子說罷，將揭帖攏入袖中，把手一拱，竟上馬，帶著小丹匆匆去了。

韋佩立在道旁相送，心下又驚又疑，又喜又感，就像做了個春夢一般，不敢認真，又不敢猜假。恍恍惚惚，只立到望不見鐵公子的馬影，方才懶懶的走了回去。正是：

心到亂時無是處，情當苦際只思悲。
漫言哭泣為兒女，豪傑傷心也淚垂！

原來這韋村到京，只有四五十里。鐵公子一路趲行，日才過午，就到了京城。心下正打算將這揭帖與父親商量，要他先動了疏奏明，然後奉旨拿人。不期到了私衙，門前靜悄悄，一個衙役也不見。心下暗著驚道：「這是為何？」慌忙下馬，到堂上也不見有吏人守候，愈加著忙。急走入內宅，見內宅門卻是關的。忙叫幾聲，內裏家人聽見，認得聲音，忙取鑰匙開了門，迎著叫道：「大相公，不好了！老爺前日上本，觸怒了朝廷，今已拿下獄去了，幾乎急殺。大相公來得好，快到內房去商量！」

鐵公子聽了，大驚道：「老爺上的是甚麼本，就至於下獄？」一頭問，一頭走，也等不得家人回答，早已走到內房。母親石夫人忽看見，忙扯著衫袖，大哭道：「我兒你來得正好！你父親今日也說要做個忠臣，明日也說要做個忠臣，早也上一本，晚也上一本，今日卻弄出一場大禍來了，不知是死是生？」鐵公子先已著急，又見母親哭做一團，只得跪下，勉強安慰道：「母親不必著急，任是天大事情，也少不得有個商量。母親且說父親上的是甚麼本？為甚言語觸犯了朝廷？」

石夫人方才扶起鐵公子，叫他坐下，因細細說道：「數日前，你父親朝罷回家，半路上忽撞見兩個老夫妻，被人打得蓬頭赤腳，衣裳粉碎，攔著馬頭叫屈。你父親問他是甚人，有何屈事？他說是個生員，叫做韓愿。因他有個女兒，已經許嫁與人，尚未曾娶去，忽被大夬侯訪知有幾分顏色，劈頭叫人來說，要討他做妾。這生員道是已經受聘，抵死不從，又挺觸了他幾句。那大夬侯就動了惡氣，使出官勢，叫了許多鷹犬，不由分說，竟打入他家，將女兒搶去。這韓愿情急，追趕攔截，又被他打得狼狽不堪。你父親聽了，一時怒起，立刻就上了一疏，參劾這大夬侯。你父親若有細心，既要上本，就該將韓愿夫妻拘禁，做個證據，叫他無辭便好。你父親在惱怒中，竟不提防。及聖旨下來，著刑部審問，這賊侯奸惡異常，有財有勢，竟將韓愿夫妻捉了去，並這女子藏得無影無蹤。到刑部審問時，沒了對頭。大夬侯轉辨一本，說你父親毀謗功臣，欺誑君上。刑部官又受他的囑託，也上本參論。聖上惱了，竟將你父親拿下獄去定罪。十三道同衙門官，欲待上疏辨救，苦無原告，沒處下手。這事怎了？只怕將來有不測之禍。」

鐵公子聽完了，方定了心，喜說道：「母親請寬懷，孩兒只道父親論了宮闈秘密不可知之事，便難分辨。韓愿這件事，不過是民間搶奪，貴豪窩藏，有司的小事，有甚難處！」石夫人道：「我兒莫要輕看，事雖小，但沒處拿人，便犯了欺君之罪。」鐵公子道：「若是父親造捏假名，果屬烏有，故入人罪，便是欺君。若韓愿係生員，並他妻女，明明有人。一時搶劫，萬姓共見。臺臣官居言路，目擊入告，正其盡職，怎麼叫做欺君？」石夫人道：「我兒說的都是太平話，難道你父親不會說？只是一時間沒處拿這三個人，便塞住了嘴，做聲不得。」鐵公子道：「怎拿不著？就是盜賊奸細，改頭換面，逃走天涯海角，也要拿來。況這韓愿三人，皆含屈負冤之人，啼啼哭哭，一步也遠去不得的，不過窩藏輦轂之下，捉他何難？況此三人，孩兒已知蹤跡，包管手到擒來，母親但請放心。」石夫人道：「這話果是真麼？」鐵公子道：「母親面前，怎敢說謊！」石夫人方歡喜道：「若果有些消息，你吃了飯可快到獄中，通知你父親，免他愁煩。」一面就叫僕婦收拾午飯，與鐵公子吃了，又替他換了青衣小帽，就要叫家人跟他到獄中去。鐵公子想一想道：「且慢去！」遂走到書房中，寫了一道本，又叫母親取出御史的關防來帶了，又將韋佩的揭帖，也包在一處袖了，方帶著家人，到刑部獄中來看父親。正是：

任事不宜憑大膽，臨機全靠有深心。
若將血氣雄為勇，豪傑千秋成嗣音。

鐵公子到了獄中，獄官知是鐵御史公子，慌忙接見，就引入內重一個小軒子裏來，道：「尊公老爺在內，可入去相見。恐有密言，下官不敢奉陪。」鐵公子謝了一聲，就走入軒內，只見父親沒有拘繫，端然正襟危坐。便忙進前，拜了四拜道：「不肖子中玉，定省久疏，負罪不淺。」鐵御史突然看見，忙站起來，驚問道：「這是我為臣報國之地，你在家不修學業，卻到這裏來做甚麼？」

鐵公子道：「大人為臣，既思報國，孩兒聞父有事在身，安敢不來？」鐵御史聽了，沉吟道：「來固汝之孝思，但國家事故多端，我為諫官，盡言是我的職分，聽與不聽，死之生之，在於朝廷，你來也無益。」鐵公子道：「諫官言事，固其職分，亦當料可言則言，不可言則不言，以期於事之有濟。若不管事之濟否，只以敢言為盡心以塞責，則不諳大體與不知變通之人。捕風捉影，嘵嘵於君父之前，以博名高者，皆忠臣矣，豈朝廷設立言官之本意耶？」

鐵御史嘆道：「然諫官言事，自望事成，誰知奸人詭計百出。就如我今日之事，明明遇韓愿夫妻叫伸冤屈，我方上疏，何期聖旨著刑部拿人，而韓愿夫妻二人已為奸侯藏過，並無蹤影，轉坐罪於我。然我之本心，豈捕風捉影，欺誑君父哉！事出意外，誰能預知？」

鐵公子道：「事雖不能預知，然凡事亦不可不預防。前之失，既已往不可追矣，今日禍已臨身，急急料理，猶恐遲誤，復生他變。大人奈何安坐囹圄，任聽奸人誣罔陷害？」鐵御史道：「我豈安坐囹圄？也是出於無奈。若說急急料理，原告已被藏匿，無蹤無影，叫我料理何事？」鐵公子道：「怎無蹤影？但刑部黨護奸侯，自不用力。大人宜急請旨自捕，方能完事。」鐵御史道：「請旨何難！但恐請了旨，無處捕人，豈不又添一罪？」鐵公子道：「韓愿妻女三人蹤跡，孩兒已訪明在此。但干涉禁地，必須請旨去拿，有個把柄，方可下手。」鐵御史道：「刑部拿人，兩可於中，固悠悠泛泛。我也曾託相好同官，著精細捕人，四路緝訪，並無一點風聲。你才到京，何能就訪得的確？莫非少年孟浪之談？」鐵公子道：「此事關係身家性命，孩兒怎敢孟浪？」因看四下無人，遂悄悄將遇見韋佩並老兒傳言之事，細細說了一遍，又取出韋佩的揭帖與鐵御史看。鐵御史看了，方歡喜道：「有此一揭帖，韓愿妻女三人，縱捉獲不著，也可減我妄言之罪。但所說窩藏之處，我尚有疑。」鐵公子道：「此係禁地，人不敢入，定藏於此，大人更有何疑？」

鐵御史道：「我只慮奸侯事急，將三人謀死以絕跡。」鐵公子道：「大夬侯雖奸惡，不過酒色之徒，恃著爵位欺人，未必有殺人辣手；況貪女子顏色，必戀戀不捨，又有禁地藏身，又有刑官黨護，又見大人下獄，事不緊急，何至殺人？大人請放心勿疑。」鐵御史又想了想道：「我兒所論，殊覺有理。事到頭來，也說不得了，只得依你。待我親寫一本，汝回去快取關防來用，以便奏上。」鐵公子道：「不須大人費心，本章孩兒已寫在此，關防也帶在此，只消大人看過，若不改，就可上了。」因取出遞與鐵御史。鐵御史展開一看，只見上寫著：

河南道監察御史，現繫獄罪臣鐵英謹奏，為孤忠莫辨，懇恩降赦自捕，以明心跡事：

竊聞耳目下求，人主之盛德；芻蕘上獻，臣子之藎心。故言官言事，尚許風聞，未有據實入陳，反加罪戾者也。臣前劾大夬侯沙利，白晝搶擄生員韓愿已聘之女為妾，實名教所不容，禮法所必誅。邀旨敕刑部審問，意謂名教必正，禮法必申矣。

不料奸侯如鬼如蜮，暗藏原告以瞞天。又不料刑臣不法不公，明縱犯人以為惡，反坐罪臣縲紲。臣素絲自信，料難宛轉。竊臣赤膽天知，只得哀求聖主，伏望洪恩，憐臣朴直遭誣，乞降一敕，敕臣自捕。若朝奉敕而夕無人，則臣萬死無辭矣；若獲其人，則是非曲直，不辨自明矣。

倘蒙天恩憐准，須秘密其事，庶免奸侯又移巢穴。再敕不論禁地，則臣得以展布腹心。臨表不勝激切待命之至！外韋佩揭帖一張，開呈御覽，以明實據。

鐵御史看完，大喜道：「此表剴切詳明，深合我意，不消改了。」一面封好，一面就請獄官，煩他代上。獄官不敢推辭，只得領命到通政司去上達。只因這一本上，有分教：

打碎玉籠，頓開金鎖！

鐵御史上了此本，不知上意如何，且聽下回分解。

第二回　探虎穴巧取蚌珠還

詩曰：

治世咸誇禮法先，誰知禮法有時愆。
李膺破柱❶方稱智，張儉投門❷不算賢。
木附草依須著鬼，鷹拿雀捉豈非仙？
始知為國經常外，御變觀通別有權。

話說鐵御史依了鐵公子，上疏請旨自捕。在獄中候不得兩日，早頒下一道密旨到獄中來。鐵御史接著，暗暗開看，見是准了他的本，命他自捕，滿心歡喜。因排起香案來，謝過了聖旨，仍舊將聖旨封好，

❶ 李膺破柱：李膺，東漢桓帝時任司隸校尉。當時朝政窳敗，綱紀頹壞，宦官張讓之弟張朔為野王令，貪殘無道，懼怕李膺查究，逃至京師張讓府第，藏於合柱中。李膺偵知，率將吏破柱擒獲張朔誅殺之。事見後漢書李膺傳。

❷ 張儉投門：形容出逃之狼狽。張儉，東漢桓帝時舉劾宦官中常侍侯覽及其母之罪惡，反被侯覽誣為私結朋黨，張儉被迫潛逃，見有人家便去投宿，世稱「望門投止」。事見後漢書張儉傳。

不許人見。因自想道：「聖旨雖准，只愁捉不出人來，卻將奈何？」就與鐵公子商量，要出獄往捕。

鐵公子道：「大人且慢！大人一出獄，招搖耳目，要驚動了大夬侯，使他提防。莫若大人再少坐片時，待孩兒悄悄出去，打開了養閑堂，捉出了韓愿妻女，報知大人，然後大人飛馬來宣旨拿人，方萬全也。」鐵御史點頭道是。因將密旨藏好，又囑獄官勿言，暗暗吩咐鐵公子道：「此行務要小心！」

鐵公子領命，即悄悄走回私衙，與母親說知，又叫母親取出少時用的銅錘來。原來鐵公子十一二歲之時，即有膂力，好使器械，曾將熟銅打就一柄銅錘，重二十餘斤，時時舞弄玩耍。鐵御史進京做官，恐他在家耍錘惹出事來，故此石夫人收了他的，帶到京中。鐵公子不敢有違親命，只得罷了。今日石夫人忽聽見討取，因驚問道：「前日你父親一向不許你用，今日為何又要？」鐵公子道：「此去探人虎穴，不帶去無以防身。」石夫人見說得有理，便不拗他，因叫人取了出來付與他，因囑咐道：「但好防身，不可惹事！」鐵公子應諾，又叫人暗暗傳呼了一二十個能事的衙役，遠遠跟隨，以備使喚。又呼人取酒來飲，飲到半酣，卻換了一身武服，暗帶銅錘，裝束得天神相似，外面仍罩儒衣，騎了一匹白馬，只叫一人跟隨，竟暗暗出齊化門來，並不使一人知覺。

出了城門，放開轡頭，霎時間就望見了一所大宅院，橫於道左，高瓦飛甍，十分富麗。鐵公子心知是了，遂遠遠下了馬，叫小丹牽著，自卻慢慢踱到跟前。細細一看，只見兩邊是兩座牌坊，那牌坊上皆有四字，一邊乃是「功高北闕」，一邊是「威鎮南天」。牌坊中間，卻是三個虎座門樓，門樓上面中間直立著一匾，匾上寫「欽賜養閑」四個大金字。門樓下三座門，俱緊緊閉著。

鐵公子看了一回，見沒有人出入，心下想道：「此正門不開，側首定有旁門出入。」因沿著一帶高牆，轉過一條橫街，半腰中果有一座小小門樓，兩扇金釘朱門，卻也閉著，門上鎖著一把大鎖，又十字交貼著大夬侯的兩張封皮。那鐵公子細細一看，封皮雖是封的，卻是時常啟開折斷了的。門雖閉著，卻露條亮縫，內裏不曾上栓。門旁粉壁上，又貼著一張告示，字有碗大，上寫：

大夬侯示：此係朝廷欽賜禁地，官民人等，俱不得至此窺探，取罪不小。特示。

門樓兩旁，有兩間門房，許多人在內看守。

鐵公子看在眼裏，知道有些詫異，便不輕易驚動他，急回身走到小丹牽馬的所在，將儒衣脫去，露出一身武裝，手提銅錘，翻身上馬，因吩咐小丹道：「你可招呼眾捕役即便趕來，緊緊伺候。倘捉了人，可即飛馬報知老爺，請他快來。」小丹答應了。然後一轡頭跑到門樓前，跳下馬來，手執銅錘，大聲叫道：「奉聖旨要見大夬侯，快去通報！」

門房中忙走出四五個頭頂大帽、身穿絹衣的家人來，一時摸不著頭路，慌慌張張答應道：「老爺在府中，不在此處。」鐵公子大喝一聲道：「胡說！府中人明明供稱在此，你這班該死的奴才，怎敢隱瞞，違背聖旨，都要拿去砍頭！」嚇得眾家人面面相覷，倉卒中答應不來。鐵公子又大聲叫道：「還不快快開門，只管挨死怎麼！」內中一個老家人，見嚷得慌，只得大著膽子回說道：「公侯人家，老爺不在此，誰敢開門？就是開了門，此係朝廷欽賜的禁地，爺也不敢進去！」

鐵公子聽了，大怒道：「奉聖旨拿人，怎麼不敢進去？你不開，等我自開！」因走近前，舉起銅錘，照著大鎖上只一錘，「豁啷」一聲響，早已將大鎖打在地下，那兩扇門便「豁喇喇」自開了。鐵公子見門開，大踏步徑往裏走，眾家人看見鐵公子勢頭勇猛，誰敢攔阻！只亂嚷道：「不好了！」都跑進去報信。

原來大夬侯因一時高興，將韓愿女兒搶了來家，也只道窮秀才沒處伸冤，不期撞見鐵御史作對頭，上疏參論，又不料聖旨准了，著刑部審問。一時急了，沒擺布，只得將韓愿夫妻一並搶來，藏在養閑堂內，以絕其跡，卻上疏胡賴。初時還只怕有人知覺，要調移窠穴，後見刑部用情，不出力追，反將鐵英拿下了獄，便十分安心，不復他慮。只怕這韓氏女子尋死覓活，性烈難犯，韓愿夫妻論長論短，不肯順從。每日備酒醴相求，韓愿一味執拗。

這日急了，正坐在養閑堂，叫人將韓愿洗剝了捆起來，用刑拷打，要他依允。因說道：「你雖是個秀才，今既被我捉了來，要你死，當死一雞一狗，那裏去伸冤？」韓愿道：「士雖可殺，只怕天理難欺，王法不漏，那時悔之晚矣，老大人還須三思！」大夬侯道：「你既要我三思，你何不自忖？你一個窮秀才，女兒與我公侯為妾，也不為玷辱於你。你若順從了，明日錦衣玉食，受用不盡，豈不勝似你的淡飯黃齏？」韓愿道：「生員雖貧士也，語云：『寧為雞口，勿為牛後。』豈有聖門弟子，貪紈袴之膏粱，而亂朝廷之名教者乎？」

大夬侯聽了，勃然大怒，正吩咐家人著實加刑，忽管門的四五個人一齊亂跑進來，亂嚷道：「老爺，不好了！外面一個少年武將，手執一柄銅錘，口稱奉聖旨拿人。小的們不肯放他進來，他竟一錘將門鎖打落，闖了進來。不知是甚麼人，如今將到堂了，老爺急須準備！」大夬侯聽見，驚得呆了，正東西顧盼，打算走入後堂。鐵公子早已大踏步趕到堂前，看見大夬侯立在上面，即拱手道：「賢侯請了！奉旨有事商量，為何抗旨不容相見？」大夬侯見躲避不及，只得下堂迎著道：「既有聖旨，何不先使人通知，以便排香案迎接，怎來得這樣魯莽？」鐵公子道：「聖旨秘密緊急，豈容漏泄遲緩？」因迎上一步，右手持錘，左手將大夬侯一把緊緊提住道：「請問賢侯：此乃朝廷欽賜養閑禁地，又不是有司衙門，這階下洗剝受刑的，卻是甚人？」大夬侯因藏匿韓愿，心先著忙，及聽見來人口口聖旨，愈驚得呆了。要脫身走，又被來人捉住，只得硬著膽答應道：「此乃自治家人，何關朝廷禮法？既有旨議事……」因叫家人帶過。

鐵公子攔住，正要再問，韓愿早在階下喊叫道：「生員韓愿，不是家人，被陷於此，求將軍救命！」鐵公子聽說是韓愿，心先安了，佯驚問道：「你既是生員韓愿，朝廷著刑部四處拿你，為何卻躲在這裏？背旨藏匿，罪不容於死矣！」此時小丹已趕到，鐵公子將嘴一努，小丹會意，忙跑出門外，一面招集眾衙役擁入，一面即飛馬去報鐵御史。

鐵公子見眾衙役已到，因用銅錘指著韓愿道：「此是朝廷欽犯，可好好帶起！」因問韓愿道：「你既稱含冤負屈，就該挺身到刑部去對理，為何卻躲避在此，私自認親？」韓愿聽了大哭道：「生員自小女被惡侯搶劫，叩天無路，逢人哭訴，尚恐不聽，既刑部拘審，安肯躲避？無奈貧儒柔弱，孤立無援，忽被豪奴數十人，如虎驅羊，竟將生員夫妻捉到此處。沉冤海底，日遭棰楚，勒逼成親，已是死在旦夕。何幸得遇將軍，從天而下，救援殘生，重見天日。此係身遭坑陷，誰與他結親！」鐵公子道：「據你說來，你的妻女亦俱在此了。」韓愿道：「怎麼不在？老妻屈氏，現拘禁在後廳廂房中；小女湘絃，聞知秘藏在內樓閣上，朝夕尋死，如今不知是人是鬼！」鐵公子聽了大怒，因指揮眾捕役，押韓愿入內拿人。

大夬侯見事已敗露，自料不能脫身，又見眾捕役往內要走，萬分著急，只得拚著性命，指著鐵公子大聲嚷說道：「這裏乃是朝廷欽賜的宅第，我又忝為公侯，就有甚不公不法，也要請旨定奪。你是甚麼人，怎敢手執銅錘，擅自打落門鎖，闖入禁堂，凌辱公侯？你自己的罪名，也當不起，怎麼還要管他人的閑事？」因反過手來，也要將鐵公子扯住，卻又扯不住，因叫家人道：「快與我拿下！」

此時，眾家人聞知主人被捉，都紛紛趕來救護，擠了一堂。只因見鐵公子手執銅錘，捉住主人，十分勇猛，不敢上前。今見主人吩咐拿人，有幾個大膽的，就走上前來要拿鐵公子。鐵公子急罵道：「該死的奴才，你拿哪個！」因換一換手，將大夬侯攔腰一把提將起來，照眾家人只一掃，手勢來得重，眾家人被掃著的都跌跌倒倒。大夬侯年已四十之人，身手又被酒色淘虛，況從來嬌養，哪裏禁得這一提一掃！及至放下，已頭暈眼花，喘做一團，只搖手叫「莫動手！莫動手！」

原來大夬侯有一班相厚的侯伯，有人報知此信，都趕了來探問。及見鐵公子扯的大夬侯狼狼狽狽，因上前解勸道：「老先生請息怒，有事還求商量，莫要動粗，傷了勛爵的體面。」鐵公子道：「他乃欺君的賊子，名教的罪人，死且尚有餘辜，甚麼勛爵！甚麼體面！」眾侯伯道：「沙老先生就有甚簠簋不飭❸處，也須明正其罪，朝廷從無此拳足相加之法度。」鐵公子道：「諸公論經亦當達權，虎穴除凶，又當別論，孤身犯難，不可常言。」眾侯伯道：「老先生英雄作用，固不可測。且請問今日之舉，還是大俠報仇耶，還是代削不平耶？必有所為，請見教了，也可商量。」鐵公子道：「俱非也。但奉聖上密

❸ 簠簋不飭：對為官不廉正的婉轉說法。簠簋，兩種盛黍稷稻粱的禮器，後引申為苞苴，即賄賂。不飭，不整飭。

旨拿人耳！」眾侯伯道：「既奉密旨，何不請出來宣讀，免人疑惑？」鐵公子道：「要宣讀也不難，可快排下香案。」眾侯伯就吩咐打點。

大夬侯喘定了，又見眾侯伯人多膽壯，因又說道：「列位老先生，勿要聽他胡講。他又不是有司捕役，他又不是朝廷校尉，如何得奉聖旨？他不過是韓愿私黨，假稱聖旨，虛裝虎勢，要騙出人去。但他來便來了，若無聖旨，擅闖禁地，毆打勛位，其罪不小，實是放他不得，全仗諸公助我一臂！」又吩咐家人：「快報府縣，說強人白晝劫殺，若不救護，明日罪有所歸！」

眾侯伯見大夬侯如此說，也就信了。因對著鐵公子道：「大凡豪強劫奪之事，多在鄉僻之地，昏黑之時，加於村富之家，便可僥幸。他乃公侯之家，又在輦轂之下，況當白晝之時，如何僥幸得來？兄此來也覺太強橫了些。若果有聖旨，不妨開讀；倘係謊詞，定獲重罪。莫若說出真情，報出真名，快快低首階前，待我等與你消釋，或者還可苟全性命。若恃強力，全憑唬嚇，希圖逃走，怕你身入重地，插翅也飛不去！」鐵公子微笑一笑道：「我要去，亦有何難？但此時尚早，且待宣讀了聖旨，拿全了人犯，再去也不遲！」眾侯伯道：「既有聖旨，何不早宣？」鐵公子道：「但我隻身，他黨羽如此之眾，倘宣了旨意，他恃強作變，豈不費力！他既報府縣，且待府縣來時宣讀，便無意外之虞矣。」眾侯伯道：「這倒說得有理。」一面又著家人去催府縣。

不一時，大興縣知縣早來了，看見這般光景，也決斷不出。又不多時，順天府推官也來了。眾侯伯迎著，訴說其事。推官道：「真假一時也難辨，只看有聖旨沒聖旨，便可立決矣。」因吩咐快排香案。不一時，堂中間焚起一爐好香，點起一對明燭，推官因對鐵公子說道：「尊兄既奉聖旨拿人，宜對眾宣讀，以便就縛，若只這般扭結，殊非法紀！」

鐵公子正要對答，忽左右來報：「鐵御史老爺門前下馬了！」大夬侯突然聽見，吃了一驚道：「他繫在獄中，幾時出來的？」說還未完，只見鐵御史兩手捧著一個黃包袱，昂昂然走上堂來。恰好香案端正，就在香案上將黃包袱展開，取出聖旨，執在手中。鐵公子看見，忙將大夬侯提到香案前跪下，又叫眾捕役將韓愿帶在階下俯伏，對眾說道：「犯侯沙利，抗旨不出。請宣過聖旨，入內搜捉！」鐵御史看見眾伯侯並推官、知縣都在這裏，因看著推官說道：「賢節推來得正好，請上堂來，聖上有一道嚴旨，煩為一宣。」推官不敢推辭，忙走到堂上接了。鐵御史隨走到香案前，與大夬侯一同跪下。推官因朗宣聖旨道：

據御史鐵英所奏，大夬侯沙利，搶劫被害韓愿，並韓愿妻女，既係實有其人，刑臣何緝獲不到？既著鐵英自捉，不論禁地，聽其搜緝。如若捉獲，著刑部嚴審回奏。限三日，無獲即係欺君，從重論罪。欽此！

推官讀完了聖旨，鐵御史謝過恩，忙立起身，欲與眾侯伯相見。不期眾侯伯聽見宣讀聖旨，知道大夬侯事已敗露，竟走一個乾淨。許多家人也都漸漸躲了，惟推官、知縣過來參見。

大夬侯到此田地，無可奈何，只得站起身，向鐵御史深深作揖道：「學生有罪，萬望老先生周旋！」鐵御史道：「我學生原不深求，只要辨明不是欺君便了。今韓愿既已在此，又供出他妻女在內，料難再匿，莫若叫出來，免得人搜。」大夬侯道：「韓愿係其自來，妻女實不在此。」鐵御史道：「老先生既說不在此，我學生怎敢執言在此？只得遵旨一搜，便見明白。」就吩咐鐵公子帶眾捕役，押韓愿入內去搜，大夬侯要攔阻，哪裏攔阻得住。

原來此廳係是宅房，並無家眷在內。眾人走到內廳，早聞得隱隱哭聲，韓愿因大聲叫道：「我兒不消哭了，如今已有聖旨拿人，得見明白了，快快出來！」只見廳旁廂房內，韓愿的妻子屈氏聽見了，早接應道：「我在此，快先來救我！」眾人趕到門前，門都是鎖的。鐵公子又是一錘，將門打開，屈氏方蓬著頭走出來，竟往裏走，口裏哭著道：「只怕我兒威逼死了！」韓愿道：「不曾死，方才還哭哩。」

屈氏奔到樓內閣上，只見女兒聽得父親在外吆喝，急要下樓出來，卻被三四個丫鬟、僕婦攔住不放。屈氏忙叫道：「奉聖旨拿人，誰敢攔阻！」丫鬟、僕婦方才放鬆。屈氏看見房中錦繡珠玉堆滿，都推開一邊，單拿了一個素包頭，替女兒包在頭上，遮了散髮與半面，扶了下來。恰好韓愿接著，同鐵公子並眾捕役一同領了出來。

到了前堂，韓愿就帶妻女跪在鐵御史面前，拜謝不已道：「生員並妻女三條性命，皆賴大宗師老爺保全，真是萬代陰功。」鐵御史道：「你不消謝我，這是朝廷的聖恩，然事在刑部勛臣，本院尚不知如何。」因對著大興知縣說道：「他三人係特旨欽犯，今雖有捕役解送，但恐猶有疏虞，煩賢大尹押到刑部，交付明白，庶無他變。」

知縣領命，隨令眾捕役將韓愿並妻女三人帶去。鐵御史然後指著大夬侯對推官說道：「沙老先生乃勛爵貴臣，不敢輕褻，敢煩賢節推相陪，送至法司。本院原係縲臣，自當還獄待罪。」說罷，即起身帶著鐵公子出門上馬而去。正是：

敢探虎穴英雄勇，巧識孤蹤智士謀。
迎得蚌珠還合浦，千秋又一許虞侯。

鐵御史去後，大夬侯款待推官，急託權貴親友，私行賄賂，到刑部與內閣去打點，希圖脫罪，不題。

卻說鐵御史歸到獄中，即將在大夬侯養閑堂搜出韓愿妻女三人，押送法司審究之事，細細寫了一本，頓時奏上。到次早，批下旨來，道：

鐵英既於養閑堂禁地搜出韓愿並其妻女，則不獨心跡無欺，且參劾有實。著出獄暫供舊職，候刑部審究定案，再加升賞。欽此！

鐵御史得了旨，方謝恩出獄。回到私衙，鐵公子迎著，夫妻父子歡然不題。

卻說刑部雖受了大夬侯的囑託，卻因本院捉人不出，涉於用情，不敢再行庇護，又被韓愿妻女三人口口咬定，搶劫情真，無處出脫，只得據實定罪，上疏奏聞。但於疏末回護數語道：

但念沙利年登不惑，麟趾念切，故淑女情深；且劫歸之後，但以禮求，並未苟犯。倘念功臣之後，或有一線可原，然恩威出自上裁，非臣下所敢專主。謹具疏奏請定奪，不勝待命之至。

過兩日，聖旨下了，批說道：

大夬侯沙利，身享高爵重位，不思修身御下，乃逞豪橫，劫奪生員韓愿已受生員韋佩聘定之女為妾，已非禮法；及為御史鐵英彈劾，又不悔過首罪，反捉韓愿夫妻，藏匿欽賜禁堂，轉詆鐵英為妄奏，其欺誑奸詐，罪莫大焉。據刑臣斷案，本當奪爵賜死，姑念先臣勛烈，不忍加刑，著幽閉養閑堂三年，以代流戍。其俸米撥一年給韓愿，以償搶劫散亡。韓女湘絃，既守貞未經苟合，當著韋佩擇吉成親。韓愿敦守名教，至死不屈，為儒無愧，著准貢教授，庶不負所學。鐵英據實奏劾，不避權貴，骨鯁可嘉，又能窮奸虎穴，大有氣節，著升都察院掌堂。刑臣緝督詢情，罰俸三月。欽此！

自聖旨下後，滿城皆相傳鐵公子打入養閑堂，救出韓湘絃之事，以為奇人，以為大俠，爭欲識其面，拜訪請交者，朝夕不絕。韓愿蒙恩選職，韋佩奉旨成婚，皆鐵公子之力，感之不啻父母，敬之不啻神明。

惟鐵御史反以為憂，每對鐵公子道：「天道最忌滿盈，禍福每相倚伏。我前日遭誣下獄，禍已不測，後邀聖恩，反加遷轉，可謂僥幸矣。然奸侯由此幽閉，豈能忘情？況你捉臂把胸，凌辱已甚，未免虎視眈眈，思為報復。我為臣子，此身已付朝廷，生死禍福，無可辭矣。你東西南北，得以自由，何必履此危地？況聲名漸高，交結漸廣，皆招惹是非之端。莫若借遊學之名，遠遠避去，如神龍之見其首，不見其尾，使人莫測，此知機所以為神也。」鐵公子道：「孩兒懶於酬應，正有此意。但慮大人職盡言路，動與人仇，孤立於此，不能放心。」鐵御史道：「我清廉自飭，直道而行，今幸又為聖天子所嘉，擢此高位，即有小讒，料無大禍，汝不須在念。汝若此去，還須勤修儒業，以聖賢為宗，切不可恃肝膽血氣，流入遊俠。」鐵公子再拜於地道：「謹受大人家教。」

自此又過了兩三日，見來訪者愈多，因收拾行李，拜辭父母，帶了小丹，徑回大名府家中而去。正是：

來若為思親，去疑因避禍。
倘問去來緣，老天未說破。

鐵公子到了家中，不期大名府也盡知鐵公子打入養閑堂，救出韓湘絃之事，又見鐵御史升了都察院，不獨親友殷勤，連府縣也十分尊仰。鐵公子因想道：「若終日如此，又不若在京中得居父母膝下。還是遵父命，借遊學之名，遠遠避去為是。」在家暫住了月餘，將家務交付家人，遂收拾行李資斧，只帶小丹一人去出門遊學。只因這一去，有分教：

風流義氣冤難解，名教相思害煞人。

鐵公子遊學，不知後事如何，且聽下回分解。

第三回　水小姐俏膽移花

詩曰：

柔弱咸知是女兒，女兒才慧有誰知？
片言隱禍輕輕解，一轉飛災悄悄移。
妙處不須聲與色，靈時都是竅和機。
饒他奸狡爭共享，及到臨期悔又遲。

話說鐵公子遵父命，避是非，出門遊學，茫茫道路，不知何處去好。因想道：「山東乃人物之地，禮義之邦，多生異人。莫若往彼一遊，或有所遇。」主意定了，因叫小丹雇了一匹蹇驢，徑往山東而來。正是：

讀書須閉戶，訪道不辭遠。
遍覽大山川，方能豁心眼。

鐵公子往山東來遊學，且按下不題。

卻說山東濟南府歷城縣，有一位鄉宦，姓水名居一，表字天生，歷官兵部侍郎，為人任氣敢為，倒也赫赫有名。只恨年將望六，夫人亡過，不曾生得子嗣，止遺下一個女兒，名喚冰心。生得雙眉春柳，一貌秋花，柔弱輕盈，閑處閨中，就像連羅綺也無力能勝；及至臨事作為，卻又有才有膽，賽過鬚眉男子。這水居一愛之如寶，因在京中做官，就將冰心當作兒子一般，一應家事，都付與他料理。所以延至一十七歲，尚未嫁人。

只恨水居一有個同胞兄弟，叫做水運，別號浸之。雖也頂著讀書之名，卻是一字不識，單單倚著祖上是大官，自有門第之尊，便日日在不公不法處覓飲食。誰料生來命窮，詐了些來，到手便消，只如沒有一般。卻喜生下三個兒子，皆都繼父之志，也是一字不識。又生了一個女兒，更是粗陋，叫做香姑，與冰心小姐同年，只大得兩個月。

因見哥哥沒有兒子，宦資又厚，水運便垂涎要白白消受。只奈冰心小姐未曾出嫁，一手把持，不能到手。因此日日挽出媒人親戚來，兜攬冰心嫁人。也有說張家豪富的，也有說李家官高的，也有說王家兒郎年少才高、人物俊秀的，誰知冰心小姐胸中別有主張，這些浮言一毫不入。水運無法可施。

忽有同縣過學士一個兒子要尋親，他便著人兜攬，要將侄女兒冰心嫁他。那過公子少年人，也是個色中餓鬼，因說道：「不知他侄女兒生得如何？」他就細誇說如何嬌美，如何才能。過公子終有些疑心，不肯應承。水運急了，就約他暗暗相看。

原來水運與水居一雖然分居已久，然祖上的住屋，卻是一宅分為兩院，內中樓閣連接處，尚有穴隙可窺。水運因引過公子悄悄偷看，因看見冰心小姐美麗非常，便眠思夢想，要娶為妻。幾番央媒來說，冰心小姐全然不睬。過公子情急，只得用厚禮求府尊為主。

初時，府尊知冰心小姐是兵部侍郎之女，怎敢妄為？雖撇不得過公子面皮，也只得去說兩遍，因見水小姐不允，也就罷了。不期過了些時，忽聞得水侍郎誤用一員大將，叫做侯孝，失機敗事，朝廷震怒，將水侍郎削了職，遣戍邊庭，立刻去了。又聞報過學士新推入閣。又見過公子再三來求，便掉轉面皮，認起真來，著人請水運來，吩咐道：「男女配婚，皆當及時，君子好逑，不宜錯過。女子在家從父，固是經常之道；若時難久待，勢不再緩，則又當從權。令侄女年已及笄，既失萱堂之靠，又無棠棣之依，孤處閨中，而僮僕如林，甚不相宜。若是令兄在家為官，或為擇婚，聽命可也。今不幸又遠戍邊庭，死雖未必，而生還無日，豈可不知通變，苦苦自誤？在令侄女，閨中淑秀，似無自言之理。兄為親叔，豈不念骨肉，而為之主張？況過學士已有旨推升入閣，過公子又擅科甲之才，展轉相求，自是美事。萬萬不可聽兒女一日之私，誤了百年大事！故本府請兄來，諄諄言之。若執迷不悟，不但失此好姻，恐於家門也有不利。」水運聽了府尊這話，正中其懷，滿口應承道：「此事治晚生久已在家苦勸，只因舍侄女為家兄嬌養慣了，任情任性，不知禮法，故凡求婚者，只是一味峻拒。今蒙太公祖老大人婉示曲諭，雖愚蒙亦醒。治晚生歸去，即當傳訓舍侄女。舍侄女所執者，無父命也。今聞太公祖之命，豈不又過於父命？萬無不從之理。」說完辭出。

回到家中，便走至隔壁，來尋見冰心小姐，就大言恐嚇道：「前日府尊來說過府這頭親事，我何等苦口勸你，你只是不理。常言說，『破家的縣令』，一個知縣惱了，便要破人之家，何況府尊？他前日因見侍郎人家，還看些體面，今見你父親得罪朝廷，問了充軍，到邊上去，他就變了臉，發出許多話來。若是再不從他，倘或作起惡來，你又是個孤女，我又沒有前程，怎生當得他起？過家這頭親事，他父親又拜了相，過公子又年少才高，科甲有分，要算做十分全美的了。你除非今生不打算嫁人，便誤過了這婚姻也由你。倘或再捱兩三年，終不免要嫁人，那時要思大府官人家，恐怕不能得夠。你須細細斟酌。」冰心小姐道：「非是我執拗，但是兒女婚姻大事，當遵父命。今父既遠戍，母親又早喪，教我遵誰人之命？」水運道：「這話方才府尊也曾說過。他說事若處變，便當從權。父命既遠不可遵，則我公祖之命即父命也。既無我公祖之命，你親叔叔之命亦即父命也。安可執一？」

冰心小姐低著頭，想了一想道：「公祖雖尊，終屬外姓。若是叔父可以當得親父，便可商量。」水運道：「叔父，親父，同是一脈，怎麼當不得？」冰心小姐道：「我一向只以父命為重，既是叔父當得親父，則凡事皆聽憑叔父為之，不必更問侄女矣。」

水運聽了，滿心大喜道：「你今日心下才明白哩，若是我叔父當不得親父，我又何苦來管你這閑事！我兒，你聽我說，過家這頭親事，實是萬分全美的，你明日嫁過去才得知。若是夫妻和合，你公公又是拜相，求他上一本，你父親就可放得回來。」冰心小姐道：「若得如此便好。」水運道：「你既依允，府尊還等我回話，你可親筆寫個庚帖來，待我送了去，使他們放心。」冰心小姐道：「寫不打緊，叔父須製個庚帖來，我女兒家去製不便。」水運道：「你既認我做親父，此事務都在我身上，誰要你製。只要你寫個八字與我。」冰心小姐就當面取筆硯，用紅紙寫出四柱八個字❶，遞與水運。

❶ 四柱八個字：星相家以人出生的年、月、日、時為四柱；合四柱之干支為八字。

水運接了，歡歡喜喜走到自家屋裏，說與三個兒子道：「過家這頭親事，今日才做妥了。」大兒子道：「隔壁妹子昨日還言三語四，不肯順從，今日為何就一口應承？」水運道：「他一心只道遵父命，因我說叔父就與父親一般，他才依了。」大兒子道：「他一時依了，只怕想回來，還要變更。」水運道：「再沒變更，連八字都被我逼他寫來了。」因在袖中取出與三個兒子看。三個兒子看了，俱歡喜道：「好！好！這再動不得了。」水運道：「好是好了，只是還有一件。」大兒子道：「還有哪一件？」水運道：「他說認我做親父，這些庚帖小禮物，便該我去料理才妙。」大兒子道：「小錢不去，大錢不來，這些小事，我們不去料理，明日怎好受他的財禮與家私？」水運道：「說便是這等說，只是如今哪裏有？」大兒子道：「這說不得。」

父子商量，因將衣服首飾，當了幾兩銀子來，先買了兩尺大紅緞子，又打了八個金字，釘在上面，精精致致，做成一個庚帖，親送與府尊看，道：「蒙太公祖吩咐，不敢抗違，謹送上庚帖。」府尊看了甚喜，因吩咐轉送到縣裏，叫縣尊為媒。縣尊知是府尊之命，不敢推辭，遂擇了一個好吉日，用鼓樂親送到過府來。過公子接著，如獲珍寶，忙忙受了，盛治酒筵，款待縣尊。過了數日，齊齊整整，備了千金聘禮，又擇了一個吉日，也央縣尊做大媒，吹吹打打送到水家來。

水運先一日就與冰心小姐說知，叫他打點。冰心小姐道：「我這邊因父親不在家，門庭冷落久矣。既叔叔認做親父，為我出庚帖，今日聘禮也只消在叔父那邊，方才合宜。何況同一祖居，這邊那邊，總是一般。」水運道：「受聘在我那邊，倒也罷了，只怕回帖出名，還要寫你父親。」冰心小姐道：「若定要寫父親名字，則是叔父終當不得親父了。況父親被朝廷遣謫，是個有罪之人，寫了過去，恐怕不吉，惹過家憎厭。且受聘之後，往來禮文甚多，皆要叔父去親身酬應，終不成又寫父親名字？還是徑由叔父出名，不知不覺為妙。」水運道：「這也說得是。」因去買了幾個繡金帖子回來，叫冰心小姐先寫下伺候。冰心小姐道：「寫便我寫，向外人只好說是哥哥寫的，恐被人恥笑。」水運道：「這個自然。」冰心小姐既寫了水運名字，又寫著「為小女答聘」，寫完念與水運聽。水運聽了道：「怎麼寫『小女』？」冰心小姐道：「既認做親父，怎麼不寫『小女』？」水運道：「這也說得是。」因拿了帖子回來，說與兒子道：「禮帖又是我出名，又寫著『為小女答聘』，莫說禮物是我們的，連這家私的名分已定了。」父子暗暗歡喜。

到了次日，過家行過聘來。水運父子都僭穿著行衣、方巾，大開了中門，讓禮物進去。滿堂結彩鋪氈，鼓樂喧天，迎接縣尊，進去款待。熱鬧了一日，冰心小姐全然不管。

到了客散，水運開了小門，接冰心小姐過去看盤，因問道：「這聘金禮物，還該誰收？」冰心小姐道：「叔父既認做親父，如此費心、費力、費財，這聘金禮物，自然是叔父收了，何須問我？莫說這些禮物，就是所有產業，父親又不曾生得兒弟，也終是叔父與哥哥之物。但父親遠戍，生死未知，侄女只得暫為保守，不敢擅自與人。」水運聽了，鼓掌大喜道：「侄女真是賢淑，怎看得這等分明！說得這等痛快！」遂叫三個兒子，一個女兒，將行來聘禮，照原單都點明收了進去。正是：

事拙全因利，人昏皆為貪。
漫言香餌妙，端只是魚饞。

過了月餘，過公子打點停當，又揀了個上吉之日，笙簫鼓樂，百輛來迎，十分熱鬧。水運慌作一團，忙開了小門走過來，催冰心小姐快快收拾。

冰心小姐佯為不知，懶懶的答應道：「我收拾做甚麼？」水運聽了，著急道：「你說得好笑！過家今日來娶，鼓樂喜轎，都已到門了，你難道不知？怎說收拾做甚麼？」冰心小姐道：「過家來娶，是娶姐姐，與我何干？」水運聽了愈加著急，道：「過家費多少情分，央人特為娶你，怎說娶你姐姐？你姐姐好個嘴臉，那過公子肯費這千金之聘來娶他！」冰心小姐道：「我父親遠戍邊庭，他一生家業，皆我主持，我又不嫁，怎說娶我？」水運聽了，心下急殺，轉笑笑道：「據你說話，甚是乖巧，只是你做的事卻拙了。」冰心小姐道：「既不嫁，誰能強我？我有甚事，卻做拙了？」水運道：「你既不嫁，就不該寫庚帖與我。今庚帖已送至過家，只怕『不嫁』二字要說，嘴也不響了。」冰心小姐道：「叔叔不要做夢不醒！我既不願嫁，怎肯寫庚帖與叔叔？」水運又笑道：「賢侄女，這個不消賴的！你只道我前日打金八字時，將你親筆寫的弄落了，便好不認賬？誰知我比你又細心，緊緊收藏，以為證據。你就滿口排牙，也賴不去了！」冰心小姐道：「我若親筆寫了庚帖與叔叔，我自無辭；若是不曾寫，叔叔卻也冤我不得。你可取來，大家當面一看。」水運道：「這個說得有理。」

因忙走了回去，取了前日寫的庚帖，又將三個兒子都叫了過來，當面對質，因遠遠拿著庚帖一照道：「這難道不是你親筆寫的，還有何說？」冰心小姐道：「我且問叔叔：你知我是幾月生的？」水運道：「你是八月十五日亥時生的，生你那一夜，你父親正同我賞月吃酒。我是你親叔叔，難道不知？」冰心小姐道：「再請問：香姑姐姐是幾月生的？」水運道：「他是六月初六日午時生的。大熱大暑，累他娘坐月子，好不苦惱。」冰心小姐道：「叔叔可曾看看庚帖上，寫的是幾月生的？」水運道：「庚帖上只寫八個字，卻不曾寫出月日，叫我怎麼看？」冰心小姐道：「這八個字，叔叔念得出麼？」水運道：「念是念不出，只因前日打金八字時，要稱分兩，也說『甲』字是多重，『子』字是多重，故記得『甲子』、『辛未』、『壬午』、『戊午』八個字，共重一兩三錢四分。」冰心小姐道：「既是這八個字，卻是姐姐的庚帖了，與我何干？怎來向我大驚小怪？」水運聽了忽吃一驚，道：「分明是你的，就是你自寫的，怎賴是他的？」冰心小姐道：「叔叔不須爭鬧，只要叫一個推命先生來算一算，這八字是八月十五，還是六月初六，便明白了。」

水運聽說，呆了半晌，忽跌跌腳道：「我女兒乖，便被你賣了，也便被你耍了，只怕真的到底假不得。莫說過家並府尊、縣尊俱知我是為你結親，就是合邑人，也知是過公子娶你。雖是庚帖被你作弄了，然大媒主婚，眾口一詞，你如何推得乾淨？」冰心小姐道：「不是我推。既是過家娶我，過家行聘就該行到我這邊來了，為何行到叔叔家裏？叔叔竟受了，又出回帖，稱說是『為小女答聘』，並無一字及於侄女，怎說為我？」水運道：「我稱你為『小女』，是你要認做親父，與你商量過的。」冰心小姐道：「若是叔叔沒有女兒，便認侄女為小女，也還可講；況叔叔自有親女，就是要認侄女做親女，又該分別個大小女、二小女，怎但說『小女』？若講到哪裏，就是叔叔自做官，也覺理上不通！」

水運聽了這許多議論，急得捶胸跌腳，大哭起來道：「罷了，罷了！我被你害的苦了！這過公子奸惡異常，他父親又將拜相，他為你費了許多錢財，才講成了。今日吉期，請了許多顯親貴戚，在家設宴，守候結親，鼓樂喜轎，早晨便來，伺候到晚，少不得自騎馬到來親迎。若是你不肯嫁，沒個人還他，他怎肯干休！你叔叔這條性命，白白的要斷送在你手裏。你既害我，我也顧不得骨肉親情，也要將你告到縣尊、府尊處，訴出前情，見得是你騙我，不是我騙過家，聽憑官府做主。只怕到那其間，你就伶牙俐齒，會講會說，也要拋頭露面，出乖弄醜！」一頭說，一頭只是哭。

冰心小姐道：「叔叔若要告我，我也不用深辯，只消說叔叔乘父官被謫，結黨謀陷孤女嫁人，要占奪家私，只怕叔叔的罪名更大了。」水運聽了，愈加著慌，道：「不是我定要告你，只是我不告你，我的干係怎脫？」冰心小姐道：「叔叔若不牽連侄女，但要脫干係，卻甚容易。」水運聽見說脫干係容易，便住了哭，問道：「這個冤結，就是神仙也解不開，怎說容易？」冰心小姐道：「叔叔若肯聽侄女主張，包管大憂變成大喜。」

水運見冰心小姐說話有些古怪，便釘緊說道：「此時此際，死在頭上，哪裏還望大喜？只要你有甚主張救得我，不被過公子凌辱便好了！」冰心小姐道：「我想香姑姐姐，今年已是十七歲，也該出閣了，何不乘此機會，名正言順，就將姐姐嫁去，便一件事完了，何必別討愁煩？」

水運聽了，低著頭再思沉吟，忽又驚又喜說道：「也倒是一策，只恐你姐姐與你好醜大不相同，嫁過去過公子看不上，定然要說閑話。」冰心小姐道：「叔叔送去的庚帖，明明是姐姐的，他行聘又明明行到叔叔家裏來，叔叔的回帖，又明明說是『小女』，今日他又明明到叔叔家裏來娶姐姐，理合將姐姐嫁去，有甚閑話說得？就說閑話，叔叔卻無得罪處，怕他怎的？況姐姐嫁過去，叔叔已有泰山之尊，就是從前有甚不到處，也可消釋。豈不是大憂變成大喜？」水運聽到此處，不覺笑將起來道：「我兒！你一個小小女子，怎胸中有這許多妙用？把一個活活的叔子騙死了，又有本事救活轉來！」冰心小姐道：「不是侄女欺騙叔叔，只因叔叔要尋事，侄女不得不自求解免耳。」水運道：「這都不消說了。只是你姐姐粗手粗腳，平素又不會收拾，今日忽然要嫁，卻怎麼處？你須過去替他裝束裝束。」

冰心小姐巴不得送了出門，只得帶了兩個丫鬟過去，替他梳頭剃面，擦齒修眉，從午後收拾到晚。又將珠翠鋪了滿頭，錦繡穿了滿身，又替他裏裏外外，將異香熏得撲鼻。又吩咐他：「到房中時，只說害羞，定要他吹滅了燈燭，然後與他見面就寢。倘飲合巹酒❷，須叫侍妾們將新郎灌醉。」又吩咐他：「新郎若見面有些嫌你的話，你便須尋死覓活驚嚇他。」香姑雖說痴蠢，說到他痛癢處，便一一領略。

剛剛裝束完，外面已三星在天。過公子騎著高頭駿馬，許多家人簇擁前來親迎了。水運無法擺布，只得揑著一把汗，將女兒撮上轎，聽眾人吹吹打打，娶將去了。正是：

奸雄雖然狡，無如智慧高。
漫言鳩善奪，已被鵲移巢。

過公子滿心以為冰心小姐被他娶了來家，十分歡喜。迎到大門前下了轎，許多媒婆、侍女挽扶到廳中。錦帕蓋著頭，紅紅綠綠，打扮的神仙相似，人人都認做冰心小姐，無一個不嘖嘖贊好。拜過堂，一齊擁入洞房，就排上合巹酒來，要他與新人對飲。香姑因有先囑之言，除去蓋頭，遂進入帳幔之中，死

---

❷ 合巹酒：古代婚禮中的一種儀式。巹，瓠之一半。剖一瓠為兩瓢，新婚夫婦各執一瓢，斟酒對飲，謂之合巹酒。飲了合巹酒，便告婚成。

也不肯出來。過公子認做害羞，便不十分強他，竟出到外廳，陪眾親戚飲酒。一來心下歡喜，二來親戚勸賀，左一杯、右一盞，直飲得酩酊大醉，方走入房中。看一看，只見燈燭遠遠停著，新人猶隱隱坐在帳中。

過公子便乘著醉興，走到帳中來，低低說道：「夜深了，何不先睡？」香姑看見，忙背過臉去，悄悄叫侍妾吹燈。侍妾尚看著過公子，未敢就吹，過公子轉湊趣道：「既是新夫人叫吹燈，你們便吹息了去罷！」眾侍妾聽得，忙忙將燈燭吹息，一哄散去。

過公子急用手去摸時，新人早已脫去衣裳，鑽入被裏去了。過公子哪裏還忍得住，連忙也脫去衣裳，鑽到被裏，一心只說是偷相的那一位冰心小姐，快活不過，便千般摩弄，百種溫存。香姑也是及時女子，到此田地，豈能自持？一霎時，帳擺流蘇，被翻紅浪，早已成其夫婦。正是：

帳底為雲皆淑女，被中龍戰盡良人。
如何曉起看顏面，便有相親方不親。

過公子夫妻恣意為歡，直睡到次早紅日三竿，方才醒轉。過公子睜開眼，忙將新人一看，只見廣額方面，蠢蠢然哪裏是偷相的那位小姐？忙坐起來，穿上衣服，急急問道：「你又不是水小姐，為何充做水小姐嫁了來？」香姑道：「哪個說我不是水小姐，你且再細認認看！」過公子只得又看了一眼，連連搖頭道：「不是，不是！我認得水小姐的俊俏龐兒，如芙蓉出水，楊柳含煙，哪裏是這等模樣！多是被水浸之這老狗騙了！」

香姑聽了，著惱道：「你既娶我來，我就是與你敵體的夫妻了！你怎這樣無禮，竟對著我罵我的父親？」過公子聽了，愈加著急道：「罷了，罷了！他原領我偷相的是侄女冰心小姐。你叫他做父親，莫非你是他的親女兒，另是一個？」香姑聽了，也坐將起來，穿上衣服，說道：「你這人怎這樣糊塗！冰心小姐乃是我做官大伯父的女兒，你既要娶他，就該到他那邊去求了，怎來求我父親？況我父親出的庚帖，又是我的，回帖又明明寫著『為小女答聘』，難道不看見，怎說是侄女？你聘禮又行到我家，你娶又到我家來娶，怎麼說不是我親女兒？我一個官家女兒，明媒正娶到你家來，又親朋滿座，花燭結親，今日已成了夫婦之好，卻說出鑽穴偷相這等敗倫傷化的言語來，叫我明日怎與你操持井臼，生育子嗣？看將起來，倒不如死了罷！」因跳下床來，哭天哭地的尋了一條大紅汗巾，要去自縊。過公子見不是冰心小姐，已氣得發昏，及見香姑要尋死，又驚個魂出。只因這一驚，有分教：

才被柳迷，又遭花騙。

不知畢竟怎生結果，且聽下回分解。

第四回　過公子痴心捉月

詩曰：

人生可笑是蚩蚩，眼豎眉橫總不知。
春夢做完猶想續，秋雲散盡尚思移。
天機有礙尖還鈍，野馬無韁快已遲。
任是潑天稱大膽，爭如閨閣小心兒。

話說過公子與香姑既做了親，看破不是冰心小姐，已十分氣苦，又被香姑前三後四，說出一團道理來，只要尋死覓活，又驚得沒擺布，只得叫眾侍妾看守勸解。

自己卻梳洗了，瞞著親友，悄悄來見府尊，哭訴被水運騙了，道：「前面引我偷相的，卻是冰心小姐，後面發庚帖受財禮，及今天嫁過來的，卻是自家女兒，叫做香姑。銀錢費去還是小事，只是被他做小兒愚弄，情實不甘心。懇求公祖大人，推家父薄面，為治晚生懲治他一番，方能釋恨。」府尊聽了，想一想道：「這事雖是水運設騙，然亦賢契做事不老到。既受庚帖，又該查一查他的生時月日。此事連本府也被他朦朧了，還說是出其不意。賢契行聘，怎麼不到水侍郎家，卻到水運家去？水運與冰心係叔父與侄女，回帖稱『小女』，就該動疑了，怎麼迎娶這一日，又到水運家去？豈不是明明娶水運之女？今娶又娶了，親又結了，若告他抵換，誰人肯信？至於偷相一節，又是私事，公堂上怎講得出口？要懲治他，卻也無詞。賢契莫若且請回，好好安慰家裏，莫要急出事來，待本府為你悄悄喚水運來，問他個詳細，再作區處。」過公子無奈，只得拜謝了回家，倒轉將言語安慰香姑不題。

卻說水運自夜裏嫁了女兒過去，捏著一把汗，睡也睡不著。天才亮，便悄悄叫人到過府門前去打聽，卻並不見一毫動靜。心下暗想道：「這過公子又不是一個好人，難道就肯將錯就錯罷了？」滿肚皮懷著鬼胎。到了日中，忽前番府裏那個差人，又來說：「太爺請過去說話！」水運雖然心下鶻突❶，卻不敢不去，只得大著膽來見府尊。

府尊叫到後堂，便與他坐了，將衙役喝開，悄悄細問：「本府前日原為過宅講的是你令侄女，你怎麼逞弄奸狡，移花接木，將你女兒騙充過去。這不獨是欺騙過公子，竟是欺騙本府了。今日過公子動了一張呈子，哭訴於本府，說你許多奸狡，要我依法懲治。本府因你也是官家，又怕內中別有隱情，故喚你前來問明。你須實言，我好詳察定罪。」水運聽了，慌忙跪下道：「罪民既在太公祖治下，生死俱望太公祖培植了，怎敢說個欺騙？昨夜之事，實出萬不得已，內中有萬千委曲，容罪民細述，求太公祖寬宥開恩。」府尊道：「既有委曲，可起來坐下細講。」水運便爬起來坐下，說道：「罪民與過公子議親初意，並太公祖後來吩咐，俱實實是為舍侄女起見。不料舍侄女賦性賢貞，苦苦不從。罪民因他不從，就傳示太公祖之命，未免說了些勢利的言語。不料舍侄女心靈性巧，恐勾出禍來，就轉過口來，要我認

❶ 鶻突：驚慌。

做親父，方肯相從。罪民只要事成，便認做親父。罪民恐他有變，就叫他親筆寫了庚帖為定。又不料舍侄女機變百出，略不推辭，提起筆來就寫。罪民見寫了庚帖，萬萬無疑，誰知他寫的卻是小女的八字。罪民一時不察，竟送到太公祖案下，又蒙太公祖發到縣間送與過宅，一天喜事，可謂幸矣。哪曉得俱墮在舍侄女術中！後來回帖稱『小女』，與罪民自受聘，俱是被他叫我認為親父惑了。直到昨日臨娶，催他收拾，他方變了臉，說出前情，一毫不認賬。及見罪民事急，無可解救，哭著要尋死，他又為我畫出這條計來免禍。罪民到了此時，萬無生路，只得冒險將小女嫁去，實不是罪民之本心也。竊思小女雖然醜陋，但今既已親荐枕席，或者轉是天緣，統望太公祖開恩！」

府尊一一聽了，轉歡喜起來道：「怎令侄女小小年紀，有如許聰慧？真可敬也，真可愛也！據老丈這等說起來，雖是情有可原，只是過公子受了許多播弄，怎肯甘心？」水運道：「就是過公子不甘心，也只為不曾娶得舍侄女。若是舍侄女今日嫁了別人，便難處了。昨日之事，舍侄女雖然躲過，卻喜得仍靜守閨中，過公子若是畢竟不忘情，容罪民緩緩騙他，以贖前愆，未嘗不可。」府尊聽了，歡喜道：「若是令侄女終能歸於過公子，這便自然無說了。只是你侄女有如此才智，如何騙得他動？」水運道：「前日小女未曾嫁時，他留心防範，故被他騙了。如今小女已嫁過去，他心已安，哪裏防備得許多？只求太公祖請了過公子來，容罪民設一妙計，包管完成其事。」府尊道：「既是這等說，本府且不深究；若又是誑言，則斷不輕恕！」

因又差人請過公子來相見，水運又將前情說了一遍，與過公子聽。過公子聽完，因回嗔作喜道：「若果有妙計，仍將令侄女嫁過來，則令愛我也不敢輕待。只是令侄女如此靈慧，請問計將安在？」水運道：

「也不須別用妙計，只求賢婿回去，與小女歡歡喜喜，不動聲色，到了三六九作朝❷的日期，大排筵席，廣請親朋，外面是男親，內裏是女眷，男親須求太公祖與縣尊在座，女眷中舍侄女是小姨娘，理該來赴席。待他來時，可先將前日的庚帖，改了他的八字，到其間賢婿執此，求太公祖與縣父母理論，我學生再從旁攛掇，便不怕他飛上天去，安有不成之理？」過公子聽了，滿心歡喜道：「此計大妙！」府尊道：「此計雖妙，只怕你侄女乖巧，有心不肯來。」水運道：「他見三朝六朝沒話說，小女的名分已定，他自然不疑。到了九朝十二朝，事愈沉了，既係至親，請他怎好不來？」商量停當，過公子與水運遂辭謝了府尊出來，又各各叮囑，算計停當方別。正是：

大道分明直，奸人曲曲行。
若無貞與節，名教豈能成？

過公子回家打點不題。卻說水運到家，將見府尊的事情瞞起不說，卻歡歡喜喜的走過間壁來見冰心，道：「我兒，昨日之事，真真虧了你！若不是這個法兒，今日天也亂下來了。」冰心小姐道：「理該如此，也不是甚麼法兒。」水運道：「我今早還擔憂，這時候不見動靜，想是大家相安無事了。」冰心小姐道：「相安也未必，只是說也無用，故隱忍作後圖耳。」水運道：「有甚後圖？」遂走了過來，心下暗想道：「這丫頭，怎看事這等明白？過家請他作十二朝，只怕還不肯去哩！」

❷ 朝：會聚。

到了十二朝先三日，過家就下了五個請帖來：一個請水運，三個請三個兒子，俱是過公子出名；又一個是請冰心小姐的，因過公子父母俱在京，就將香姑出名。水運接了，都拿過來，與冰心小姐看。因笑道：「這事果都應了你的口，大憂變成大喜。他既請我們合家去做十二朝，則斷斷乎沒閑話說了，須都去走走，方見親情密厚。」冰心小姐道：「這個自然都該去。」水運道：「既是都該去，再無空去之理，須備些禮物，先一日送去，使他知道我們都去，也好備酒。」冰心小姐道：「正該先送禮去。」水運因取了個大紅帖子來，要冰心小姐先寫定，好去備辦。冰心小姐全不推辭，就舉起筆，定了許多禮物，與水運去打點。

水運拿了禮帖，滿心歡喜，以為中計，遂暗暗傳信與過公子，又叫算命先生，將他八字推出，暗暗送與過公子，叫他另打金字換過，以為憑據。又時時探聽冰心小姐背後說些甚麼，恐怕他臨期有變。冰心小姐卻毫不露相，不說去，也不說不去。水運心下拿不穩，只得又暗傳信去，叫女兒頭一日先著兩個婢女來請，說道：「少夫人多多拜上小姐，說凡事多虧小姐扶持，明日千萬要請小姐早些過去面謝。」冰心小姐道：「明日乃你少夫人的吉期，自然要來奉賀。」就叫人取茶與他二人吃，一面吃茶，一面閑話問他：「你少夫人在家做甚麼！」一個回道：「不做甚麼。」一個道：「今早釘的紅緞子，不知做甚麼？」冰心小姐道：「釘在上面的，可是幾個金字？」婢女道：「正是幾個金字。」冰心小姐聽了，就推開說別話，再不問了。婢女吃完茶辭去，冰心小姐親口許他必來。水運聞知，滿心歡喜。

到了次日清晨，過家又打發兩個婢女來請，取出了一個小金盒，內中盛著十粒黃豆大滾圓的珠子，送與冰心小姐道：「這十顆珠子，是少夫人叫暗暗送與小姐的，小姐請收了，我們好回話。」冰心小姐看一看，因說道：「明珠重寶，不知是賣，不知是送？若是賣，我買不起。若是少夫人送我，你且暫帶回，待我少停面見少夫人收罷。」婢女不知就裏，便依舊拿了回去。

婢女才去，水運就過來問：「轎子與黃傘要用幾人？」冰心小姐道：「父親被謫，不宜用大轎、黃傘，只用小轎為宜。昨南莊有莊戶來交租米，我已留下兩人伺候了，不勞叔叔費心。」水運道：「今日過家貴戚滿堂，我們新親，必須齊整些才妙。若是兩人轎，又不用傘，冷冷落落，豈不惹人恥笑？」冰心小姐道：「笑自由他，名卻不敢犯。」水運強他不過，因說道：「轎子既有了，我們男客先去，你隨後就來罷！」竟帶了三個兒子先去。正是：

拙計似推磨，慧心如定盤。
收來還放去，偏有許多般！

卻說過公子打聽得，冰心小姐許了准來，不勝之喜，又再三拜懇府尊與縣尊，為他作主。又請出三四個學霸相公，要他作儐相贊成。十顆珠子，要賴作他受的聘定，金字庚帖，要做證見。又選下七八個有力氣的侍妾，叫他們只等下轎進門，便上前攙扶定了，防備他事急尋死。又收拾一間精致的內房，房內鋪的錦繡珠翠，十分富麗，使他動心從情。

清晨使婢妾相請，絡繹不絕。直到午後，方有人來報道：「冰心小姐已上轎出門了。」不一時，又有人來報道：「冰心小姐的轎子，已到半路了！」過公子聽了，喜得心花俱開，忙叫樂人伏於大門左右，只候轎一到門，就要吹打迎接。過公子心裏急，又自走出門去望，只見遠遠有一乘小轎，四個丫鬟列在前面，後面幾個家人跟隨，飄飄而來，就像仙子臨凡一般。將及到門，過公子不好意思，轉走了進去。府尊與縣尊坐在大廳上，聽說到了，心下暗想道：「這女子前面多少能幹，今日到底還落在他們圈套裏，可憐又可惜！」

不期水小姐的轎，直抬到門前，剛剛登門歇下，四個丫鬟捲起轎帘，冰心小姐露出半身，正打算出轎，門裏的七八個侍妾，正打算要來攙扶，忽門旁鼓樂吹打起來。冰心小姐聽了，便登時變了顏色道：「這鼓樂聲一團殺氣，定有奸人設計害我，進去便落陷坑！」因復轉身坐下，叫快抬回去。那兩個抬轎的莊戶，是早先吩咐下的，不等冰心小姐說完，早抬上肩，飛一般奔回去了。四個丫鬟與跟隨的家人，也忙忙趕去。正是：

珠戲不離龍項下，鬚撩偏到虎腮邊。
始知俏膽如金玉，看得痴愚不值錢。

過公子聽得樂響，只認做進來了，忙躲在小廳旁要偷看。不期鼓樂響不得一兩聲就住了，忽七八個侍妾，亂跑進來尋公子。公子忙走出來，問道：「怎麼水小姐不進來？」眾侍妾道：「水小姐轎已下了，因聽見樂人吹打，忽吃驚道：『這鼓樂聲一團殺氣，定有奸人害我，進去便落陷坑。快回去！』遂復上轎，抬回去了。」過公子跌腳道：「你們怎不扯住他？」眾侍妾道：「去的好不快，哪裏容你扯？」過公子急叫人快趕時，轎已去遠，趕不及了。

過公子氣得呆了，忙到大廳來，向府尊、縣尊訴說其事，府尊與縣尊聽了，又驚又喜。府尊因說道：「這女子真奇了！怎麼聽見鼓樂聲，就知要害他？」因對水運道：「令侄女平素果然曉得些術數麼？」水運道：「他自小跟著父親讀些異書，常在家斷禍斷福，我們也不信他。不期今日倒被他猜著了。」府尊、縣尊並滿座賓朋聽了，眾皆驚訝。

過公子心不死，又吩咐兩個婢女去請，說道：「今日十二朝，是親者皆來，故請小姐去會一會。家公子並無他意，為何到門就轉？」婢女去了，回來復道：「水小姐說：『我只道是親情好意，請去會會，故一請便來。誰知你公子不懷好心，已將庚帖改了，又要將珍珠作聘，叫府縣官逼勒我。若不是樂鼓聲告我，幾乎落你們圈套。你可多多拜上公子，可好好與少夫人受用，我與他不是姻緣，莫要生奸妄想！』」府尊與滿堂親友聽見，俱嘖嘖贊羨道：「這水小姐真不是凡人。」大家亂了半晌，只得排上酒來，吃了散去。

過公子心不甘，因又留下水運，說道：「我細想令侄女縱然聰慧，哪裏就是神仙，說得如此活現？定是你通謀騙我！」水運聽說急了，就跪在地下，對天發誓道：「我水運若係與侄女通謀哄騙公子，就全家遭瘟！」過公子忙攙起來說道：「你如果不與他通謀，老實對你說，這樣聰慧女子，越越放他不下。」

水運道：「賢婿既放不下，不必冤我，我還有一急計，只得要用了。」過公子道：「更有甚急計？」水運道：「這九月二十日，乃他母親的忌辰。年年到這日，必要到南莊母親墳上去祭掃，兼帶著催租，看菊花，已做了常規，是年年去的。公子到這日，必須騎匹快馬，領著了眾家丁，躲在南莊前後，等他祭掃完了，轉回家時，竟打開轎夫，抬著便走。抬到家中，便是公子的人了，聽憑公子如何調停。成不成，卻冤我不著。」過公子聽了，連聲道：「妙，妙！此計甚捷徑省力，定要如此行了。但恐怕到了那日，或遇風雨他不去。」水運道：「舍侄女為人最孝，任是大風大雨，也要去的。」過公子聽了，滿心歡喜，兩下約定，方才別了。正是：

凡人莫妄想天仙，要識麻姑有鐵鞭。
畢竟此中尋受用，嘴邊三尺是垂涎。

按下過公子打點九月二十日搶親不題。且說水運回家，因走過來對侄女道：「過家一團好意，你因甚疑心？到了門卻又抬了回去，叫我們掃興，連我也帶累沒趣！」冰心小姐道：「不消我說，他做的事，他心下自然明白！」水運忙合掌道：「阿彌陀佛！不要冤屈他。今日實是會親，並無他意，我可以代他發的誓出！」冰心小姐道：「我才聽得鼓聲甚暴，突然三撾，他這造謀不淺。今日雖被我識破了，決不住手，必然還有兩番來尋我。到明日驗過，叔叔方知不是我冤他。」數語說得水運毛骨竦然，不敢開口，只得淡淡的走了過去。

到了九月二十，冰心小姐果然叫人打點祭禮，到南莊去拜掃。先一日，就請水運與三兄弟同去。水運暗想道：「明日過公子搶人，少不得有一番吵鬧。我若同去，未免要打在渾水裏，招惹是非。」因回說道：「我明日有些要緊的事務要出門，恐怕不能去了。」冰心小姐道：「叔叔既不去，哥哥與兄弟，難道也不去？」水運道：「你兩個哥哥要管家，只好叫你兄弟同去，拜奠伯母墳塋罷。」說定了，就暗暗通信與過公子，說自去不便，只叫小兒一同去，作個耳目。

原來這南莊離城有十二三里，冰心小姐曉得路遠，大清晨就起來收拾。臨出門，偏坐一乘大暖轎，轎幔四面遮得嚴嚴的，又一柄黃傘在前引道。後面四個丫鬟，是四乘小轎。小兄弟與家人俱騎馬，在後面隨行。竟從從容容出城往南莊祭掃。正是：

鏡裏花枝偏弄影，水中月影慣撩人。
誰知費盡扳撈力，總是明河不可親。

冰心小姐轎到了南莊，莊戶將莊門大開，讓轎子直抬到大廳上方下來。冰心小姐既進了莊，莊門便依舊關上，幾匹馬就在莊外下了。冰心小姐才坐下，莊婦便擺出茶來，冰心小姐就叫小兄弟同吃。吃完茶，冰心小姐就問莊婦道：「後面墳上祭禮，可曾打點端正麼？」莊婦答道：「俱已齊備，只候小姐行禮。」冰心小姐隨起身，同小兄弟直走到後面母親的墳上，哭祭了一番。直等化了紙錢，方回身到莊西一間閣上去看菊花。

原來這南莊有東西兩層高閣：東邊閣下，栽的都是桃花，以備春祭賞玩；西邊閣下，栽的是菊花，以備祭秋賞玩。今日是秋祭，冰心小姐上了西閣，往下一看，只見閣下滿地鋪金，菊花開得正盛，有踏莎行詞為證：

瘦影滿籬，番疏三徑，深深淺淺黃相映。露下寒英飢可餐，風前雅致誰堪並？

談到可憐，懶如新病，懨懨開出秋情性。漫言盡日只閑閑，須知詩酒陶家興。

冰心小姐在西閣上看罷菊花，又四郊一望，正是秋成之時，收的收，割的割，鄉人奔來奔去，手腳不停。忽看見兩個閑漢，立在一間草屋邊看攢稻，有些詫異。因再向四邊一看，又看見三個閑漢，坐在一堆亂草上，忽眠忽起。再看看，又見小兄弟與一個青衣小廝，掩在照牆後說話。冰心小姐心下明白，並無言語。

不多時，莊婦擺飯在後廳，請冰心小姐去吃。冰心小姐下了閣，叫人尋了小兄弟來同吃。吃完飯，小兄弟催冰心小姐道：「路遠，沒甚事早些回去罷。」冰心小姐道：「你且再玩耍片時，我還要吩咐莊戶催討租米。」小兄弟又去了。冰心小姐因叫眾莊戶，將田莊事務一一吩咐明白，發放去了，然後坐在後廳旁小房裏，叫丫鬟將大皮箱出空了，衣服用包袱包起，又悄悄叫一個家人取了許多碎石塊，放在空箱裏，抬到大轎櫃底下放了。又叫家人尋一大塊石，用包袱包了，放在轎櫃上面，然後將轎門關上，用鎖鎖了，放下轎幔遮了。又叫眾家人進來，吩咐如此如此，眾家人領命。然後自家換了一件青衣，坐在四乘小轎內，卻留下一個丫鬟，叫莊戶另尋轎送來。收拾停當，卻叫家人大開了莊門，喝道：「轎夫快來，小姐已上轎了！」轎夫正在外面伺候，聽得叫，便一齊擁入，各認原轎，照舊抬了出來，打傘的原打起黃傘，在前引路。家人又尋了小兄弟來，同騎上馬跟隨。

才抬離了莊門，不上一箭路，早有東邊兩個，西邊三個，一霎時跳出一二十個腳夫來。有幾個將大轎撮住不放，有幾個將抬轎的亂打道：「這地方是我們的生意，你怎麼來這裏抬？」打得四個轎夫披頭散髮，各各放手，早有四個轎夫，接上肩頭，抬著飛跑去了。後面騎馬的家人看見，忙忙加鞭趕上前吆喝道：「作死的奴才！這是城中水侍郎老爺的小姐，怎敢搶抬？」那抬轎的聽見說是水小姐，一發跑的快了。

後面家人的馬將近趕上，只見路旁松樹下，過公子帶著一簇人馬，從林中出來，攔住大叫道：「你家小姐，已是我過大爺娶了，你們還趕些甚麼！」眾家人看見，慌忙勒住馬道：「原來是過姑爺抬回去，小人怎敢？但不趕上，恐怕小姐明日責罰。」過公子將手一揮，道：「快回去，小姐若責罰你，都在我身上。」說罷，將馬加上一鞭，帶著眾人去趕前邊轎子。眾家人借此縮住，等後面小姐的小轎上來，悄悄的抬了回家不題。

卻說過公子趕上大轎，歡歡喜喜，擁進城來。只因這一搶，有分教：

歡顏變怒，喜臉成羞。

不知更作何狀，且聽下回分解。

第五回　激義氣鬧公堂救禍得禍

詞曰：

才想鯨吞，又思鳩奪，奸人偏有多般惡。誰知不是好姻緣，認得真真還又錯。

恰恰迎來，剛剛遇著，冤家有路原非闊。不因野蔓與閑藤，焉能引作桃夭合？

——調寄踏莎行

話說過公子自與水運定下搶水小姐之計，恐怕搶到來不能服貼，依舊求計於府尊與縣尊，在家坐等，要他們執庚帖判斷，方沒話說。仍又請了許多親戚在家，要顯他有手段，終娶了水小姐來家。

這日帶著許多人，既搶到手，便意氣揚揚，蜂擁回家。到了大門前，腳夫便要住轎，過公子連連揮手道：「抬進去！」到了小廳，過公子還叫抬進去。腳夫直抬到大廳月臺下，方才歇下。

府尊與眾親友看見，都起身迎下廳來，作賀道：「淑女原不易求，今日方真真恭喜了！」過公子到了此際，十分得意，搖搖擺擺，走上廳來。對著府尊、縣尊淺淺一躬道：「今日之事，不是治晚生越禮，但前日所聘定者，實係是冰心小姐，現有庚帖可證。不料後來背約負盟，移花接木，治晚生心實不甘，故今日行權娶來，求太公祖與老父母作主。」府尊、縣尊同說道：「這婚姻始末，皆本府、本縣所知，不消細說。今既垂來歸正，可謂變而合禮。前面之失，俱可不究，可快快擁入洞房，成其嘉禮。」過公子道：「這使不得，若單單結褵，恐涉私不服，必經明斷，方彼此相安。」府尊道：「既是這等說，可開轎請新夫人出來面講。」

過公子因叫出幾個侍妾去開轎門。眾侍妾掀起轎幔，看見轎門有小鎖鎖著，忙說與過公子。過公子道：「這不打緊！」因自走上前，將小鎖一把扭去。眾侍妾見鎖扭開，便轉入轎杠中間，將兩扇轎門輕輕扯開。不開猶可，開了看時，卻驚得面面相覷，做聲不得。過公子見眾侍妾呆立不動，因罵道：「蠢奴才，快些扶新夫人出來！呆立著做甚麼？」眾侍妾忙問道：「轎裏沒有甚麼新夫人，卻扶哪個？」過公子聽說沒有新夫人，吃這一驚不小，忙走到轎前一看，只見轎櫃下放著一個黃包袱，哪裏有個人影兒？急得忙連連跌腳道：「明明看見他在閣上，怎麼上轎時，又被這丫頭弄了手腳，殊令人可恨！」

府尊、縣尊與眾親友聽見，都到月臺上去，看見轎裏無人，盡贊嘆道：「這水小姐真是個神人了！」因對過公子說道：「我勸賢契息了念頭罷！這女子行事神鬼莫測，斷不是個等閑人。」過公子氣得軟癱做一堆，羞得半句話也說不出，只是垂著頭嘆氣。府尊又叫取出黃包袱並皮箱，打開來看，卻都是大小石塊，又笑個不了。大家亂了半晌，見沒興頭，便都陸續散去。

獨有一個在門下常走動相好的朋友，叫做成奇，卻坐著不動身。過公子因與他說道：「今日機會，亦可謂湊巧，怎又脫空？想是命裏無緣。」成奇道：「事不成，便無緣，事若成，包管你又有緣了。凡是求婚，斯斯文文要他心肯，便難了。若有勢有力，可以搶奪，不怕人事，便容易。公子何須嗟嘆！」過公子道：「兄不要將搶奪看輕了。就是搶奪，也要湊巧。他是個深閨女子，等閑不出來，就縱有潑天本事，也沒處下手。」成奇道：「小弟倒想了一個下手妙處。」過公子道：「請教有甚妙處，可以下手？」成奇道：「我聞得他父親水居一，被謫邊庭，久無消息。又聞得水小姐是個孝順女兒，豈不思量望赦？公子只消假寫起一張紅紙報條來，說是都察院上本論赦，蒙恩赦還，復還原職。叫一二十人，假充報子，出其不意，跑進門去報喜，叫他出來討賞。他若不出來，再說又有恩赦詔旨，要他親接。他在歡喜頭上，自然忘情。況聞有旨，敢不出來？等他出來，看明白了，暗暗的藏下轎子，攝上就走。他一個柔弱女子，縱說伶俐，如何拗得眾人？」過公子聽說得心花都開，連聲說道：「此計甚妙。」

成奇道：「此計雖妙，只怕搶到家來，將來要犯斑駁。」過公子道：「犯甚斑駁？」成奇道：「他一個宦官人家小姐，領了許多人私自搶去，倘或搶到家，他性子烈，有這長這短，禍便當不起。公子雖與府縣是一個人，莫若還先動一張呈子，與府縣說明了。先抬到縣，後抬到府，要府縣作主批一筆：『既前經聘定，准抬回結親。』那時便萬分安穩了。」過公子聽了，越加歡喜道：「如此尤妙！」二人算計定了，便暗暗打點行事不題。正是：

一奸未了一奸生，人世如何得太平？
莫道紅顏多跌剝，鬚眉男子也難行！

卻說冰心小姐，自用計脫了南莊之禍，便閉門靜處，就是婦女也不容出入。水運又因苦爭過公子無惡處，後面做出事來，不好意思，便也不甚走過來，冰心小姐倒也安然。只是父親被謫，久無消息，未免愁煩。

一日梳妝才罷，忽聽得門外一陣喧嚷，許多人擁進門來，拿了一張大紅條子，貼在正廳屏門上。口裏亂嚷道：「老爺奉旨復任，特來報喜討賞！」又有幾個口稱：「還有恩赦詔書，請小姐開讀！」人多語亂，嘈嘈雜雜，說不分明。小姐只得自走到堂後來觀看，只見那張紅條子，貼在上面，堂後又看不見。眾報人又亂嚷著：「快接詔開讀！」冰心小姐恐接旨遲了，只得帶著兩個丫鬟，走出堂來細問。腳跟還未曾站穩，報人圍做一個圈盤，將冰心小姐圍在中間道：「聖旨在府堂上，請小姐去聽開讀！」說未說完，外面早抬進一乘轎子來，要小姐上轎。

冰心小姐看見光景，情知中計，便端端正正，立在堂中。面不改色，從從容容道：「你眾人不得囉唣，聽我一說：你眾人不過是過公子遣來迎請我的。也要曉得過公子迎請我去，不是與我有仇，是要與我結親。恐我不從，故用計來強我。此去若肯依從成親，過公子是你主人，我便是你主母了。你們眾人若是無禮囉唣，我明日到了過家，便一一都要懲治。到那時，莫說我今日不與你們先講明！」原來成奇也混在眾人中，忙答應道：「小姐已明見萬里，但求就行，誰敢囉唣？」冰心小姐道：「既是如此，可退開一步，好好伺候。待我換過衣服，吩咐家人看守門戶，方可出門。」眾人果遠開一步。

冰心小姐因吩咐丫鬟去取衣服，就悄悄叫他帶了一把有鞘的解手刀來，暗藏在袖裏。一面更換衣服，又說道：「你們若要我與你過公子成全好事，須要聽我吩咐。」成奇道：「小姐吩咐，誰敢不聽？」冰心小姐道：「過公子這段姻緣，雖非我所願，然他三次相求，禮雖不盡出於正，而意實殷勤，我也卻他不得。但今日你們設謀詭詐，若竟突然抬我到過家，我若從之，便是草草苟合，雖死亦不肯從，蓋無可從之道也。莫若先抬我到府、縣，與府、縣講明。若府、縣有撮合之言，便不為苟合矣。那裏再抬到過家，或者還好商量。不知你們眾人可知這些道理麼？」成奇聽了，正合他的意思，因答應道：「眾人雖不知道理，但小姐吩咐要見府、縣，便先抬去見了縣裏太爺、府裏太爺，然後再到過家，也不差甚麼！」就叫抬轎來，請小姐上轎。冰心小姐又吩咐家人看門，只帶兩個丫鬟，兩個小童跟隨。又悄悄吩咐家人，暗暗揭了那大紅條子，帶到縣前來，便欣然上轎去了。正是：

眼看鬼怪何曾怪，耳聽雷驚卻不驚。
漫道落入圈套死，卻從鬼裏去求生。

眾人將冰心小姐抬上肩頭，滿心歡喜，以為成了大功，便二三十人圍成一陣，鴉飛鵲亂的往縣前飛奔。又倚著過家有些勢力，亂沖來不怕人不讓。

不期將到縣前，忽撞見鐵公子到濟南來遊學，正遊到此處。雇了一匹蹇驢騎著，後跟著小丹，踽踽涼涼，劈面走來。恰好在轉彎處，不曾防備，突被眾人蜂擁撞來，幾乎撞倒跌下驢來。鐵公子大怒，就乘勢跳下驢來，將前面抬轎的，當胸一把扯住，大罵道：「該死的奴才，你們又不遭喪失火，怎青天白日像強盜搶奪一般，這等亂撞，幾乎將我鐵相公撞跌下驢來，是何道理！」眾人亂降降擁擁，跑到有與頭上，忽被鐵公子攔住，便七嘴八舌的亂嚷。有幾個說道：「你這人好大膽，這是過學士老爺家娶親。你是甚人，敢出來邀接！」又有幾個說道：「莫道你是鐵醬蓬，你就是金醬蓬、玉醬蓬，拿到縣中，也要打的粉碎！」鐵公子聽了，愈加大怒道：「既是過學士娶親，他詩書人家，為何沒有鼓樂，為何沒有燈火？定然有搶劫之情，須帶到縣裏去，問個明白！」

此時成奇也雜在眾人中，看見鐵公子青年儒雅，像個有來歷之人。便上前勸道：「偶然相撞，出於無心，事情甚小。我聽老兄說話，又是別府人氏，管這閑事做甚麼？請放手去罷！」鐵公子聽了，倒也有個放手的意思。忽聽得轎中哭著道：「冤屈，冤屈！望英雄救命！」鐵公子聽見，因復將抬轎的扯緊道：「原來果有冤屈，這是斷放不得的，快抬到縣裏去講！」眾人看見鐵公子不肯放手，便一齊擁上來，逞蠻動粗，要推開鐵公子。鐵公子按捺不下，便放開手，東一拳，西一腳，將眾人打得落花流水。成奇忙攔住道：「老兄不必動手，這事弄大了，私下決開不得交，莫說老兄到縣裏，若不到縣中，恐過府也不肯罷了。快放手讓他們抬到縣裏去！」鐵公子哪肯放手，卻喜得離縣衙不遠，又人多，便抬的抬，撮的撮，你扭我結，一齊開到縣前。

鐵公子見已到縣前，料走不去，方放開手，走到鼓架邊，取出馬鞭子，將鼓亂敲，敲得撲咚咚響亮，已驚動縣前眾衙役，都一齊跑來，將鐵公子圍道：「你是甚麼人，敢來擊鼓？快進去見老爺！」原來縣尊已有過家人來報，知搶得水小姐來，要他斷歸過公子，故特特坐在堂上等候。不期水小姐不見來，忽聞鼓響，眾衙役擁進一個書生來，稟道：「擅擊鼓人，帶見老爺！」

那書生走到堂上，也不拜，也不跪，但將手一舉道：「老先生請了！」縣尊看見，因問道：「你是甚麼人？因何事擊鼓？」鐵公子道：「我學生是甚人，老先生不必問，我學生也不必說。但我學生方才路見一件搶劫冤屈之事，私心竊為不平，敢擊鼓求老先生判斷，看此事冤也不冤？並仰觀老先生公也不公。」縣尊看見鐵公子人物俊爽，語言淩厲，不敢輕易動聲色。只問道：「你且說有甚搶劫冤屈之事？」鐵公子道：「現在外面，少不得進來。」才說未完，只見過家的一伙人，早已將冰心小姐圍擁著進來了。

冰心小姐還未走到，成奇早充做過家家人，上前稟道：「這水小姐，是家公子久聘定下的，因要悔賴婚姻，故家公子命眾人迎請來，先見過太爺，求太爺斷明，好迎請回去結親。」縣尊道：「既經久聘，禮宜迎歸結親，何必又斷？不必進來，竟迎去罷！」成奇聽了，就折回身攔住眾人道：「不必進去了，太爺已斷明，親自吩咐叫迎回去結親了。」

冰心小姐剛走到甬道中間，見有人攔阻，便大聲叫起冤屈來，因急走兩步，要奔上堂來分訴。旁邊皂快早用板子攔住道：「老爺已吩咐出去，又進去做甚麼？」冰心小姐見有人攔阻，不容上堂，又見眾人推他出去，便盤膝坐在地下，放聲大哭道：「為民父母，職當伸冤理屈，怎麼不聽一言！」縣尊還指手叫去，早急得鐵公子暴跳如雷，忙趕上堂來，指著縣尊亂嚷道：「好糊塗官府！怎麼公堂之上，只聽一面之詞，全不容人分訴？就是天下之官，貪賄慕勢，也不至此。要是這等作為，除非天下只一個知縣方好，只怕還有府道、撫臺在上！」

縣尊聽見鐵公子嚷得不成體面，便也拍案大怒道：「這是朝廷設立的公堂，你是甚麼人，敢如此放肆！」鐵公子復大笑道：「這縣好個大公堂！便是公侯人家，欽賜的禁地，我學生也曾打進去，救出人來，沒人敢說我放肆！」原來這個知縣新選山東不久，在京時，鐵公子打入大夬侯養閑堂這些事，都是知道的。今見鐵公子說話相近，因大驚，問道：「如此說來，老長兄莫非就是鐵都院長公子鐵挺生麼？」鐵公子道：「老先生既知道我學生賤名，要做這些不公不法之事，也該收斂些！」縣尊見果是鐵公子，忙走出公位，深深施禮道：「小弟鮑梓，在長安時，聞長兄高名，如雷轟耳，但恨無緣一面。今辱下臨，卻又坐此委曲，得罪長兄，統容荊請。」一面看坐，請鐵公子分賓主坐下，一面門子就茶。

茶罷，縣尊因說道：「此事始末，長兄必然盡知，非小弟敢於妄為，只緣撇不過過公子情面耳。」鐵公子道：「此事我學生俱是方才偶然撞見，其中始末，倒實實不知，轉求見教。」縣尊道：「這又奇了，小弟只道長兄此來，意有所圖，不知竟是道旁之冷眼熱心，一發可敬！」因將水小姐是水侍郎之女，有個過公子，聞其美，怎生要娶他；他叔叔水運，又怎生攛掇要嫁他；他又怎生換八字，移在水運女兒名下；後治酒騙他，他又怎生到門脫去；前在南莊搶劫他，他又怎生用石塊抵去之事，細細說了一遍。

不想縣尊一席話，喜得個鐵公子心窩裏都跳將起來，因說道：「據老先生如此說來，這水小姐竟是個千古的奇女子了，難得，難得！莫要錯過！」也顧不得縣尊看著，竟抽起身來，走到甬道上，將冰心小姐一看，果然生得十分美麗。怎見得？但見：

嫵媚如花，而肌膚光艷。羞灼灼之浮華輕盈似燕，而舉止安詳；笑翩翩之失措眉畫春山，而淡濃多態。覺春山之有愧，眼橫秋水而流轉生情；怪秋水之無神，腰纖欲折立亭亭不怕風吹。俊影難描，鶴癯癯最宜月照。髮光可鑒，不假塗膏；秀色堪餐，何須膩粉。慧心悄悄，越掩越靈，望而知其為仙子中人；俠骨冷冷，愈柔愈烈，察而識其非閨閣之秀。蕙性蘭心，初只疑美人顏色；珠圓玉潤，久方知君子風流。

鐵公子看了，因暗暗驚訝，走上前一步，望著冰心小姐深深一揖道：「小姐原來是蓬萊仙子，謫降塵凡，我學生肉眼凡胎，一時不識，多有得罪。但聞小姐，前面具如許才慧智巧，怎今日忽為鼠輩所賣？是所不解，竊敢請教。」冰心小姐見了，忙立起身來還禮道：「自嚴君被謫，日夜憂心，今忽聞有恩赦之旨下頒，竊謂詔旨，誰敢假傳？故出堂拜接，不意遂為人栽辱至此。」因取出解手刀來，拿在手中，又說道：「久知覆盆難照，已拼畢命於此。幸遇高賢大俠，倘蒙憐而垂手，則死之日，猶生之年矣！」鐵公子道：「甚麼恩旨？」冰心小姐因叫丫鬟，問家人取了大紅報條，遞與鐵公子看。

鐵公子看了，因拿上堂來，與縣尊看道：「報條是真是假？」縣尊看了道：「本縣不曾見有，此報是哪裏來的？」鐵公子見縣尊不認賬，便將條子袖了，勃然大怒道：「罷了，罷了！勒娶宦女，已無禮法，怎麼又假傳聖旨？我學生明日就去見撫臺，這些假傳聖旨之人，卻都要在老先生身上，不可走了一個！」說罷，就起身要走。縣尊慌忙留住道：「老先生不須性急，且待本縣問個明白，再作區處。」因叫過成奇眾人來，罵道：「你們這伙不知死活的奴才！這報條是哪裏來的？」眾人你看我，我看你，哪裏答得出來。縣尊見眾人不言語，就叫取夾棍來。眾人聽見叫取夾棍，都慌了，亂叫道：「老爺，這不干小人們事，皆是過公子寫的，叫小人們去貼的！」縣尊道：「這是真了。有尊客在此，且不打你們這些奴才！」一面差人押去鎖了，一面就差人另取一乘暖轎，好好送水小姐回府，一面就吩咐備酒，留鐵公子小飲。

鐵公子見送了水小姐回去，心下歡喜，便不推辭。飲至半酣，縣尊乃說道：「報條之事，雖實過公子所為，然他尊翁過老先生，未必知也。今長兄若鳴之上臺，不獨過公子不美，連他過老先生也未免有罪，煩望長兄周旋一二。」鐵公子道：「我學生原無成心，不過偶然為水小姐起見耳。過兄若能忘情於水小姐，我學生與過兄面也不識，又何故苛求？」縣尊聽了大喜道：「長兄真快士也，不平則削，平則捨之。」又飲了半晌，鐵公子告辭。縣尊聞知他尚無居停，就差人送在長壽院作寓，諄諄約定明日再會。

這邊鐵公子去了，不題。那邊過公子早有人報知此事，慌忙去見府尊說：「水小姐已抬到縣中，忽遇一個少年，不知是縣尊的甚麼親友，請了進去，竟叫轎將水小姐送了回去，轉將治晚生的家人要打，要夾，動下了鋪，不知是何緣故？」府尊聽了道：「這又奇了，待本府喚他來問。」正說未了，忽報知縣要見，連忙命進相見過，府尊就問道：「貴縣來的那個少年是甚麼人？貴縣這等優禮？」縣尊道：「大人原來不知，那個少年乃是鐵都憲之子，叫做鐵中玉，年才二十，智勇滔天。前日卑縣在京候選時，聞知大夬侯強娶了一個女子，窩藏在欽賜的養閑堂禁地內，誰敢去惹他？他竟不怕，持一柄三十斤重的銅錘，竟獨自打開禁門，直入內閣，將那女子救了出來。朝廷知道，轉歡喜贊羨，竟將大夬侯發在養閑堂，幽閉三年，以代遣戍。長安城中，誰不知他的名字！今早水小姐抬到縣時，誰知湊巧，恰恰遇著他，問起根由，竟將過兄寫的一張大紅報條袖了，說是假傳聖旨，要到撫院去講。這一講准了，不獨牽連過老先生，就是老大人與本縣，也有許多不便。故本縣款住他，徐圖之，不是實心優禮。」府尊道：「原來有許多委曲！」

過公子道：「他縱英雄，不過只是個都憲之子。治晚生雖不才，家父也忝居學士，與他也不相上下，他為何管我的閑事？老父母也該為治晚生主持一二。」縣尊道：「非不為兄主持，只因他拿了長兄寫的報條，有這干礙，唐突他不得。故不得已和他周旋也。」過公子說道：「依老父母這等周旋，則治晚生這段姻緣，付之流水矣！」縣尊道：「姻緣在天，謀事在人。賢契為何如此說？」過公子道：「謀至此而不成，更有何謀？」縣尊道：「謀豈有盡？彼孤身爾，本縣已送在長壽院作寓矣，兄回去與智略之士細細商量，或有妙處。」

過公子無奈，只得辭了府尊、縣尊回來，尋見成奇，將縣尊之言說與他知，要他算計。成奇道：「方才縣尊鋪我們，也是掩飾那姓鐵的耳目。今既說他是孤身，又說已送在長壽院住，這是明明指一條路與公子，要公子用計害他了。」過公子聽了，滿心歡喜，道：「是了，是了！但不知如何害他？還是明明叫人打他，還是暗暗叫人去殺他？」成奇道：「打他，殺他，俱有蹤跡，不妙。」因對著過公子耳朵說道：「只須如此如此，這般這般足矣。」過公子聽了，愈加歡喜道：「好妙算！但事不宜遲，莫要放他去了。」因與成奇打點行事。只因這一打點，有分教：

恩愛反成義俠，風流化出綱常。

不知畢竟怎生謀他，且聽下回分解。

第六回　冒嫌疑移下榻知恩報恩

詞曰：

仇既難忘，恩須急報，招嫌只為如花貌。誰知白璧不生瑕，任他染涅難成皂。
至性無他，慧心有竅，孤行決不將人靠。漫言明燭大綱常，坐懷也是真名教。

——調寄踏莎行

話說過公子自與成奇算出妙計，便暗暗去叫人施為，不題。卻說鐵公子既為差人送到長壽院作寓，便認做縣官一團好意，坦然不疑。但因見水小姐美貌異常，又聽說他許多妙用，便暗想道：「天下怎有這樣女子，父母為我求親，若求得這般一個，便是人倫之福了。」又想道：「有美如此，這過公子苦苦相求，卻也怪他不得。但只是人倫風化所關，豈可搶奪妄為！今日我無心救出他回去，使他不遭欺侮，也是一樁快心之事。」這夜雖然睡了，然「水小姐」三字，魂夢中也未嘗能忘。

到次日天明，就叫小丹收拾行李要動身。只見住持僧獨修和尚忙出來留住道：「縣裏太爺既送鐵相公在此，定然還要請酒，或是用情，鐵相公為何就忙忙要去了？」鐵公子道：「我與縣尊原非相識，又不是來打秋風❶，不過偶因不平，暫為一鳴耳。事過則已，於理既無情可用，於禮也不消請得，我為何不去？」獨修和尚道：「在鐵相公無所於求，去留並無不可，只是小僧稟明，其實不敢放行。」正說不了，只見縣尊已差人來下請帖，請午後吃酒。獨修和尚道：「如何？幸是不曾放去。」鐵公子見縣尊來意殷勤，只得復住下。不多時，獨修和尚備早飯來用。

剛吃完飯，只見一個青衣家人尋將來，說：「是水小姐差來，訪問鐵相公寓處，好送禮來謝。」鐵公子聞知，忙出來相見，因回說道：「你回去可多拜上小姐，昨日之事，是偶因路見不平，實實無心偏護小姐，故敢任性使氣，唐突縣公。若小姐送禮來，使縣公聞知，便是為私了，這斷乎不可！」家人道：「小姐在家說，昨日防範偶疏，誤落虎口，幸遇恩人，未遭凌辱。若不少致一芹❷，於心不安。」鐵公子道：「你小姐乃是閨閣中鬚眉君子，我鐵挺生也是個血性男兒，道義中別有相知，豈在此儀文瑣瑣！他若送禮來，不是感我，倒是污我，我也斷然不受。今日縣尊請酒，明日就要行了。只囑咐小姐，虎視眈眈，千萬留心保重。」

家人應諾回家，因對冰心小姐細細說了一遍。冰心小姐聽了，不勝感激，暗想道：「天地間怎有這樣俠烈之人，真令人可敬！只恨我水冰心是個女子，不便與他交結。又可恨父親不在家中，無人接待，致使他一片熱腸，有如冰雪而去，豈不辜負？」心下欲要央叔叔水運去拜拜，以道殷勤。又恐他心術不端，於中生衅；欲要備禮相送，又見他豪傑自居，議論侃侃，恐怕他說小視；欲要做些詩文相感，又恐怕墮入私情。真是千思百想，無計可施。只是時時叫家人去探聽，看鐵公子有甚行事來報，再作區處。

---

❶ 打秋風：亦作「打抽豐」，舊時因人豐富而拉關係求財。

❷ 少致一芹：少致微薄的謝禮。芹，喻微薄。

到午後，有人來報：「鐵相公縣裏太爺請去吃酒去了。」到夜，又有人來報：「鐵相公被太爺請去，吃得爛醉回來了。」到次早，又叫家人去打探：「鐵相公可曾起身回去？」家人打探了，來回復道：「鐵相公因昨夜多飲了幾杯，今日起身不得，此時還睡著哩。」冰心小姐聽了，沉吟放心不下，又叫家人去打聽。家人去了半晌，又來回復道：「鐵相公還未去哩。」冰心小姐道：「他昨日說今日就行，為何又不去？」家人道：「我問獨修和尚，他說府裏太爺知道他是鐵都堂的公子，吩咐留下，也要備酒請哩，故此未去。」冰心小姐聽了，還只認做勢利常情，也不放在心上。

又過了兩日，忽家人來報道：「昨夜本寺獨修和尚，請鐵相公吃些素菜，今日鐵相公肚裏疼，有些破腹，倦懨懨的坐在那裏，茶也不吃。」冰心小姐聽了，便有些疑心，暗想道：「吃素菜為何便至破腹？此中定有緣故。」因吩咐家人：「快再去打聽，看可曾請醫人調治否？」家人去看了，又來回復道：「已請縣前的太醫看過，說是脾胃偶被飲食傷了，故此泄瀉，不打緊，只消清脾理胃，一兩服就好的。」冰心小姐聽了，心略安些。

到了次早，天才明，就打發家人去看。家人去看了，又來回復道：「鐵相公昨晚吃了藥，一夜就瀉了有十餘遭，如今瀉得有氣無力，連床也下不來！」冰心小姐聽了，大驚道：「不好了，中了奸人之計了，卻怎麼處？」欲要去救他，自家又是個女子，怎好去得。尋思不出計來，只急得轉來轉去，跌足嗟嘆道：「這都是為救我，惹出來的禍患，我不去救他，再有誰人？」

躊躇半晌，忽想道：「事急了，避不得嫌疑，只得要如此了。」因問家人道：「鐵相公有甚人跟來？」家人道：「只有一個童子，叫做小丹。」冰心小姐道：「這小丹有多大了？」家人道：「只有十四五歲。」冰心小姐道：「這小丹乖巧麼？」家人道：「甚是乖巧。」冰心小姐道：「既是乖巧，你可去悄悄的喚他來，說我有要緊言語與他說。你可著兩個去，一個同他來，留一個暫時伺候鐵相公。要留心看定，不可走開。」家人領命去了。

去不多時，忽然領了小丹來見。冰心小姐因問道：「你家相公前日在縣時，甚是精神，為何忽然生起病來？」小丹道：「我相公平時最有氣力，自從在歷城太爺那裏吃酒醉了回來，便有些倦倦怠怠。前日本寺獨修和尚又請他吃了些素齋，便漸漸破腹，生起病來。昨日吃了太醫一劑藥，便瀉了一夜，走持不得了。」冰心小姐又問道：「你相公身子雖然被瀉倒了，心下可還明白？」小丹道：「相公心神原是明白的，只是瀉軟了，口也怕開。」冰心小姐道：「你相公既心裏明白，也還可救。你回去可悄悄稟知你相公，就說我說，縣尊留他不是好意，皆因前日你相公救了我回家，沖破了過公子的奸計，又挺觸了他許多言語，他欲要硬做對頭，又被你相公拿著他假傳聖旨的短處，一時爭勢不來，又見你相公孤身異地，故假獻殷勤，要在飲食中暗暗害你相公性命。你相公若不省悟，再吃他一茶一飯，便性命難保矣！」

小丹聽了，連忙點頭道：「小姐見得最是。若不是他們用的奸計，為何昨夜吃了藥，轉瀉的不住？想起來連寺裏和尚，也不是好人，怪道方才還勸相公吃藥哩。我回去對相公說破了，等相公嚷罵他一場，使他不敢。」冰心小姐道：「這個使不得。和尚雖然不好，只怕還是奉知縣之命。你相公若嚷罵了他，他去稟過知縣，知縣此時是騎虎之勢，必然又要別下毒手。你相公正在病中，身體軟弱，如何敵得他過？只好假做痴呆，說是病重，使和尚不防備。捱到晚間，我這裏備一乘小轎，悄悄的在寺門外等候。你可勉強扶你相公出來，上了轎，一徑抬到我這裏來。我收拾了書房，請你相公靜養數日，包管身體自然強健。且待身體強健了，再與他們講話也不遲。」小丹道：「既承小姐有此美意，小的回去就扶相公上轎來罷。」說完就走。

冰心小姐又喚住吩咐道：「還有一句要緊的言語與你說，你須記明。」小丹道：「小姐又有甚話說？」冰心小姐道：「你相公是個禮義俠烈之人，莫要說我是個孤女之家，寧死避嫌疑不肯來。你相公若果然有此說，你可就說我說，英雄做事，只要自家血性上打得過，不必定做腐儒腔調。況微服過宋❸，聖人之處患難，未嘗無權。我在此等候，不可看做等閑。」小丹道：「小姐吩咐的，小的都知道了。」

因忙忙走了回去，到床前候鐵公子睡醒呻吟時，又看看無人在面前，遂低低將水小姐喚去，說縣尊不是好意之言，一一說與鐵公子知道。鐵公子聽完了，不覺吃了一驚，忽想道：「是也，我鐵中玉為何一時就懵懂至此！」心下勃然大怒，就要掙起來，到縣裏去說。小丹因又將冰心小姐恐別下毒手，已備轎子接他去養病之言，說了一遍。鐵公子聽了，又歡喜起來道：「水小姐慮事，怎麼如此周密！但他是個孤女，我又是個少年男子，又有前日這番嫌疑，便死於奸人之手，也不便去住。」小丹聽了，因又將臨出門，水小姐叫回去吩咐之言，細細說了。喜的個鐵公子心花都開，因說道：「這水小姐也不是個女子，聽他說的話，竟是個大豪傑了，我就去也不妨。」

正說不了，只見獨修和尚又捧了一盅藥來，對小丹說：「太醫說，再吃這一盅，瀉便止了。」小丹接了道：「多謝師父，等我慢慢扶起相公吃罷。」獨修道：「吃過藥再吃粥罷。」說罷，就去了。小丹

---

❸ 微服過宋：孟子萬章上：「孔子不悅於魯衛，遭宋桓司馬將要而殺之，微服而過宋。」微服，為隱藏身份而改換常服。

見和尚去了，遂將藥潑在後面溝裏。鐵公子因忿恨道：「原來我的病，都是這禿奴才做的手腳！」捱到天晚，小丹看見一乘小暖轎已在寺門外歇著，又有兩個家人與小丹打了照會。小丹遂走進去，悄悄與鐵公子說知。鐵公子此時實實走不起來，恐負了水小姐一番美情，只得強抖精神，掙將起來。恰恰湊巧，這一會院中無人，小丹因極力攙扶了出來。到了院外，兩個家人又相幫攙了上轎，徑抬到水侍郎府中。

小丹見轎子去了，方才又折回身，尋見管門的老和尚說道：「鐵相公偶遇見一個年家，接去養病。房裏的行李，可叫獨修和尚收好，改日來取。」說罷，自去趕上轎子同走。

走到半路，水小姐早已又差個家人，打了一對燈籠來接。鐵公子坐在轎中，見四圍轎幔遮得嚴嚴穩穩的，下面茵褥鋪得溫溫軟軟的，身體十分爽快。又見燈籠來接，知水小姐十分用情，不勝感激。不一時到了，水小姐竟吩咐抬入大廳上，方叫歇下。此時堂中燈火點得雪亮，冰心小姐立在廳右，叫兩個家人媳婦與兩個丫鬟，好生攙扶鐵相公出轎，到東邊書房裏去住。鐵公子下了轎，即忙叫小丹拜上小姐：「多感美情，奈病體不能為禮，容稍好再叩謝罷。」徑隨著僕婦、丫鬟，扶到東書房床上坐下。因掙扎走了幾步，身體愈覺困倦，坐不得一刻，就和衣而睡。此時鐵公子心已安了，又十分快暢，放倒身子，便沉沉睡去。

冰心小姐教丫鬟送上香茗，並龍眼人參湯，因見鐵公子睡熟，不敢驚動。冰心小姐發放了轎夫並家人，獨與幾個僕婦、丫鬟坐在廳上，煎煮茶湯守候。卻教小丹半眠半坐在床前，隨時呼喚。

鐵公子這一覺，直睡到三更時分，方才醒轉。翻過身來，睜眼看時，只見帳外尚有一對明燭點在臺上。小丹猶坐在床下，見鐵公子醒了，因走起來問道：「相公，這一會身子好些麼？」鐵公子道：「睡了這一覺，腹中略覺爽快些。你怎麼還不睡？」小丹道：「不獨小的未睡，連內裏小姐並許多嬸嬸、姐姐們俱在大廳上烹茶、煎湯、煮粥，伺候相公哩。」鐵公子聽了著驚道：「怎敢勞小姐如此鄭重！」正說不了，幾個僕婦、丫鬟，或是茶，或是湯，或是粥，都一齊送到書房與公子吃。鐵公子因是水瀉，不敢吃茶，人參湯又恐太補，只將龍眼湯呷了數口。眾丫鬟苦勸，又吃了半甌。吃完因說道：「煩你們拜上小姐，說我鐵中玉虎口殘生，多蒙垂救，高誼已足千古。若飲食起居，再勞如此殷勤，更使我坐臥不安矣，快請尊便。」

一個丫鬟叫做冷秀，是冰心小姐貼身服侍的，因回答道：「家小姐說，鐵相公的尊恙，皆是為救家小姐惹出來的，鐵相公一刻不安，家小姐心上一刻放不下。這兩日打聽得鐵相公病勢加添，恐遭陷害，日夜彷徨，寢食俱廢。今幸接得鐵相公到此，料無意外之變。許多憂疑，俱已釋然。這些茶湯供給小事，何足為勞。鐵相公但請寬心靜養，其餘不必介意。」鐵公子道：「我病，小姐不安，若是小姐太勞，我又何能甘寢？還請兩便為妙。」冷秀道：「既是鐵相公吩咐，家小姐自當從命。且候鐵公子安寢了，小姐便進去。」鐵公子道：「我就睡。」因叫小丹替他脫去衣服，放下帳子，側身而臥。只見錦裀繡褥，軟綿舒適，不啻溫柔鄉裏，神情殊爽。正是：

恩有為恩情有情，自然感激出真誠。
若存一點為雲念，便犯千秋多露行。

眾僕婦、丫鬟看見鐵公子睡下，方同出房來，將鐵公子言語說與冰心小姐知道。冰心小姐聽了道：「鐵相公既說話如此清楚，料這病也無甚大害。」又吩咐家人，明早去請有名的醫生來看視。又吩咐兩個僕婦，在廳旁打鋪睡了伺候，恐怕一時要茶要水。吩咐停當，方退入閣中去安息。正是：

白骨已沉魂結草，黃花銜得雀酬恩。
從來義俠奇男女，靜夜良心敢不捫？

冰心小姐雖然進內安寢，然一心牽掛。到次日天才微明，就起來吩咐家人，催請醫生。又吩咐僕婦伺候茶湯，又吩咐小丹，教他莫要說小姐在外照管。不多時，鐵公子醒了，欲要起來，身子還軟，穿了衣服，就在床上盥櫛了，略吃些粥，半眠半坐。

又不多時，家人請了個醫生來看。醫生看過道：「脈息平和，原非內病。因飲食吃的不節，傷了脾胃兩家，以致泄瀉。如今也不必多服藥餌，只須靜養數日，自然平服。第一要戒動氣，第二要戒煩勞，第三要戒言語。要緊，要緊！」因撮了兩帖藥去了。冰心小姐見說病不打緊，便歡歡喜喜料理，不題。

卻說長壽院的獨修和尚，聽見管門的說鐵相公去了，叫他看守行李，忽吃驚道：「他去不打緊，但是過公子再三囑咐，叫款留下他，粥飯中下些大黃、巴豆之類，將他瀉死沒有形跡。這四日已瀉到八九分，再一劑藥，包管斷根。再不防他一個病人會走，這已不可解。倘過公子來要人，卻怎生回他？」想了一夜，沒有計較。到次日絕早，只得報與過公子知道。

過公子聽了，大怒道：「那厮你前日報我說，他已瀉倒在床，爬不起來，昨夜怎又忽然走去？還是你走了風，奉承他是都堂的公子，叫他逃去，將我家老爺不看在心上！」獨修和尚跌腳捶胸道：「太爺冤屈殺我！我們和尚家最勢利，怎麼現放著本鄉、本土朝夕護法的老爺不奉承，卻又去奉承那別府、別縣不相識的公子？」過公子道：「這原是縣裏太爺的主意，我也不難為你，只帶你到縣裏去回話。」遂不由分說，叫從人將獨修帶著，親自來見縣尊，就說和尚放走鐵生。縣尊因叫獨修問道：「你怎麼放走鐵相公？」獨修道：「小和尚若要通信放走他，何不在他未病之先？他日日出門吃酒，此時放了他，還可塞責，怎如今他瀉到九死一生之際，倒放他去了，招惹過太爺怪我？我實不知他怎生逃走的。」縣尊想了一想道：「這也說得是。我且不加罪，但這鐵相公臨去，你可曉得些蹤跡麼？」獨修道：「實實不知蹤跡。」縣尊又問道：「這幾日可有甚朋友與他往來？」獨修道：「並無朋友往來。」縣尊道：「難道一人也無？」獨修道：「只有水府的管家，時時來打聽，卻也不曾進去見得鐵相公。」縣尊對過公子笑了一笑，道：「這便是了。」

過公子道：「老父母有何明見？」縣尊道：「這鐵生偶然過此，別無相識，惟與水家小姐有恩。這水家小姐又是個有心的奇女子，見我們留鐵生久住，今又生起病來，只怕我們的計謀都被他參透了，故時時差人打聽，忽然移去。賢契此時要知消息，只消到令岳處一問，便有實信。」過公子一想，也沉吟道：「老父母所見最明，若果如此，則這水小姐一發可恨矣。我再三禮求，只是不允。怎一個面生少年，便窩藏了去？」縣尊道：「賢契此時不消著急，且訪確了再商量。」遂放了和尚。

過公子辭了回家，叫人去請了水運來。水運一到，過公子就問道：「聞得令侄女那邊，昨夜窩藏一個姓鐵的少年男子在家，不知老丈人可知道麼？」水運道：「未知。自從前日搶劫這一番，他怪我不出來救護，甚是不悅於我。我故這幾日不曾過去，這些事全不知道。」過公子道：「既不知道，敢煩急去一訪。」水運道：「訪問容易。但這個姓鐵的少年男子，可就是在縣堂上，救舍侄女回來的後生麼？」過公子道：「正是他。」水運道：「若是他，我聞得縣尊送他在長壽院中作寓，舍侄女為何藏他？」過公子道：「正為他在長壽院中害病幾死，昨晚忽然不見了。我想他此處別無相識，不是你侄女藏過，更有何人？」水運道：「若是這等說來，便有幾分是他，待我回去一問便知。」遂別了回家，因叫他小兒子推著過去玩耍，就叫他四下尋看。原來這事，冰心小姐原不瞞人，故小兒走過來就知道了。忙回來報知父親說：「東廂房有個後生，在那裏害病睡著哩。」

水運識得是真，因開了小門，走過來尋見冰心小姐，說道：「這事論起來，我與哥哥久已各立門戶，原不該來管你的閑事。只是聞得外面議論紛紛，我是你一個親叔子，又不得不管你的閑事。」冰心小姐道：「侄女若有甚差錯處，外人尚且議論，怎麼親叔子管不得閑事？但不知叔叔說的是何事？」水運道：「我常聽見人說的：『男女授受不親，禮也。』你一個孤女，父親又不在家，又無兄弟同住，怎留他一個他鄉外郡，不知姓名，非親非故的少年男子在家養病？莫說外人要談論，就是我親叔子，也遮蓋你不來。」

冰心小姐道：「侄女又聞聖人制禮，不過為中人而設，原不曾縛束君子。昔魯公授玉卑，而晏嬰跪受，所謂禮外又有禮也。即孟子論男女授受不親之禮，恐怕人拘泥小節，傷了大義。故緊接一句道：『嫂溺叔援，權也。』又解說一句道：『嫂溺不援，是豺狼也。』由這等看起來，固知道聖人制禮，不過要正人心。若人心既正，雖小禮出入亦無妨也。故聖人又有『大德不逾閑，小德出入可也』之訓。侄女聞太史公說的好：『緩急，人所時有』，又聞『為人，恩仇不可不明』。故古今俠烈之士，往往斷首刳心而不顧者，蓋欲報恩復仇也。侄女雖一孤弱女子，然私心竊慕之。就如前日，侄女靜處閨中，未嘗不遵王法，不畏鄉評而越禮與人授受也；奈何人心險惡，忽遭奸徒串同黨羽，假傳聖旨，將侄女搶劫而去。此時王法何在？鄉評何在？即至親骨肉又何在？禮所稱『男女授受不親』者，此侄女向誰人去講！當此九死一生之際，害我者其仇固已切齒，設有救我者，其恩能不感之入骨耶？這鐵公子，若論蹤跡，雖是他鄉外郡，非親非故的少年男子；若論他意氣如雲、肝腸似火，比之本鄉本土，至親骨肉，豈不遠勝百倍！他與侄女，譬如風馬牛毫不相及，只因路見不平，便挺身縣堂，侃侃爭論，使侄女不死於奸人之手，得以保全名節還家者，鐵公子之力也。今鐵公子為救侄女，觸怒奸人，反墮身陷阱，被毒垂危。侄女若避小嫌，不去救他，使他一個天地鍾靈的血性男兒，陷死異鄉，則是侄女存心與豺狼何異？故乘間接他來家養病，養好了，送他還鄉，庶幾恩義兩全。這叫做知恩報恩，雖告之天地鬼神，亦於心無愧。甚麼外人敢於議論紛紛，若要叔叔來遮蓋！叔叔果若念至親，便當挺身出去，將這些假傳聖旨、搶劫之人，查出首從，懲治一番，也為水門爭氣！莫比他人，只畏強袖手，但將這些不關痛癢的太平話，來責備侄女，似亦不近人情，叫侄女如何領受？」

水運聽了這一篇議論，噤得啞口無言。呆了半晌，方又說道：「非是我不出力，怎奈我沒前程，力量小，做不來。你說的這些話，雖都是大道理，然君子少，小人多，明白的少，不明白的多。他只說一個閨中女兒，怎留一個少年男子在家，外觀不雅。」冰心小姐道：「外觀不過浮雲，何日無之？此心蓋人之本，不可一時少失，侄女只要清白，不受玷污，其餘哪裏還顧得許多？叔叔慢慢細察，自然知道。」水運自覺沒趣，只得默默走了過去。只因這一走，有分教：

瓜田李下，明俠女之志；
暗室屋漏，窺君子之心。

不知水運回去，又設何計，且聽下回分解。

第七回　五夜無欺敢留髡❶以飲

詩曰：

莫訝腰柔手亦纖，蹙愁戲恨怪眉尖。
熱心未炙情冰冷，苦口能聽話蜜甜。
既已無他應自信，不知有愧又何嫌。
若教守定三千禮，縱使潛龍沒處潛。

話說水運一團高興，走過去要拿把冰心小姐，不料轉被小姐說出許多大議論壓倒，他口也開不得，只得默默的走了回來，心下暗暗想道：「這丫頭如此能言快語，如何說得他過？除非拿著他些毛病方好。」

正想不了，過公子早著人來請，只得走去相見。先將鐵公子果然是侄女兒用計，移了來家養病之事，

❶髡：指戰國時齊國著名賢臣淳于髡。孟子離婁上記淳于髡與孟子的一段對話：「淳于髡曰：『男女授受不親，禮與？』孟子曰：『禮也。』曰：『嫂溺，則援之以手乎？』曰：『嫂溺不援，是豺狼也。男女授受不親，禮也；嫂溺，援之以手者，權也。』」這裡以淳于髡指鐵中玉。

說了一遍。過公子聽見，不覺大怒道：「他是個閨中弱女，怎留個少年男子在家！老丈人，你是他親叔子，就該著實責備教訓他才是。」水運道：「我怎麼不責備他？但他那一張嘴，就似一把快刀，好不會說！我還說不得他一句，他早引古援今，說出無數大道理來，教我沒的開口。」

因將冰心小姐之言，細細述了一遍。過公子聽了，頓足道：「這不過是養漢撇清之言，怎麼信得他的？」水運道：「信是信他不過，但此時捉不著他的短處，卻奈何他不得。」過公子道：「昨日成奇對我說，那姓鐵的後生，人物倒甚是生得清秀，前日在縣尊公堂上，他只因看見你侄女的姿色，故發作縣尊，希圖你侄女兒感激他，以為進身之計。就是你侄女接他來家養病，豈真是報恩報德之意？恐是這些假公之言，正是欲濟其私也。今日一個孤男，一個寡女，共居一室，又彼此有恩有情，便是聖賢，恐亦把持不定。」水運道：「只空言揣度，便如何肯服？莫若待我回去，今夜叫個小丫頭躲到他那邊，看他做些甚事，說些甚話。倘有一點差錯處，被我們拿著，他便強不去了。」過公子道：「這也說得是。」

水運因別了回來，捱到黃昏以後，悄悄開了小門，叫一個小丫頭閃過去，躲在柴房裏，聽他們說話與做事。那小丫頭聽了半夜，只等冰心小姐進內去睡了，他又閃了過來，回復水運道：「那個鐵相公，病雖略好些，還起不來，只在床上坐，粥食都送到床上去吃。」水運問道：「小姐卻在哪裏？」小丫頭道：「小姐只在大廳上，看眾姐姐們煎藥的煎藥，煮粥的煮粥。」水運又問道：「小姐可進房去麼？」小丫頭道：「小姐不見進房。」又問道：「那個鐵相公可與小姐說話？」小丫頭道：「並不聽見說話。只聽見一個書僮出來傳話說：『請小姐安寢，莫要太勞，反覺不安。』」水運道：「小姐卻怎樣回他？」小丫頭道：「小姐卻叫眾姐姐對那鐵相公說：『小姐已進內去了。』其實小姐還坐在廳上，只打聽得那相公睡著了，方忙忙進去。我見小姐進去了，沒得打聽，方溜了過來。」

水運聽了，沉吟道：「這丫頭難道真個冰清玉潔，毫不動心？我不信。」因叫小丫頭第二夜、第三夜，一連去打聽三、四夜，小丫頭說來說去，並無一語涉私。弄得水運沒計，只得回復過公子道：「我叫一個小丫頭躲過去，打聽了三四夜，惟有恭恭敬敬，主賓相待，並無一點差錯處。舍侄女真真要讓他說得嘴響。」過公子連連搖頭道：「老丈人，你這話，只好耍呆子！古今有幾個柳下惠❷？待我去與縣尊說，叫他出簽，拿一個貼身伏侍的丫鬟去，只消一拶，包管真情直露。那時莫說令侄女的嘴說不響，只怕連老丈人的嘴，也說不響了！」水運道：「冤屈殺我！難道我也瞞你？據那小丫頭是這樣說，我也在此猜疑，你怎連我也疑起來？」過公子道：「你既不瞞我，可再去留心細訪。」水運只得去了。

過公子隨即來見縣尊，將鐵公子果是水小姐移去養病，並前後之事說了一遍，要他出簽，去拿丫鬟來審問。縣尊道：「為官自有官體，事無大小，必有人告發，然後可以出簽拿人。再無個閨閣事情，尚在曖昧，哪有劈空竟拿之理。」過公子道：「若不去拿，豈有老父母治化之下，明明容他一男一女，在家淫穢，有傷朝廷名教之理？」縣尊道：「淫穢固傷名教，若未如所說，不淫不穢，豈不又於名教有光？況這水小姐，幾番行事多不可測；這一個鐵生，又昂藏磊落，膽勇過人，豈可尋常一概而論？」

過公子道：「這水小姐，治晚生為他費了無數心機，是老父母所知者，今竟視為陌路。這鐵生毫無所倚，轉為入幕之賓，叫治晚生怎生氣得他過？」縣尊道：「賢契不必著急。本縣有一個門子，叫做單

---

❷柳下惠：春秋魯大夫展禽，字季，因食邑柳下，諡惠，故稱柳下惠。傳說柳下惠夜宿郭門，遇到一個流落的女子，怕他受凍，用衣裹住抱在懷裡，坐了一夜，沒有發生非禮行為。事見荀子大略。

祐，專會飛檐走壁，鑽穴逾牆。近為本縣知道了，正要革役，治他之罪。今賢契既有此不明不白之事，待本縣恕他之罪，叫他暗暗一窺，貞淫之情，便可立判矣。」過公子道：「若果如此，使他醜不能遮，則深感老父母用情矣。」

縣尊因差人叫將單祐帶到。縣尊點點頭，叫他跪在面前，吩咐道：「你的過犯，本該革役責罪的。今有一事差你，你若訪得明白，我就恕你不究了。」單祐連連磕頭道：「既蒙大恩開豁，倘有差遣，敢不盡心？」縣尊道：「南門裏水侍郎老爺府裏，你認得麼？」單祐道：「小的認得。」縣尊道：「他家小姐，留了個鐵公子在家養病，不知是為公，還是為私。你可去窺探個明白來回我，我便恕你前罪，決不食言。倘訪不的確，或蒙混欺蔽，又別生事端，則你也莫想活了！」單祐又連連磕頭道：「小的怎敢！」縣尊因叫差人放了單祐去了。正是：

青天不睹覆盆下，廚中方知靈鯉心。
莫道鑽窺非美事，不然何以別貞淫？

過公子見縣尊差了單祐去打聽，因辭謝了，回家去候信不題。卻說這單祐領了縣主之命，不敢怠慢，因悄悄走到水府，前後看明的確。捱到人靜之時，便使本事，揀低矮僻靜處，扒了進去，悄悄趖到廚房外打聽。只聽見廚房裏說：「整酒到大廳上，與鐵相公起病。」因又悄悄的趖到大廳上來。只見大廳上，小姐自立在那裏，吩咐眾人收拾。他又悄悄從廳背後屏門上，輕輕扒到正梁高頭，縮做一團蹲下，卻窺視下面。

只見水小姐叫家人直在大廳的正中間，垂下一掛珠簾，將東西隔做兩半。東半邊簾外，設了一席酒，高高點著一對明燭，是請鐵相公坐的。西半邊簾內，也設了一席酒，卻不點燈火，是水小姐自坐陪的。西邊簾裏黑暗，卻看得見東邊簾外；東邊簾外明亮，卻看不見西邊簾裏。又在東西簾前，各鋪下一張紅氈毯，以為拜見之用。又叫兩個家人，在東邊伺候，又教兩個僕婦，立在簾中間，兩邊傳命。內外斟酒上菜，俱是丫鬟。諸色打點停當，方叫小丹請相公出來。

原來鐵公子本是個硬漢子，只因被泄藥病倒，故支撐不來。今靜養了五六日，又得冰心小姐藥餌斟酌，飲食調和，不覺精神漸漸健旺起來，與舊相似。

冰心小姐以為所謀得遂，滿心歡喜，故治酒與他起病。鐵公子見請，忙走出房，看見冰心小姐垂簾設席，井井有條，不獨心下感激，又十分起敬。因立在東邊紅氈上，叫僕婦傳話，請小姐拜謝。僕婦還未及答應，只聽得簾內冰心小姐早朗朗的說道：「賤妾水冰心，多蒙公子雲天高誼，從虎口救出，其洪恩不減天地父母。況又在公堂之上，親承垂諭，本不當作此虛假防嫌，但念家嚴遠戍邊庭，公子與賤妾，又皆未有室家，正在嫌疑之際。今屈公子下榻於此，又適居指視之地，萬不得已，設此世法周旋，聊以代雲長之明燭❸，乞公子勿哂勿罪。」

鐵公子道：「小姐處身涉世，經權並用；待人接物，情理交孚。屈指古今閨閣之秀，從來未有。即

---

❸ 雲長之明燭：雲長是關羽的字。三國演義第二十五回敘關羽在下邳戰敗後不得已暫留在曹操陣營，曹操「欲亂其君臣之禮，使關公與二嫂共處一室。關公乃秉燭立於戶外，自夜達旦，毫無倦色」。

如我鐵中玉，陷於奸術，惟待斃耳。設使小姐於此時，無燭照之明，則不知救；無潛移之術，則不能救；無自信之心，則不敢救。惟小姐獨具千古的靈心俠膽，卓識遠謀，不動聲色出我鐵中玉於湯火之中，而鬼神莫測，真足令劇孟❹寒心，朱家❺袖手。故致我垂死之身，得全生於此。大恩厚德，實無以報。請小姐臺坐，受我鐵中玉一拜。」冰心小姐道：「惟妾受公子之恩，故致公子被奸人之害。今幸公子萬安，止可減妾罪一二，何敢言德？妾正有一拜，拜謝公子。」說完，兩人隔著簾子，各拜了四拜，方才起來。

冰心小姐就滿斟一杯，叫丫鬟送到公子席上，請公子坐下。鐵公子也斟了一杯，叫丫鬟捧入簾內，回敬冰心小姐。二人坐下，飲不到三巡，冰心小姐就問道：「前日公子到此，不知原為何事？」鐵公子道：「我學生到此，原無正事。只因在京中，為家父受屈下獄，一時憤怒，打入大夬侯養閑堂禁地，救出搶劫去女子，證明其罪，朝廷將大夬侯幽閉三年。結此一仇，家父恐有他變，故命我遊學以避之。不期遊到此處，又觸怒了這個賤壞知縣，他要害我性命。卻虧小姐救了，又害我不得，只怕他到要被我害了。我明日就打上堂去，問他一個為民父母，受朝廷大俸大祿，不為民伸冤理屈，怎反為權門不肖做鷹犬以陷人？先羞辱他一場，叫士民恥笑，然後去見撫臺，要撫臺參他拿問，以泄我胸中之憤。撫臺與家父同年，料必聽從。」

冰心小姐道：「若論縣尊設謀害人，參他也不為過。但前日公堂之上，被公子辱折一番，殊覺損威，

---

❹ 劇孟：漢代洛陽人，喜救人於急難，以俠聞名天下。事見史記游俠列傳。

❺ 朱家：漢代著名俠客，司馬遷史記游俠列傳：「以余所聞，漢興有朱家、田仲、王公、劇孟、郭解之徒，雖時扞當世之文罔，然其私義廉絜退讓，有足稱者。」

也未免懷恨。況且當今『勢利』二字，又為居官小人常態。他見家嚴被謫，又過學士有入閣之傳，故不得不逢迎其子耳。但念他燈窗煩苦，科甲艱難，今一旦參之泄忿，未免亦為快心之過舉。況公子初時唐突縣公，蹤跡近於粗豪；庇護妾身，行事又涉乎苟且。彼風塵俗眼，豈知英雄作用別出尋常？願公子姑置不與較論，彼久自察知公子與賤妾，磨不磷，涅不淄，自應愧悔其妄耳。」

鐵公子聽了，幡然正色道：「我鐵中玉一向憑著公心是非，敢作敢為，遂以千秋俠烈自負，不肯讓人。今聞小姐高論，始知我鐵中玉從前所為，皆血氣之勇，非仁義之勇。惟我以血氣交人，故人亦以毒害加我。回思縣公之加害，實我血氣所自取耳。今蒙小姐嘉誨，誓當折節受教，決不敢再逞狂奴故態矣，何幸如之！由此想來，水小姐不獨是鐵中玉之恩人，實又是我鐵中玉之良師矣！」說到快處，斟滿而飲。

冰心小姐道：「公子義俠，出之天性，或操或縱，全無成心，天地之量，不過如此。賤妾妄芻蕘❻，有何裨益？殷殷勸勉者，不過欲為縣父母謝過耳。」

鐵公子道：「我鐵中玉既承小姐開示，自當忘情於縣公。但還有一說，只怕縣公畏疑顧忌，轉不能忘情於我。他雖不能忘情於我，卻又無法奈何於我，勢必至污議小姐，以誣我之罪。雖以小姐白璧無瑕，何畏乎青蠅，然青蠅日集，亦可憎耳。我鐵中玉居此，與青蠅何異？幸蒙調護，賤體已平，明日即當一行長往，以杜小人讒口。」冰心小姐道：「賤妾與公子，於禮原不應相接，今犯嫌疑，移公子下榻者，以公子恩深，病重勢危也。今既平復，則去留一聽公子，妾何敢強留？強留雖不敢，然決之明日，亦覺

❻ 芻蕘：原指割草砍柴的人，引申為草野之人。後常以芻蕘之言為向人陳述意見的謙詞。這裡「芻蕘」即「芻蕘之言」的省稱。芻，割草。蕘，砍柴。

太促，請以三日為期，則恩與義兼盡矣。不識公子以為然否？」鐵公子道：「小姐斟酌合宜，敢不聽從。」說罷，眾丫鬟送酒。

鐵相公又飲了數杯，微有酒意，心下欣暢，因說道：「我鐵中玉，遠人也。肺腑隱衷，本不當穢陳於小姐之前，然明鏡高懸，又不敢失照，因不避瑣瑣。念我鐵中玉行年二十，賴父母蔭庇，所奉明師良友，亦不為少，然從無一人，能發快論微言，足服我鐵中玉之心。今不知何幸，無意中得逢小姐，凡我意中，皆在小姐言下。真所謂生我者父母，知我者鮑子❼也。若能朝夕左右，以聞所未聞，固大願也。然惟男女有別，不敢徑情，明日又將馳去，是捨大道而入迷途，無限疑慮，竊願有請，不識可敢言否？」冰心小姐道：「問道於盲，雖公子未能免誚。然聖人不廢芻蕘之采詢也，況公子之疑義，定有妙理，幸不惜下詢，以廣孤陋。」鐵公子道：「我鐵中玉此來，原為遊學。竊念遊無定所，學無定師，又聞操舟利南，馳馬利北。我鐵中玉孟浪風塵，茫無所主，究竟不知該何遊何學。知我無如小姐，萬乞教之。」

冰心小姐道：「遊莫廣於天下，然天下總不出於家庭；學莫尊於聖賢，聖賢亦不外於至性。昌黎云：『使世無孔子，則韓愈不當在弟子之列。』此亦恃至性能充耳。如公子之至性，挾以無私，使世無孔子，又誰敢列公子於弟子哉？妾願公子無捨近求遠，信人而不自信。與其奔走訪求，不若歸而理會。況尊大人又貴為都憲，足以典型。京師又天子帝都，弘開文物，公子即承箕裘世業，羽儀廊廟，亦未為不美。何必踽踽涼涼，向天涯海角以博不相知之譽哉！若曰避仇，妾則以為修身不慎，道路皆仇，何所避之？

❼ 鮑子：春秋時齊人鮑叔牙，亦稱鮑叔，與管仲輔佐齊桓公成就霸業。管仲嘗曰：「生我者父母，知我者鮑子也。」後世言人之相知，必稱管鮑。事見史記管晏列傳。這裡鐵中玉把他和水小姐的相知，比做管鮑。

不識公子以為何如？」鐵公子聽了，不覺喜動顏色，忙離席深深打一恭道：「小姐妙論，足開茅塞，使我鐵中玉一天疑慮，皆釋然矣。美惠多矣！」

眾丫鬟見鐵公子談論暢快，忙捧上大觥。鐵公子接了，也不推辭，竟欣然而飲。飲乾，因又說道：「小姐深閨麗質，二八芳年，胸中怎有如許大學問！揣情度理，皆老師宿儒不能道隻字者，真山川秀氣所獨鍾也。敬服，敬服！」冰心小姐道：「閨中孩赤囈語，焉知學問？冒昧陳之，不過少展見愛。公子譽之過情，令人赧顏汗下。」二人說得投機，公子又連飲數杯，頗有微酣，恐怕失禮，因起身辭謝。冰心小姐亦不再留，因說道：「本應再奉幾杯，但恐玉體初安，過於煩勞，轉為不美。」因叫拿燈，送入書房去安歇。

這一席酒，飲了有一個更次，說了有千言萬語，彼此相親相愛，不啻至交密友，就吃到酣然之際，也並無一字及於私情，真個是：

白璧無瑕稱至寶，青蓮不染發奇香。
若教墜入琴心去，難說風流名教傷。

冰心小姐叫丫鬟看鐵公子睡了，又吩咐眾人，收拾了酒席，然後退入後樓去安寢，不題。

卻說單祐伏在正梁上，將鐵公子與冰心小姐做的事情，都看得明白，說的言語都聽得詳細。只待人都散盡，方才爬了下來，又走到矮牆邊，依然爬了出來。

回家安歇了一夜。到次日清晨，即到縣間來回話。縣尊叫到後堂，細細盤問。這單祐遂將怎生進去，怎生伏在梁上，冰心小姐又怎生在中廳垂下一掛珠簾，簾外又怎生設著一席酒，卻請那鐵公子坐，點著兩枝明燭，照得雪亮；簾內又怎生設著一席酒，卻不點燭，遮得黑暗暗的，卻是水小姐自坐。簾內外又怎生各設一條氈毯，你謝我，我謝你，對拜了四拜，方才坐席吃酒。吃酒中間，又怎生說起那鐵公子這場大病，都是老爺害他。又說：「老爺害他不死，只怕老爺倒被他害死哩！」

縣尊聽了大驚，道：「他也說要怎生害我？」單祐道：「他說撫院老爺，是他父親的同年，他先要打上老爺堂來，問老爺為民父母，怎不伸冤理枉，卻只為權門做鷹犬？先羞辱老爺一場，叫士民恥笑，然後去見撫院老爺，動本參劾老爺拿問。」縣尊聽了，連連跌腳道：「這卻怎了？」就要吩咐衙役，去收投文放告牌，只說老爺今日不坐堂了。單祐道：「老爺且不要慌，那鐵公子今日不來了。」縣尊又問道：「為何又不來了？」單祐道：「虧了那水小姐，再三勸解，說老爺害鐵公子，皆因鐵公子挺撞了老爺起的衅端，也單怪老爺不得。又說他們英雄豪傑，做事光明正大，老爺一個俗吏，如何得知？又說老爺見水老爺被謫，又見過老爺推升入閣，勢利過公子，亦是小人之事，不足與較量。又說鐵公子救他，他又救鐵公子，兩下蹤跡，易使人疑，誰人肯信是為公而不為私？又說，過此時老爺訪知他們是冰清玉潔，自然要愧悔。又說老爺中一個進士，也不容易，若輕輕壞了，未免可惜。那鐵公子聽了，道他說得是，甚是歡喜，故才息了這個念頭。」

縣尊聽了大喜道：「原來這水小姐是個好人！卻喜我前日還好好的叫轎子送了他回去。」因又問道：「又還說些甚麼？可有幾句勾挑言語麼？」單祐道：「先兩人講一會學問，又論一會聖賢，你道我說的好，我贊你講的妙，彼此有津有味。一面吃酒，一面又說，說了有一個更次，足有千言萬語，小的也記不得許多。句句聽了，卻都是恭恭敬敬，並無半個邪淫之字，一點勾挑之意，真真是個魯男子❽與柳下惠出世了。」

縣尊聽了，沉吟不信道：「一個如花的少年女子，一個似玉的少年男子，靜夜同居一室，又相對飲，他們又都是心靈性巧，有恩有情之人，難道就毫不動心，竟造到聖賢田地？莫非你為他們隱瞞？」單祐道：「小的與他二人，又非親非故，又未得他們的賄賂，怎肯為他們隱瞞，誤老爺之事？」縣尊問明是實，也自歡喜，因嘆息道：「誰說古今又不相及，若是這等看來，這鐵公子竟是個負血性的奇男子了，這水小姐竟是個講道學的奇女子了。我若有氣力，都該稱揚旌表才是。」

因饒了這單祐的責，放他去了。又暗想道：「論起做官來，『勢利』二字雖是少不得，若遇這樣關風化的烈男俠女，也不該一例看承。況這水小姐也是侍郎之女，這鐵中玉又乃都憲之兒，怎一時糊塗，要害起他來？倘或果然惱了，叫撫公參上一本，那時再尋過學士去挽回就遲了。」又想道：「一個科甲進士，聲名不小，也該做些好事，與人稱頌。若只管隨波逐流，豈不自誤？」又想道：「這水小姐背後倒惜我的進士，倒望我改悔，我怎倒不自惜？倒不改悔？」又想道：「要改悔，就要從他二人身上改悔起。我想鐵公子，英雄度量，豪傑襟懷，昂昂藏藏，若非水小姐也無人配得他來；這水小姐，靈心慧性，如鳳如鸞，若非鐵公子，也無人對得他過。我莫若改過腔來，倒成全了他二人的好事，不獨可以遮蓋從前，

---

❽魯男子：詩小雅巷伯：「哆兮哆兮，成是南箕」毛亨傳：「魯人有男子獨處於室，鄰之釐婦又獨處於室。夜暴風雨至，而室壞，婦人趨而託之，男子閉戶而不納。」後稱不為色所惑而能以禮自持的男子為魯男子。

轉可算我做知縣的一場義舉。」

正算計定了主意，忽過公子來討信，縣尊就將單祐所說的言語，細細說了一遍。因勸道：「這水小姐，賢契莫要將他看作閨閣嬌柔女子，本縣看他處心行事，竟是一個了不起的大豪傑，斷不肯等閑失身。我勸賢契倒不如息了這個念頭，再別求罷。」過公子聽見鐵公子與水小姐毫釐不苟，又見縣尊侃侃辭他，心下也知道萬萬難成，呆了半晌，只得去了。

知縣見過公子去了，因悄悄差人去打聽，鐵公子可曾出門，確實幾時回去，另有一番算計。只因這一算，有分教：

磨而愈堅，涅而愈潔。

不知更是如何，且聽下回分解。

第八回　一言有觸不俟駕而行

詩曰：

無蒂無根誰是誰，全憑義唱俠追隨。
皮毛指摘眾人識，肝膽針投賢者為。
風雨惡聲花掩耳，煙雲長舌月攢眉。
若教圓鑿持方枘，千古何曾有入時。

話說縣尊自從教單祐潛窺明白了鐵公子與水小姐的行事，知他們一個是烈男，一個是俠女，心下十分敬重，便時時向人稱揚。

在他人聽了，嗟嘆一番，也就罷了。惟有水運聞之是實，便暗暗思想道：「我攛掇侄女嫁過公子，原也不是真為過公子，不過是要他嫁出門，我便好承受他的家私。如今過公子之事，想來萬萬不能成了。卻喜他又與鐵公子往來稠密，雖說彼此敬重，沒有苟且之心，我想他止不過是要避嫌疑，心裏未嘗不暗暗指望。我若將婚姻之事，湊趣去攛掇他，他定然喜歡。倘若攛掇成了，這家私怕不是我的？」

水運算計定了，因開了小門，又走了過來，尋見冰心小姐，因說道：「俗話常言：『鼓不打不響，鐘不撞不鳴。』又言：『十日瞎眼，九日自明。』你前日留了這鐵公子在家養病，莫說外人，連我也有些怪你。誰知你們真金不怕火，禮則禮，情則情，全無一毫苟且之心，到如今才訪知了，方才敬服。」冰心小姐道：「男女交接，原無此理。只緣鐵公子因救侄女之禍，而反自禍其身，此心不忍，故勢不得已，略去虛禮，而救其實禍。聖人綱常之外，別行權宜，正謂此也。今幸鐵公子身已安了，於心庶無所愧。至於禮則禮，情則情，不過交接之常，原非奇特之行，何足起敬？」水運道：「這事也莫要看輕了，魯男子、柳下惠能有幾個？這都罷了。只是我做叔子的，有一件事要與你商量，實是一團好意，你莫要疑心。」冰心小姐道：「凡事皆有情理，可行則行，不可行則不敢強行。叔叔既是好意，侄女緣何疑心？且請問叔叔，說的是何事？」

水運道：「古語說得好：『男大當婚，女大須嫁。』侄女年雖不大，也要算做及笄❶之時。若是哥哥在家，自有他做主張。今又不幸被謫邊庭，不知幾時回來，再沒個只管將你耽擱之理。前日過公子這段親事，只因他屢屢來求，難於拒絕，故我勸侄女嫁他。今看見侄女所行之事，心靈性巧，有膽量，有俠氣，又不背情理，真要算做個賢媛淑女。這過公子雖然出自富貴，不過紈袴行藏，怎生對得侄女來？莫說過公子對你不過，就是選遍天下，若要少年有此才學，可以搶元奪魁❷，也還容易；若要具英雄膽量，負豪傑襟懷，而又年少才高，其機鋒作用，真可與侄女針芥相投，只怕這樣人一時也尋不出來。說

❶ 及笄：以簪結髮，表示已經成人。古代禮制，女子十五歲許婚，結髮上簪。

❷ 搶元奪魁：元，古代科舉考試，鄉試第一名為解元，會試第一名為會元，殿試第一名為狀元；魁，古代科舉考試殿試第一名稱狀元，也稱魁甲。

便是這等說，卻妙在天生人不錯，生一個孟光，定生一個梁鴻。今天既生了侄女這等義俠閨秀，忽不知不覺，又那裏撞出這個鐵公子來。這鐵公子年又少，才又高，人物又清俊，又具英雄膽量，豪傑襟懷，豈非老天特特生來與侄女作對？你二人此時正在局中，不思知恩報恩，在血性道義上去做。夫婚姻二字，自不肯言。然我做叔子的，事外觀之，感恩報恩，不過一時，婚姻配合，卻乃人生一世之事，安可當面錯過？」冰心小姐道：「天心最難揣度，當以人生所遇為主。天生孔子，不為君而為師；天生明妃，不配帝而遠嫁單于。皆人生所遇，豈能自主？鐵公子人品才調，非不可然，但所遇在感恩知己之間，去婚姻之道甚遠。」

水運道：「感恩知己，正可為婚，為何甚遠？」冰心小姐道：「媒妁通言，父母定命，而後男女相接，婚姻之禮也。今不幸患難中，草草相見於公堂，又不幸疾病中，侄女迎居於書室。感恩則有之，知己則有之，所稱『君子好逑』，當不如是。」水運道：「這是你前日說的嫂溺叔援，權也。」冰心小姐道：「行權不過一時，未有嫂溺已援，而不溺復援者。況且凡事皆可用權，惟婚姻為人倫風化之首，當正始正終，決無用權之理。」水運道：「正終是不消說，就是今日事始，雖說相見出於患難，匆匆草草，然你二人，毫無苟且，人盡知之也，未為不正。」冰心小姐道：「始之無苟且，賴終之不婚姻，方明白到底。若到底成全，則始之無苟且，誰則信之？此乃一生名節大關頭，斷乎不可，望叔叔諒之。」

水運見侄女說不入耳，因發急道：「你小小年紀，說的話倒像個迂腐老儒。我如今也不與你講了，待我出去與鐵公子商量。這鐵公子是你心服之人，他若肯了，難道怕你不肯？」說完，走了出來，要見鐵公子。

此時鐵公子正在書房中靜養。小丹傳說：「隔壁住的水二爺要見相公。」鐵公子因走出來相見，分賓主坐定。水運先開口道：「連日有事未暇，今高賢下榻於此，有失親近。」鐵公子道：「緣病體初痊，尚未進謁為罪。」水運道：「我學生特來見鐵先生者，因有一事奉議。」鐵公子道：「不知何事？」水運道：「不是別事，就是舍侄女的姻事。」鐵公子因聽見「侄女姻事」四字，就變了顏色，說道：「老丈失言矣！學生外人，凡事皆可賜教，怎麼令侄女姻事也對學生講？」水運道：「舍侄女姻事，本不當向鐵先生求教，只因舍侄女前日為過公子搶去為婚，賴鐵先生鼎力救回，故爾談及。」鐵公子道：「學生前日是路見不平，一時觸怒而然，原出無心。今日老丈特特向學生而言，便是有心了。莫非見學生借寓於此，以為有甚不肖苟且之心，故以此相餂麼？學生就立刻行矣，免勞賜教。」

水運見鐵公子發急，因寬慰他道：「鐵先生不必動怒，學生倒是一團好意。且請少坐，聽我學生說完，便知其實，對彼此有益。」鐵公子道：「吾聞君子非禮勿言，非禮勿聽，老丈不必說了。老丈雖是好意，但我鐵中玉的性情，與老丈迥別。只怕老丈的好意，在我學生聽了，或者轉以為惡意。只是去了，便好意惡意，我都不聞。」因立起身，對著管門伺候的家人說道：「煩你多多拜上小姐，說我鐵中玉感激之私，已識千古。今惡聲入耳，也不敢面辭。」又叫出小丹，往外便走。

水運忙忙來趕，鐵公子已走出大門去遠了。水運甚是沒趣，又不好復進來見冰心小姐，只說道：「這後生，怎這樣一個蠢性子！也不像個好嬌客！」一面說，一面就默默的走了過去。正是：

只道諛言人所喜，誰知轉變做羞恥。

若非天賦老面皮，痛削如何當得起。

卻說冰心小姐，見叔叔出廳去見鐵公子，早知鐵公子必然要去，留他不住，便也不留。但慮他行李蕭疏，因取了十兩零碎銀子，又收拾了果菜之類，叫一家人叫做水用，暗暗先在門外等候，送與他作路費。且卻像不知不聞的一般。正是：

蠢頑皆事後，靈慧獨機先。
有智何妨去，多才不論年。

卻說鐵公子怪水運言不入耳，強出門帶了小丹，一徑走到長壽院。自立在寺前，卻叫小丹進去，問和尚要行李。獨修聽見鐵公子在寺外，忙走出來，連連打恭，要邀請進去吃茶，因說道：「前日不知因甚事故，得罪鐵相公，忽然移去。縣裏太爺說我接待不周，被他百般難為，又叫我到各處訪尋。今幸相公到此，若再放去，明日太爺知道，我和尚就該死了。」鐵公子道：「前事我倒不題了，你還要說起怎麼？今與你說明了罷，寺內決不進去了，茶是決不吃了，知縣是決不見了。快快取出行李來還我，我立刻就行！」獨修道：「行李已交付小管家了，但相公要去，就怪殺小僧，也不敢放，必求相公少停一刻。」鐵公子大怒道：「你這和尚，也忒懒賴，難道青天白日，定要騙我進寺去謀害？你莫要倚著知縣的勢力為惡，我明日與都院老爺說知，叫你這和尚竟當不起！」

正說著，忽縣裏兩個差人趕來，要請鐵相公到縣裏去。原來這鮑知縣自從改悔過來，知道鐵公子是個有義氣的男兒，要交結他，時刻差人在水家打聽他的消息。差人見他今日忽然出門，忙報與知縣，故知縣隨即差人來請。

鐵公子見請，轉大笑起來，說道：「我又不是你歷城縣人，又不少你歷城縣的錢糧，你太爺只管來尋我做甚？莫非前日謀我不死，今日還來請去補賬？」差人沒的回答，卻只是不放。鐵公子被逼得性起，正要動粗，忽聽眾人喊道：「太爺自來了！」

原來鮑知縣料想差人請鐵公子不來，因自騎了一匹馬，又隨帶了一匹馬，飛跑將來。跑到面前，忙跳下來，對著鐵公子深深打恭道：「我鮑梓風塵下吏，有眼無珠，一時昏聵，不識賢豪，多取罪戾，今方省悟。臺兄乃不欺屋漏之君子，不勝愧悔，故敢特請到縣，以謝前愆，並申後感。」鐵公子聽見縣尊說話，侃侃烈烈，不似前面拖泥帶水，便轉了一念，並答禮道：「我學生決不謊言，數日前尚欲多求於老先生，因受一知己之教，教以反己功夫，故不敢復造公堂。不謂老先生勢利中人，怎忽作此英雄本色語？真不可解！莫非假此逢迎，別有深謀以相加麼？」縣尊道：「一之已甚，豈可再乎？莫說老長兄赦過高誼，我學生感銘不盡；就是水小姐良言勸勉，也不敢忘。」鐵公子吃驚道：「老先生為何一時就通靈起來？大奇，大奇！」縣尊道：「既蒙原諒，敢求到敝衙，尚有一言求教。」鐵公子見縣尊舉止言辭，與前大不相同，便不推辭，竟同上馬並轡而行。

到了縣中，才坐定，鐵公子就問道：「老先生有何見諭，乞即賜教，學生還要長行。」縣尊道：「且請問老長兄，今日為何突然要行，有如此之急？」鐵公子道：「學生行期，本意尚欲稍緩一、二日，以明眷懷。今忽有人進不入耳之言相加，有如勸駕，故立刻行矣。」縣尊道：「人為何人，言為何言？並乞教之。」鐵公子道：「人即水小姐之叔，言即水小姐婚姻之言。」縣尊道：「其人雖非，其言則是。老長兄為何不入耳？」鐵公子道：「不瞞老先生說，我學生與水小姐相遇，雖出無心，而相見後，義肝烈膽，冷眼熱腸，實實彼此面照，欲不相親，而如有所失，故略去男女之嫌，而以知己相接。此千古英雄豪傑之所為，難以告之世俗。今忽言及婚姻，則視我學生與水小姐為何如人也？毋亦以鑽穴相窺相待也。此其言豈入耳哉！故我學生言未畢，而即拂袖行矣。」

縣尊道：「婚姻之言，亦有二說，臺兄亦不可執一。」鐵公子道：「怎有二說？」縣尊道：「若以鑽窬相視，借婚姻而故作譏嘲，此則不可。倘真心念河洲君子之難得，憐窈窕淑女之不易逢，而欲彰關雎雅化，桃夭❸盛風，則又何為不可，而避之如仇哉？即我學生今日屈臺兄到縣者，久知黃金饋賂，不足動君子之心，聲色宴會，難以留豪傑之駕。亦以曖昧不欺，乃男女之大節，天然湊合，實古今之奇緣。在臺兄處事，毫不沾滯，固君子之用心；在我學生旁觀，若不成全，亦斧柯之大罪。故今日特特有請者，為此耳。萬望臺兄消去前面成心，庶不失後來佳偶。」

鐵公子聽了，拂然嘆息道：「老先生為何也出此言？人倫二字，是亂雜不得的。無認君臣，豈能復為朋友？我學生與水小姐，既在患難中已為良友，安可復為夫妻？若靦顏為之，則從前親疏，皆矯情矣，如何使得！」縣尊道：「臺兄英雄，說此腐儒之語，若必欲如腐儒固執，則前日就不該到水家去養病了。若曰養病，可以無欺自信，今日人皆盡言其無欺，又何必避嫌，不敢結此絲蘿❹？是前後自相矛盾也，

❸ 桃夭：詩周南桃夭以「桃之夭夭」桃花盛開比喻男女婚嫁，有讚美之意。

吾甚不取。」鐵公子道：「事在危急，不可得避，而必欲避之以自明，君子病其礙而不忍為。至於事無緊要，又嫌疑未消，可以避之而乃自恃無私，必犯不避之嫌以自耀，不幾流於小人之無忌憚耶？不知老先生何德於學生，又何仇於學生，而斤斤以此相浼也？」

縣尊道：「本縣落落一官，幾於隨波逐流。今幸聞臺兄討罪督過之言，使學生畏而悔之。又幸聞水小姐寬恕悔前之言，使學生感而謝之。因思勢利中原有失足之時，名教中又未嘗無快心之境，何汲汲捨君子而與小人作緣以自誤耶？故誓心改悔。然改悔之端，在勉圖後功，或可以補前過耳。因見臺兄行藏磊落，正大光明，不獨稱有行文人，實可當聖門賢士。又見水小姐，靈心慧性，俏膽奇才，雖然一閨閣淑人，實不愧鬚眉男子。今忽此地相逢，未必老天無意。本縣若不見不聞，便也罷了。今臺兄與水小姐公堂正大，暗室光明，皆本縣親見親聞，若不亟為撮合，使千古好逑當面錯過，則何以為民父母哉？此乃本縣政聲風化之大端，不敢不勉力為之。至於報德私情，又其餘事耳。」

鐵公子聽了，大笑道：「老先生如此說來，一發大差了。你要崇你的政聲，卻怎陷學生於不義？」縣尊也笑道：「若說陷兄不義，這事便要直窮到底矣。臺兄既怕陷身於不義，則為義夫可知矣。若水小姐始終計卻過公子，不失名節，又於臺兄知恩報恩，顯出貞心，有何不義而至陷兄？」鐵公子道：「非此之謂也。凡婚姻之道，皆父母為之，豈兒女所能自主哉？今學生之父母安在？而水小姐之父母又安在？若徒以才貌為憑，遇合為幸，遂謂婚姻之義舉，不知此等之義舉，只合奉之過公子，非學生名教中人所敢承也。」遂立起身來要行。

❹ 絲蘿：菟絲和女蘿，比喻男女結成婚姻。古詩十九首之七有「與君為新婚，兔絲附女蘿」之句。

縣尊道：「此舉義與不義，此時也難辨，只是終不能成，則不義，終能成之，則義。臺兄切須記之。至日後有驗，方知我學生乃改悔後真心好義，不是一時阿所好也。既決意要行，料難強留；欲勸一食，恐怕兄以前轍為疑；欲申寸敬，又恐臺兄以貨財見斥，故逡巡不敢。倘有天緣，冀希一會，以盡其餘。」鐵公子道：「賜教多矣，惟此二語，深得我心。多感，多感！」因別了出來，帶了小丹，攜著行李，徑出東門而去。正是：

性無假借誰遷就，心有權衡獨往來。
可嘆世難容直道，又生無妄作奇災。

鐵公子一時任性，走出東門，不曾檢點盤纏。見小丹要雇牲口，心下正費躊躇。忽水家家人水用走到面前，說道：「鐵相公怎此時才來？家小姐吩咐小的，在此候了半日。」鐵公子道：「小姐叫你候我做甚麼？」水用道：「家小姐因見二老爺出來會鐵相公，知道他言語粗俗，必然要觸怒鐵相公，必然鐵相公要行。家小姐又不便留，但恐怕匆匆草草，盤纏未曾打點，故叫小的送了些路費並小菜在此。」鐵公子聽了，大喜道：「你家小姐，不獨用情可感，只這一片慧心，凡事件件皆先知，種種周備，真令人敬服。」水用道：「小的回去，鐵相公可有甚言語吩咐？」鐵公子道：「我與你家小姐陌路相逢，欲言恩，恩深難言；欲言情，又無情可言。只煩你多多拜上小姐，說我鐵中玉去後，只望小姐再勿以我為念，便深感不朽矣。」水用因取出那十兩銀子並菜果，付與小丹納下。

鐵公子有了盤纏，遂叫小丹雇了一匹驢兒，徑望東鎮一路而來。不料出門遲了，又在縣中耽擱了半日，走不上三十餘里，天就晚了。到東鎮還有二三十里，趕驢的死也不肯去了。

鐵公子只得下了驢子步行。又上不得里許，剛轉過一帶林子，忽見一個後生男子，背著一個包袱，領著一個少年婦人，身穿青布衣服，頭上搭著包頭，慌慌張張的跑來。忽撞見鐵公子，十分著驚，就要往林子裏去走。鐵公子看見有些異樣，因大喝一聲道：「你拐帶了人家婦人，要往那裏走？」那婦人著這一嚇，便呆了走不動，只立著叫饒命。那後生著了忙，便撇了女人，丟下包袱，沒命的要跑去。

鐵公子因趕上捉住，問道：「你是甚人？可實說了，我便放你！」那後生被捉慌了，因跪在地上，連連磕頭道：「相公饒命！我實說來。這女子是前面東鎮上李太公的妾，叫做桃枝，他嫌李太公老了，不願跟他，故央我領他出來，暫時躲避。」鐵公子道：「這等說來，你是個拐子了。」那後生道：「小的不是拐子，就是李太公的外孫兒。」鐵公子道：「叫甚名字？」那後生道：「叫做宣銀。」鐵公子又問道：「是真麼？」宣銀道：「老爺饒命，怎敢說謊？」鐵公子想了想道：「既是真情，饒你去罷！」因放了手。宣銀爬起，早奔命的跑去了。

鐵公子因復轉身來問那婦人道：「你可是東鎮上李太公的妾麼？」那婦人道：「我正是李太公的妾。」鐵公子又問道：「你可叫做桃枝？」那婦人道：「我正叫做桃枝。」

鐵公子道：「這等說起來，你是被拐出來的了。不消著驚，我是順路，就送你回去可好麼？」那婦人道：「我既被人拐出來，若送回去，只道是有心逃走，哪裏辨得清白？相公若有用處，便跟隨相公去罷。」鐵公子笑了笑道：「你既要跟隨，且到前邊去再算計。」因叫小丹連包袱都替他拿了，要同走。

那婦人沒奈何，也只得跟了來。

又走了不上里餘，只見前面一群人，飛一般的趕將來。趕到面前，看見那婦人跟著一個少年同走，便一齊叫道：「快來！好了，拿著了！」遂一個圈盤，將鐵公子三人圍住，一面就叫人飛報李太公。鐵公子道：「你們不必囉唣，我是方才路上撞見，正同了送來。」眾人亂嚷道：「不知你是送來，還是拐去，且到鎮上去講！」

大家圍繞著，又行不上半里，只見又是一群人，許多火把，照得雪亮，那是李太公聞知自趕來了。看見鐵公子人物俊秀，年紀又後生，他的妾又跟著他走，氣得渾身都是戰的，也不問長問短，照著鐵公子胸脯，就是一拳頭。口裏亂罵道：「是哪裏來的肉眼賊，怎拐騙我的愛妾，我拚著老性命與你拚了罷！」鐵公子忙用手托開，說道：「你這老人家，也忒性急，也不問個青紅皂白，便這等胡為！你的妾是被別人拐去，是我撞見，替你救轉來的。怎不謝我，倒轉唐突？」李太公氣做一團，亂嚷亂跳道：「是哪個拐他？快還我一個人來！在哪裏撞著，是哪個看見？」因用手指著那婦人道：「這不是我的妾？」又用手指著小丹拿的包袱道：「這不是我家的東西？明明的人贓現獲，你這擒娘賊，還要賴到哪裏去！」

鐵公子看見李太公急得沒法，轉笑將起來道：「你不須著急，妾已在此，自然有個明白。」眾人對李太公道：「這等時候，黑天黑地，在半路上也說不出甚麼來。且回到鎮上，稟了鎮爺，用起刑具，便自然招出真情。」李太公只得依了。大家遂扯扯拉拉，一齊擁回鎮上，來見鎮守。

這鎮守是個差委的吏員巡檢，巴不得有事。聽見說是有人拐帶了李太公的人口，曉得李太公是鎮上財主，未免動了欲心，看做一件大事。遂齊齊整整，帶上紗帽，穿起圓領，叫軍士排衙，坐起堂來。眾人擁到堂前，李太公先跪下，稟道：「小老兒叫做李自取，有這個妾，叫做桃枝。今忽然門戶不閉，被人拐去。小老兒央人分頭去趕，幸得趕著了。」因用手指著鐵公子道：「卻是這個不知姓名的男子，帶著逃走，人贓俱獲在此，求老爺嚴辦。」鎮守叫：「帶過那個拐子來！」

眾人將鐵公子擁到面前，叫他跪下。鐵公子笑了笑道：「他不跪我也罷了，怎叫我去跪他？」鎮守聽了滿心大怒，欲要發作，因看見鐵公子，人物軒昂，不像個卑下之人，只得問道：「你是甚麼人？敢這等大模大樣？」鐵公子道：「這裏又不是吏部堂上，怎叫我報腳色？你莫怪我大模大樣，只可憐你自家出身小了。」鎮守聽了，一發觸起怒來，因說道：「你就有些來歷，今已犯了拐帶人口之罪，只怕也逃不去了。」鐵公子道：「這人口，你怎見得是我拐帶？」鎮守道：「李家不見了妾，你卻帶著他走，不是你拐卻是誰拐？」鐵公子道：「與我同走，就是我拐，這等說起來，柳下惠竟是古今第一個拐子了。你這樣不明道理的人，不知是哪個瞎子，叫你在此做鎮守，可笑之甚！」

鎮守被鐵公子幾句言語，搶白急了，因說道：「你能言快語，想是個積年的拐子。你欺我官小，敢如此放肆，我明日只解你到上憲去，看你可有本事再放肆麼？」鐵公子道：「上司莫不是皇帝？」鎮守道：「是皇帝，不是皇帝，你去見自知。」因又對李太公道：「你這老兒，老大年紀，還討少年女子作妾，自然要惹出事來。」又將桃枝叫到面前一看，年紀雖則二十餘歲，卻是個搽脂抹粉的村姑。因問道：「你還是同人逃走，還是被人拐去？」桃枝低了頭，不做聲。鎮守道：「我此時且不動刑，解到上司拶起來，怕你不說！」又吩咐李太公道：「這一起人犯，你可好好帶去看守。我明日替你出文書，親自解到上司去，你的冤屈自然申理。」

李太公推辭不得，只得將鐵公子都擁了到家。因見鐵公子將鎮守挺撞，不知是個甚人，不敢怠慢，因開了一間上房請他住，又擺出酒飯來，請他吃。欲要將妾桃枝叫進去，又恐怕沒了對證，不成搭帶，只得也送到上房來同住。只因這一住，有分教：

能碎白璧，而失身破斧；

已逃天下，而疑竊皮冠。

不知解到上司又作何狀，且聽下回分解。

第九回　虛捏鬼哄佳人徒使佳人噴飯

詞曰：

大人曰毀，小人謂之捏鬼。既莫瞞天，又難蔽日，空費花唇油嘴。明眸如水，一當前已透肺肝腦髓。何苦無端，捨此靈明，置身傀儡？

——調寄柳梢青

話說鐵公子被李太公胡廝賴纏住了，又被鎮守裝模作樣，瑣瑣碎碎，心下又好惱，又好笑。到了李老兒家，見拿出酒飯來，也不管好歹，吃得醺醺的，叫小丹鋪開行李，竟沉沉的睡去。

此時是十四五，正有月，鐵公子一覺醒來，開眼看時，只見月光照入窗來，那個桃枝妾竟坐在他鋪旁邊，將他身體輕輕摩弄。鐵公子一時急躁起來，因用手推開道：「婦人家，須惜些廉恥，莫要胡為！」因側轉身，向裏依舊睡去。那桃枝妾討了沒趣，要走開又捨不得，只坐了一會，竟連衣服在腳頭睡了。

原來李太公雖將妾關在房裏，卻放心不下，又悄悄在房外竊聽。聽見鐵公子羞削他，心下方明白道：「原來都是這淫婦生心。這個少年倒是好人，冤屈了他。」到了天明，就要放他開交，爭奈鎮守不曾得錢，又被鐵公子挺撞了一番，死命出了文書，定要申到道裏去。李太公拗他不過，只得又央了許多人，同擁到道裏來。

不期這日正是道尊壽日，府縣屬官，俱來慶賀。此時尚未開門，眾官都在外面等候。忽見一伙人，擁了鐵公子與桃枝妾來，說是奸情拐帶，各各盡叫去看。看見鐵公子人物秀美，不像個拐子，因問道：「你甚麼人，為何拐他？」見鐵公子全不答應，又問桃枝：「可是這個人拐你？」桃枝因夜裏被鐵公子羞削了，有氣沒處出，便一口咬定道：「正是他拐我。」個個官問他，都是如此說。鎮守以為確然，著實得意，只候道尊開門，解進去請功。

正在快活，忽歷城縣的鮑知縣也來了，才下轎，就看見一伙人同著鐵公子與一個婦人在內，因大驚問道：「這甚麼緣故？」鎮守恐怕人答應錯了話，忙上前稟道：「這個不知姓名的少年男子，拐帶了這李自取的妾逃走，當被眾人趕到半路捉住，人贓現獲，故本鎮解到道爺這裏來請功。」鮑知縣聽了，大怒道：「胡說！這位是鐵都堂的公子鐵相公，他在本縣，本縣為媒，要將水侍郎老爺的千金小姐嫁他為妻，他因未得父命，不肯應承，反抵死走了。來你這地方，甚麼村姑田婦，冤他拐帶！」鎮守見說是鐵都堂的公子，先軟了一半，因推說道：「這不干本鎮事，都是李自取來報的，又是這婦人供稱的。」鮑知縣因叫家人，請鐵相公來同坐下，因問道：「臺兄行後，為何忽遇此事？」鐵公子就將林子邊遇見一個後生與此婦人同走之事，說了一遍。鮑知縣道：「只可惜那個後生不曾曉得他的姓名。」鐵公子道：「已問知了，就是這李自取的外孫，叫做宣銀。」

鮑知縣聽了，就叫帶進那老兒與婦人來，因罵道：「你這老奴才，偌大年紀，不知死活，卻立這樣後生婦人作妾，已不該了。又不知防嫌，讓他跟人逃走，卻冤賴路人拐帶，當得何罪？」李太公道：「小老兒不是冤他，小的妾不見了，卻跟了他同走，許多人公同捉獲。昨夜到鎮，況妾口中又已供明是他，怎為冤他？」鮑知縣又罵道：「你這該死的老奴才，自家的外孫宣銀與這婦人久已通奸，昨日乘空逃走，幸撞見這鐵相公，替你捉回人來。你不知感激，怎倒恩將仇報？」

李太公聽見縣尊說出宣銀來，方醒悟道：「原來是這小賊種拐他！怪道日日走來，油嘴滑舌的哄我。」因連連磕頭道：「不消說了。老爺真是神明！」鮑知縣就要出簽，去拿宣銀，李太公又連連磕頭求道：「本該求老爺拿他來治罪，但他的父親已死，小的女兒寡居，止他一人，求老爺開恩，小的以後只不容他上門便了。」鮑知縣又要將桃枝撈起來，李太公不好開口，虧得鐵公子解勸道：「這個桃枝是李老兒的性命，宣銀既不究，這桃枝也饒他罷。」鮑知縣道：「這樣不良之婦，敗壞風俗，就撈死也不為過。既鐵相公說，造化了他，卻出去罷，不便究了。」李太公與桃枝忙磕頭謝了出去。

鎮守又進來，再三請罪，鮑知縣也數說了幾句，打發去了。然後對鐵公子道：「昨日要留臺兄小酌，因臺兄前疑未釋，執意要行，我學生心甚歉然。今幸這些鄉人代弟留駕，又得相逢，不識臺兄肯忘情快飲，以暢高懷否？」鐵公子道：「昨因前之成心未化，故悻悻欲去，今蒙老先生高誼如雲，柔情似水，使我鐵中玉有如飲醇，莫說款留，雖揮之斥之，亦不忍去矣。」鮑知縣聽了大喜，因吩咐備酒，候慶賀過道尊，回來痛飲，正是：

糊模世事倏多變，真至交情久自深。
若問老天顛倒意，大都假此煉人心。

卻說鮑知縣賀過道尊出來，就在寓處設酒，與鐵公子對飲。前回雖也曾請過，不過是客套應酬，不甚浹洽，這番已成了知己，你一杯，我一盞，頗覺欣然。二人吃到半醉之際，無所不言。

言到水小姐，鮑知縣再三勸勉，該成此親。鐵公子道：「知己相對，怎敢違心謊言！我學生初在公庭，看見水小姐亭亭似玉，灼灼如花，雖在憤激之時，而私心幾不能自持。及至長壽院住下，雖說偶然相見，過而不留，然寸心中實是未能忘情。就是這一場大病，起於飲食不慎，卻也因神魂恍惚所至。不期病到昏聵之時，蒙彼移去調治，細想他殷勤周至之意，上不啻父母，下無此子孫。又且一舉一動，有情有禮，遂令人將一腔愛慕之私，變而為感激之誠，故至今不敢復萌一苟且之念。設有言及婚姻二字者，直覺心震骨驚，宛若負褻瀆之罪於神明。故老先生言一番，而令學生身心一番不安也。非敢故作矯情，以博名高。」鮑知縣聽了，嘆息道：「據臺兄說來，這水小姐直凜若神明之不敢犯矣。自我學生論來，除非這水小姐今生不嫁人便罷，若他父親回時，畢竟還要行人倫婚姻之禮，則捨臺兄這樣豪俊，避嫌而不嫁，卻別選良緣，豈不更褻瀆神明乎？臺兄與水小姐，君子也，此正在感恩誠敬之時，自不及此。我學生目擊你二人義俠如是，若不成全，則是見義不為也。」鐵公子道：「在老先生或別有妙處，在我學生，只覺惕然不敢。」二人談論快心，只吃到酩酊方住，就同在寓處宿了。

次日，鮑知縣有公事要回縣，鐵公子也要行，就忙忙作別。臨別時，鮑知縣取了十二兩程儀相贈，道：「我學生還有一言奉勸。」鐵公子道：「願領大教。」鮑知縣道：「功名二字，雖於真人品無加，然當今之世，紹續書香，亦不可少。與其無益而浪遊，何如拾青紫❶之芥，以就榮名之為愈乎？」鐵公

---

❶ 青紫：漢制，丞相、太尉皆金印紫綬，御史大夫銀印青綬，後以青紫代指貴官。

子聽了，欣然道：「謹領大教。」遂別了先行，正是：

矛盾冰同炭，綢繆漆與膠。
寸心聊一轉，道路已深遙。

這邊鮑知縣回縣，不題。

卻說鐵公子別過縣尊，依舊雇了一匹驢回去，一路上思量道：「這鮑知縣初見時，何等作惡，到如今又何等的用情。人能改過，便限他不定。」又暗想道：「這水小姐，若論他瘦弱如春柳之纖，嫵媚若海棠之美，便西施、王嬙也比他不過。況聞他三番妙智，耍得過公子幾乎氣死，便是陳平❷六出奇計，也不過如此。就是倉卒遇難，又能脅至縣庭，既至縣庭，又能侃侃談論。若無才辨識膽，安能如此？既我之受毒成病，若非他具一雙明眼，何能看破？即使看破，若無英雄之力量，焉能移得我回去？就是能移我回去，若無水小姐這樣真心烈性，義骨俠腸，出於情，入於禮，鮮不墮入邪淫！就是我臨出門，因他叔叔一言不合，竟不別而行。在他人必定惱了，他偏打點盤纏，殷勤相贈。若預算明白，不差毫髮者，真要算做當今第一個奇女子也。我想古來稱美婦人，至於西施、卓文君止矣，然西施、卓文君皆無貞節之行。至於孟光、無鹽，流芳名教，卻又不過一醜婦人。若水小姐，真河洲之好逑，宜君子之展轉反側以求之者也。若求而得之，真可謂享人間之福矣。但可惜我鐵中玉生來無福，與他生同時，又年相配，

❷ 陳平：秦末漢初人，劉邦的謀臣，屢出奇計助劉邦奪得天下。

又人品才調相同，又彼此極相愛重，偏偏的遇得不巧，偏遇在患難之中，公堂之上，不媒妁而交言，無禮儀而自接，竟成了義俠豪舉，去鐘鼓之樂，琴瑟之好，大相懸絕矣。若已成義俠，而再議婚姻，不幾此義俠而俱失乎！我若啟口，不獨他人指誚，即水小姐亦且薄視我矣，烏乎可也！今惟有拿定主意，終做個感恩知己之人，使兩心無愧也。」又想道：「他不獨持己精明，就是為我遊學避仇發的議論，亦大有可想。即勸我續箕裘世業，不必踽踽涼涼，以走天涯，此數語真中我之病痛。我鐵中玉若不博得科甲功名，只以此義俠遨遊，便名滿天下，亦是浪子，終為水小姐所笑矣。莫若且回去，趁著後年鄉會之期，勉完了父母教子之望，然後做官不做官，聽我遊俠，豈不比今日與人爭長競短，又高了一層！」主意定了，遂一徑回大名府去。正是：

言過還在耳，事棄尚驚心。
同一相思意，相思無此深。

按下鐵公子回家，不題。

卻說水小姐自從差水用送盤纏路費與鐵公子，等了許久，不見回信，心下又恐為奸人所算，十分躊躇。又等到日中，水用方回來報說道：「鐵相公只到此時方出城來，銀子、小包已交付鐵相公與小丹收了。」冰心小姐道：「鐵相公臨行，可有甚言語吩咐？」水用道：「鐵相公只說：他與小姐陌路相逢，欲言恩，恩深難言；欲言情，又無情可言。只叫我多多拜上小姐，別後再不可以他為念就是了。」冰心小姐聽了，默然不語，因打發水用去了。暗自想道：「他為我結仇，身臨不測，今幸安然而去，也可完我一樁心事。但只慮過公子與叔叔水運，相濟為惡，不肯忘情，未免要留一番心機相對。」

卻喜得水運傷觸了鐵公子，不辭而去，自覺有幾分沒趣，好幾日不走過來。忽這一日，笑欣欣走過來，尋見冰心小姐說道：「賢侄女，你知道一件奇事麼？」水小姐道：「侄女靜處閨中，外面奇事如何得知？」水運道：「前日那個姓鐵的，我只道他是個好人，還勸侄女嫁他，倒是你還有些主意，不肯輕易聽從。若是聽從了，誤了你的終身，卻怎了？你且猜那姓鐵的甚等樣人？」冰心小姐道：「他的家世，侄女如何得知？看他舉止行藏，自是個義俠男兒。」水運聽了打跌道：「好個義俠男兒！侄女一向最有眼力，今日為何走了？」冰心小姐道：「不是義俠男兒，卻是甚人？」水運道：「原來是個積年的拐子。前日裝病，住在這裏，不知要打算做甚伎倆。還是侄女的大造化，虧我言語來得尖利，他看見不是頭路，下不得手，故假作悻悻而去。誰知瓦罐不離損傷，彼才走到東鎮上，就弄出事來了。」水小姐道：「弄出甚樣事來？」水運道：「東鎮上一個大戶人家，有個愛妾，不知他有甚手段，人不知，鬼不覺，就拐了出來逃走。不料那大戶人家養的閑漢甚多，分頭一趕，竟趕上捉住了，先早打個半死，方送到鎮守衙門。他若知機識竅，求求鎮守，或者打幾下放了他，還未可知。誰料他蠢不過，到此田地，還要充大頭鬼，反把鎮守挺撞了幾句，鎮守惱了，竟將他解到道裏去了。都說這一去，拐帶情真，一個徒罪是穩穩的了。」冰心小姐道：「叔叔如何得知？」水運道：「前日鮑知縣去與道尊慶壽，跟去的差役，哪一個不看見？紛紛亂傳，我所以知道。」

冰心小姐聽了，冷笑道：「莫說鐵公子做了拐子，便是曾參真真殺人❸，卻也與我何干？」水運道：

「可知道與你無干，偶然是這等閑論，人生面不熟，實實難看。若要訪才，還是知根識本的穩當。」冰心小姐道：「若論起鐵公子之事，與侄女無干，也不該置辯。但是，叔叔說人生面不熟，實實難看，此語似譏誚侄女眼力不好，看錯了鐵公子。叔叔若譏誚侄女看錯他人，侄女也可以無辯，但恐侄女看錯了鐵公子，這鐵公子是個少年，曾在縣尊公堂上，以義俠解侄女之危，侄女又曾以義俠接他來家養病，救他之命。若鐵公子果是個積年的拐子，則鐵公子與侄女這番舉動，不是義俠，是私情矣。且莫說鐵公子一生名節，亦被叔叔醜詆盡矣，安可無辯？」水運聽了，道：「你說的話，又好惱，又好笑。這姓鐵的與我往日無冤，近日無仇，我毀謗他做甚麼？他做拐子，拐人家的婦女，你在閨中自不知道，縣前跟班的，哪個不傳說，怎怪起我來？侄女若要辯說，是一時失眼，錯看了他，實實出於無心，這還使得。若說要辯他不是拐子，只怕便跳到黃河裏，也洗不清了。」冰心小姐道：「若要辯，正要辯鐵公子不是拐子，是小人謗他，方見侄女眼力不差。若論侄女有心、無心，這又不必辯了。」水運道：「賢侄女也太執性，一個拐子，已有人看見的，明明白白，還有甚麼辯得？」

冰心小姐道：「叔叔說有人看見，侄女莫說不看見，就是聞也不曾聞之，實實沒有辯處。但侄女據理詳情，這鐵公子決非拐子。縱有這影響，不是訛傳，定是其中別有緣故。若說他真正是做拐子，侄女

❸ 曾參真真殺人：比喻流言可畏或誣枉可怕。曾參，字子輿，戰國時魯人，孔子弟子，世稱曾子。戰國策秦策二：「費人有與曾子同名族者而殺人。人告曾子母曰：『曾參殺人。』曾子之母曰：『吾子不殺人。』織自若。有頃焉，人又曰：『曾參殺人。』其母尚織自若也。頃之，一人又告之曰：『曾參殺人。』其母懼，投杼逾牆而走。夫以曾參之賢與母之信也，而三人疑之，則慈母不能信也。」

情願將這兩隻眼睛挖出，輸與叔叔。」水運道：「拐的甚麼大戶人家的愛妾，已有人送到鎮守，鎮守又送了道尊的衙門去了，諒非訛傳。又且人贓現獲，有甚緣故，你到此田地，還要替他爭人品，真叫做溺愛不明了！」冰心小姐道：「侄女此時辯來，叔叔自然不信，但叔叔也不必過於認真，且再去細訪一訪，便自明白。」

水運道：「不訪也是個拐子，再訪也是個拐子。侄女執意要訪，我就再訪訪，也不差甚麼，不過止差得半日工夫，這也罷了。但侄女既據理詳情，就知他不是拐子，且請問侄女，所據的是哪一段理？所詳的是哪一種情？」冰心小姐道：「『情理』二字，最精最妙。看破了，便明明白白；看不破，便糊塗到底。豈容易對著不知情理之人，辯得明白？叔叔既問，又不敢不說。侄女所據之理，乃邪正之理。大凡舉止言語，得理之正者，其人必不邪。侄女看鐵公子，自公堂至於私室，身所行，無非禮義；口所言，無非倫常，非賦性得理之正者，安能如此？賦性既得理之正，而謂其做邪人拐子，此必無之事也。侄女所詳之情，乃公私之情，大都情用於公者，必不用於私。侄女見鐵公子，自相見至別去，披髮纓冠而往救者，皆冷眼，絕不論乎親疏；履危犯難而不惜者，皆熱腸，何曾因乎愛惡？非得情之公者，必不能如此。用情既公，而謂其有拐子私事，此又必無之事也。故侄女看得明，拿得定，雖生死不變者。據叔叔說得千真萬實，則是天地生人之性情，皆不靈矣；則是聖賢之名教，皆假設矣。決不然也。且俗說：『耳聞是虛，眼觀是實』，叔叔此時，且不要過於取笑侄女，請再去一訪。如訪得的的確確，果是拐子，一毫不差，那時再來取笑侄女，卻也未遲。何以將小人之心，度君子之腹？」水運笑了笑道：「侄女既要討沒趣到底，我便去訪個確據來，看侄女再有何說？」冰心小姐笑道：「叔叔莫要訪個沒趣，不來了。」

水運說罷，就走了出來，一路暗想道：「這丫頭，怎這樣拿得穩？莫非真是這些人傳說差了？我便到縣前，再去訪問訪問。」遂一徑走到縣前，見個熟衙門便問，也有說果然見一個拐子同一個婦人，拴在那裏是有的，又有說那少年不是拐子的，皆說得糊糊塗塗。只到落後問著一個貼身的門子，方才知道詳細，是李大戶自己的外孫，拐了他的愛妾，被鐵公子撞見捉回，李大戶誤認就是鐵公子拐他，虧鮑太爺審出情由，方得明白。水運聽了，因心下吃驚道：「這丫頭真要算做奇女子了！我已信得真真的，他偏有膽氣，咬釘嚼鐵，硬說沒有，情願挖出眼睛與我打賭，臨出門又說我，只怕訪得沒趣不來了。我起先那等譏誚他，此時真真沒臉去見他。」躊躇了半晌，因想道：「且去與過公子商量一商量，再作區處。」

因走到過公子家裏，將前後之情說了一遍。過公子道：「老丈人不必太老實了，如今的事，已死的還要說做活的，沒的還要說做有的。況這鐵公子有這一番，更添詛幾句，替他裝點裝點，也不叫做全說謊了。」水運道：「誰怕說謊？只是如今沒有謊說。」過公子道：「要說謊何難，只消編他幾句歌兒，說是人傳的，拿去與他看，便是一個證見，有與無誰來對證？」水運道：「此計甚妙。只是這歌兒叫誰編好？」過公子道：「除了我能學高才的過公子，再看誰人會編？」水運道：「公子肯自編，自然是絕妙的了。就請編了寫出來。」過公子道：「編倒不打緊，只好念與你聽，要寫卻是寫不出。」水運道：「你且念與我聽了再處。」過公子想了一想，念道：

好笑鐵家子，假裝做公子。

一口大帽子，滿身虛套子。
充做老呆子，哄騙痴女子。
看破了底子，原來是拐子。
頸項縛繩子，屁股打板子。
上近穿窬子，下類叫化子。
這樣不肖子，辱沒了老子。
可憐吳孟子，的的閨中子。
誤將流落子，認做魯男子。
這樣裝幌子，其實苦惱子。
最恨是眸子，奈何沒珠子。
都是少年子，事急無君子。
狗盜大樣子，雞奸小樣子。
若要稱之子，早嫁過公子。

過公子念完，水運聽了，拍掌大笑道：「編得妙！編得妙！只是結尾兩句太露相些，恐怕動疑，去了罷。」過公子道：「任他動疑，這兩句是要緊，少不得的。」水運道：「不去也罷，要寫出來，拿與他看，方像真的。」過公子道：「要寫也不難。」因叫一個識字的家人來，口念著叫他寫出，遞與水運道：「老丈人先拿去與他看，且將他驕矜之氣挫一挫。他肯了便罷，倘畢竟裝模作樣，目今山東新按院已點出了，是我老父的門生，等他到了任，我也不去求親，竟央他做個硬主婚。說水侍郎無子，將我贅了人去，看他再有甚法躲避？」水運著驚道：「若是公子贅人去，這份家私，就是公子承受了，我們空頂著水家族分名頭，便都無想頭了。公子莫若還是娶了來為便。」過公子笑道：「老丈人也忒認真，我入贅之說，不過只要成親，成親之後，自然娶回。我過家愁沒產業？卻肯貪你們的家私，替水家做子孫？」水運聽了，方歡喜道：「是我多疑了。且等我拿這歌兒與他看看，若是他看見氣餒了，心動了，我再將後面按院主婚之事，與他說明，便不怕他不肯了。」過公子聽了，大喜道：「快去快來，我專候佳音。」

水運因拿了歌兒，走回家去見冰心小姐。只因這一見，有分教：

金愈煉愈堅，節愈操愈勵。

不知冰心小姐又有何說，且聽下回分解。

第十回　假認真參按院反今按院吃驚

詞曰：

雷聲空大，只有虛心人怕。仰既無慚，俯亦不愧，安坐何驚何訝！向人行詐，又誰知霹靂自當頭下。到得斯時，不思求加，只思求罷。

——調寄柳梢青

話說水運拿了過公子誚鐵公子的歌句，竟走回來，見冰心小姐，說道：「我原不要去打聽，還好替這姓鐵的藏拙。侄女定要我去打聽，卻打聽出不好來了。」冰心小姐道：「有甚不好？」水運道：「我未去打聽，雖傳聞說他是拐子，尚在虛虛實實之間。今打聽了回來，現有確據，將他的行頭都搬盡了。莫說他出醜，連我們因前在此一番，都帶累的不好看。」冰心小姐道：「有甚確據？」水運道：「我走到縣前一看，不知是甚麼好事的人，竟將鐵公子做拐子之事，編成了一篇歌句，滿牆上都貼的是。我恐你不信，只得揭了一張來，與你看一看，便知道這姓鐵的人了。」因將歌句取出，遞與冰心小姐。冰心小姐接在手，打開一看，不覺失笑道：「恭喜叔叔，幾時讀起書來，忽又能詩能文了？」水運道：「你叔叔瞞得別人，怎瞞得你？我幾時又會做起詩文來。」冰心小姐道：「既不是叔叔做的，一定就是過公子的大筆了。」水運跌跌腳道：「侄女莫要冤屈人，過公子雖說是個才子，卻與你叔叔是一樣的學問，莫說大筆，便小筆也是拿不動的，怎麼冤他？」冰心小姐道：「筆雖拿不動，嘴卻會動。」水運道：「過公子與這姓鐵的有甚冤仇，卻勞心費力，特特編這詩句謗他？」冰心小姐道：「過公子雖與鐵公子無仇，不至於謗他，然胸中還知道有個鐵公子，別個人連鐵公子也未必認得，為何倒做詩歌謗他？一發無味了。侄女雖然是個閨中弱女，這些俚言，斷斷不能鼓動，勸他不要枉費心機！」

水運見冰心小姐說得透徹，不敢再辯，只得說道：「這且擱在一邊。只是還有一件事，要通知侄女，不可看做等閑。」冰心小姐道：「又有何事？」水運道：「也不是別事，總是那過公子諄諄屬意於你，不能忘情。近因府縣官小，做不得主，故暫時擱起。昨聞得新點的按院，叫做馮瀛，就是過學士最相好的門生。過公子只候他下馬，就要託他主婚，強贅了入來。你父親在邊庭，沒個消息，我又是個白衣人，你一個十六七歲的女兒家，如何敵得他過？」冰心小姐道：「御史代天巡狩，是為一方申冤理枉，若受師命，強要主婚亂倫，則不是代天巡行，乃是代天作惡了。朝廷三尺法，凜凜然，誰敢犯之？叔叔但請放心，侄女斷然不懼。」

水運笑道：「今日在叔叔面前說大話，自然不懼，只怕到了御史面前，威嚴之下，實實動起刑來，只怕又要畏懼了。」冰心小姐道：「雖說刑法濫則君子懼，然未嘗因其懼而遂不為君子。既為君子，自有立身行己的大節義。莫說御史，便見天子，也不肯辱身。叔叔何苦畏卻小人勢利中弄心術？」

水運道：「勢利二字，任古今英雄豪傑，也跳不出，何獨加之小人？我就認做勢利小人，只怕還是勢利的小人，討些便宜。」冰心小姐又笑道：「既是勢利討便宜，且請問叔叔，討得便宜安在？」水運道：「侄女莫要笑我，我做叔叔的，勢利了半生，雖不曾討得便宜，卻也不曾吃虧。只怕賢侄女不勢利，就要吃虧哩！到其間，莫要怪做叔叔的不與你先說。」冰心小姐道：「古語說得好：『夏蟲不可言冰❶，蟪蛄不知春秋❷。』各人冷暖，各人自知。叔叔請自為謀，侄女僅知有禮義名節，不知有禍福，不須叔叔代為過慮。」

水運見冰心小姐說得斬釘截鐵，知道勸他不動，便轉洋洋說道：「我下此苦口是好意，侄女既不聽，著我甚急？」因走了出來，心下暗想道：「我毀謗鐵公子是拐子，他偏不信；我把御史嚇他，他又不怕，真也沒法。如今哥哥充軍去了，歸家無日，難道這份家私與他一個女兒家占住罷了？若果按院到了，必須挑撥過公子，真真興起訟來，將他弄得七顛八倒，那時應了我的言語，我方好於中取事。」

因復走來，見過公子，說道：「我這個侄女兒，真也可惡！他一見詩歌，就曉得是公子編成的，決然不信是真。講到後面，我將按院主婚入贅唬唬他，他倒說得好，他說：『按院若是個正人，自不為他們做鷹犬；若是個沒氣力之人，既肯為學士的公子做主成婚，見了我侍郎的小姐，奉承還沒工夫，又安敢作惡？你可與過姐夫說，叫他將這妄想心打斷了罷』。你道氣得他過麼？」過公子聽了，大怒道：「他既是這等說，此時也不必講，且等老馮來時，先進一詞，看他還是護我將拜相學士老師的公子，還是護

---

❶ 夏蟲不可言冰：比喻見聞淺薄的人不可理喻。夏蟲，夏天生的昆蟲。莊子秋水：「夏蟲不可以語於冰者，篤於時也。」

❷ 蟪蛄不知春秋：比喻囿於狹隘見聞而不通事理。蟪蛄，蟬的一種，生於夏天。莊子逍遙遊：「朝菌不知晦朔，蟪蛄不知春秋。」

你那充軍侍郎的小姐？」水運道：「公子若是丟得開，便不消受這些寡氣，親家來往，讓他說了寡嘴罷了。若是畢竟放他不下，除非等按院來，下一個毒手，將他拿縛得定定，便任他乖巧，也只得從順。若只這等與他口鬥，他如何肯就下馬？」過公子道：「老丈人且請回，只候新按院到了，便見手段。」二人算計定了，遂別去。

果然過了兩月，新按院馮瀛到了。過公子就出境遠遠相迎。及到任行香後，又備盛禮恭賀，按院政事稍暇，就治酒相請。馮按院因他是座師公子，只得來赴席。飲到浹洽時，馮按院見過公子意甚殷勤，因說道：「本院初到，尚未及分俸，轉過承世兄厚愛。世兄若有所教，自然領諾。」過公子道：「老恩臺大人，霜威雷厲，遠邇肅然，治晚生怎敢以私相干？只有一件切己之事，要求恩臺大人作主。」馮按院問道：「世兄有甚切己之事？」過公子道：「家大人一身許國，不遑治家，故治晚生至今尚草草衾裯❸，未受桃夭正室。」馮按院聽了，驚訝道：「這又奇了，難道聘也未聘？」過公子道：「正為聘了，如今在此悔賴。」馮按院笑道：「這更奇了，以老師臺門鼎望，赫赫巖巖，又且世兄青年英俊，誰不願結絲蘿？這聘的是甚麼人家，反要悔賴？」過公子道：「就是兵部水侍郎的小姐。」馮按院道：「這是水居一了。他今已謫戍邊庭，家中更有何人作主，便要悔賴？」過公子道：「他家令堂已故了，並無別人，便是小姐自己作主。」馮按院道：「他一女子，如何悔賴？想是前起聘定，他不知道。」過公子道：「前起聘定，即使未知，新近治晚生又自央人為媒，行過六禮到他家去，他俱收了，難道也不知道？及到臨娶，便千難萬阻，百般悔賴。」馮按院道：「既是這等，世兄何不與府縣說，叫他撮合？」過公子

---

❸ 草草衾裯：喻指尚未娶妻。衾，大被。裯，帳。

道：「也曾煩府縣周旋，他看得府縣甚輕，竟藐視不理。故萬不得已，敢求老恩臺大人鐵面之威，為治晚生少平其閨閣驕橫之氣，使治晚生得成秦晉之好❹，則感老恩臺大人之嘉惠不淺矣。至於其他，萬萬不敢再瀆。」

馮按院道：「此乃美事，本院自當為世兄成全。但恐媒妁不足重，或行聘收不明白，說得未定，一時突然去娶，就不便了。」過公子道：「媒妁就是鮑父母，行聘也是鮑父母親身去的。聘禮到他家，他父親在邊庭，就是他親叔叔水運代受的，人人皆知，怎敢誑瀆老恩臺大人。」馮按院道：「既有知縣為媒，又行過聘禮，這就無說了。本院明日就發牌，批准去娶。」過公子道：「娶時恐他不肯上轎，又有他變，但求批准治晚生去入贅，他就辭不得了。」馮按院點頭應承，又歡歡喜喜，飲完了酒，方才別去。

過了一兩日，馮按院果然發下一張牌到歷城縣來，牌上寫著：

察院示：照得婚姻乃人倫風化之首，不可違時。據稱，過學士公子過生員，與水侍郎小姐水氏，久已結縭❺，新又託縣為媒，敦行六禮。姻既已諧，理宜完娶。但念水官遠任，入贅為宜。仰該縣傳諭二姓，即擇吉期，速成嘉禮，毋使摽梅❻愆期，以傷桃夭雅化。限一月成婚，繳如遲，取罪未便！

❹ 秦晉之好：兩姓聯姻。春秋時秦晉兩國世為婚姻，故稱聯姻為秦晉之好。
❺ 結縭：古代嫁女的一種儀式，母親為臨嫁女兒繫結佩巾。後指男女成婚。
❻ 摽梅：梅熟而落。喻指女子已到結婚年齡。

鮑知縣接了牌，細細看明，知是過公子倚著按院是父親門生，弄的手腳。欲要稟明，又恐過公子怪他；欲不稟明，又怕按院偏護，將水小姐看輕，弄出事來轉怪他不早說。只得暗暗申了一角文書上去，稟道：

本縣為媒行聘，雖實有之。然皆過生員與水氏之叔水運所為，而水氏似無許可之意，故至今未決。蒙憲委傳諭，理合奉行，但慮水氏心貞性烈，又機警百出，本縣往諭，恐恃官女，驕矜不遜，有傷憲體。特稟明，伏乞察照施行。

馮按院見了，大怒道：「我一個按院之威，難道就不能行於一女子！」因又發一牌與鮑知縣，道：

察院又示：照得水氏既無許可，則前日該縣為誰為媒行聘，不自相矛盾乎？宜速往諭！且水氏乃罪官之女，安敢驕矜！倘有不遜，即拿赴院，判問定罪。毋違！

鮑知縣又接了第二張憲牌，見詞語甚厲，便顧不得是非曲直，只得打點執事。先見過公子，傳諭按君之意，過公子滿心歡喜，不消託咐。然後到水侍郎家裏，到門下轎，竟自走進大廳來。叫家人傳話，說本縣鮑太爺，奉馮按院老爺憲委，有事要見小姐。

家人入去報知，冰心小姐就心知是前日說的話發作了。因帶了兩個侍婢，走到廳後，垂簾下立著，叫家人傳稟道：「家小姐已在簾內聽命，不知馮按院老爺有何事故，求老爺吩咐。」鮑知縣因對著簾內說道：「也非別事，原是過公子要求小姐的姻事，一向託本縣為媒行聘。因小姐不從，故此擱起。今新來的按臺馮老大人，是過學士門生，故過公子去求他主婚，也不深知就裏，因發下一張牌到本縣，命本縣傳諭二姓，速速擇吉成親，以敦風化。限在一月內繳牌，故本縣只得奉行。這已傳諭過公子，過公子喜之不勝，故本縣又來傳諭小姐，乞小姐凜遵憲命，早早打點。」冰心小姐隔簾，答應道：「婚姻嘉禮，豈敢固辭？但無父命，難以自專，尚望父母大人代為一請。」鮑知縣道：「本縣初奉命時，已先申文，代小姐稟過。不意按臺又發下一牌，連本縣俱加督責，詞語甚厲，故不敢不來諭知小姐。或從或違，小姐當熟思行之，本縣也不敢相強。」

冰心小姐道：「按院牌上有何厲語？求賜一觀。」鮑知縣遂叫禮房取出二牌，交與家人，侍妾傳入。冰心小姐細細看了，因說道：「賤妾苦辭過府之姻，非有所擇也。只因家大人遠戍，若自專主，異日家大人歸時，責妾妄行，則無以謝過。今按院既有此二牌治罪，赫赫炎炎，雖強暴不敢違，況賤妾弱女，焉敢上抗？則從之不為私舉矣。但恐絲蘿結後，此二牌繳去，或按院任滿復命，又將何以為據？不幾仍由妾自主乎？敢乞父母大人稟過按院，留此二牌為後驗，則可明今日妾之迫於勢，是公而非私矣。」鮑知縣道：「小姐所慮甚遠，容本縣再申文稟過按院，自有定奪。二牌且權留小姐處。」

說罷，就起身回縣，心下暗想道：「這水小姐，我還打算始終成全了鐵公子，做一椿義舉。且他前番在過公子面上，千不肯，萬不肯，怎今日但要留牌票，便容容易易肯了，真不可解！到底是按院的勢力大。水小姐既已應承，卻無可奈何，只得依他所說。」做了一套申文，申到按院。

馮按院看了，大笑道：「前日鮑知縣說此女性烈，怎見我牌票便不烈了！」因批回道：

據稟稱，水氏以未奉親命，不敢專主，請留牌以自表，誠孝義可嘉！但芳時不可失，宜速合巹，以成雅化。既留前二牌為據可也。

鮑知縣見按院批准，隨又親來報知水小姐。臨出門又叮囑道：「今日按臺批允，則此事非過公子之事，乃按臺之事了，卻遊移改口不得。小姐須要急急打點，候過公子擇了吉期，再來通報。」冰心小姐道：「事在按院，賤妾怎敢改口？但又恐按院想過意來，轉要改口。」鮑知縣道：「按臺於大學士，師生也。極力左袒，焉肯改口？」冰心小姐道：「這也定不得。但按院既不改口，賤妾雖欲改口，亦不能矣。」

鮑知縣叮囑明白，因辭了出來，又去報知過公子，叫他選擇吉期，以便合巹。過公子見說冰心小姐應承，喜不自勝，忙忙打點，不題。正是：

莫認桃夭便好逑，須知和應始雎鳩。
世間多少河洲鳥，不是鴛鴦不並頭。

卻說馮按院見水小姐婚事，虧他勢力促成，使過公子感激，也自歡喜。又過了數日，馮按院正開門放告，忽擁擠了一二百人入來，俱手執詞狀，伏在丹墀之下。馮按院吩咐，收了詞狀，發放出去，聽候掛牌。眾人便都一擁去盡，獨剩下一個少年女子，跪著不去。

左右吆喝出去，這女子立起身，轉走上數步，仍復跪下，口稱：「犯女有犯上之罪，不敢逃死，請先畢命於此，以申國法，以彰憲體。」因在袖中，取出一把雪亮的尖刀，拿在手裏就要自刺。馮按院在公座上突然看見，著了一驚，忙叫人止住，問道：「你是誰家女子？有甚冤情？可細細訴明，本院替你申理，不必性急。」

那女子因說道：「犯女乃原任兵部侍郎、今遣戍罪臣水居一之女水氏，今年一十七歲，不幸慈母早亡，嚴親遠戍，煢煢小女，靜守閨中，正茹蘗飲冰❼之時，豈敢議及婚姻？不意奸人過其祖，百計營謀，前既屢施毒手，幾令柔弱不能保守；今又倚師生勢焰，復逞狼心，欲使無瑕白璧，痛遭點污。泣思家嚴雖謫，猶係大夫之後，犯女雖微，尚屬閨閣之餘。禮義所出，名教攸關，焉肯上無父母之命，下無媒妁之言，而畏強暴之威，以致失身喪節？然昔之強暴雖橫，不過探丸❽劫奪之雄，尚可卻避自全；今竟假朝廷恩寵，御史威權，公然牌催票勒，置禮義名教如弁髦❾，一時聲勢赫赫，使閨中弱女，魂飛膽碎。

---

❼ 茹蘗飲冰：指生活清苦。茹，吃。蘗，喬木類的黃柏之芽枝。唐詩紀事四六劉言史初下東周贈孟郊：「素堅冰蘗心，潔立保賢貞。」唐皮日休七愛詩元魯山：「一室冰蘗苦，四遠聲光飛。」冰蘗為清苦的代稱。

❽ 探丸：摸取彈丸以彈射。唐盧照鄰長安古意有「挾彈飛鷹杜陵北，探丸借客渭橋西」之句。

❾ 弁髦：比喻棄置無用之物。弁，緇布冠。髦，幼童垂於眉際的頭髮。古代男子成人行冠禮後，不再用緇布冠，並剃去垂髦。由此比做棄置無用之物。

設欲從正守貞，勢必人亡家破。然一死事小，辱身罪大，萬不得已，於某年某月某日，瀝血明冤，遣家奴走闕下，擊登聞上陳矣。但閨中細女，不識忌諱，一時情詞激烈，未免有所干犯。自知罪在不赦，故俯伏臺前，甘心畢命。」說罷，又舉刀欲刺。

馮按院初聽見說過公子許多奸心，尚不在念，後聽到「遣家奴走闕下，擊登聞上陳」，便著了忙。又見他舉刀欲刺，急吩咐一個小門子下來搶住，因說道：「此事原來有許多緣故，叫本院如何得知？且問你：前日歷城縣鮑知縣稟稱，是他為媒行聘，你怎麼說下無媒妁之言？」冰心小姐道：「鮑父母所為之媒，所行之聘，乃是求犯女叔父水運之女，今已娶去為正室久矣，豈有一媒一聘娶二女之理？」馮按院道：「原來已娶過一個了。既是這等說，你就該具詞來稟明，怎麼就輕易上本？」

冰心小姐道：「若犯女具詞可以稟明，則大人之憲牌不應早出，據過公子之言而專行矣。若不上本，則沉冤何由而白？」馮按院道：「婚姻田土，乃有司事，怎敢擅瀆朝廷？莫非你本上別捏虛詞，明日行下來，畢竟罪何所歸？」冰心小姐道：「怎敢虛詞？現有副本在此，敢求電覽❿。」因在懷中取出呈上。馮按院展開一看，只見上面寫著：

原任兵部侍郎、今遣戍罪臣水居一犯女水冰心謹奏：為按臣諂師媚權，虎牌狼吏，強逼大臣幼女，無媒苟合，大傷風化事：

竊惟朝廷政治，名教為尊；男女人倫，婚姻託始。故往來說合，必憑媒妁之言；可否從違，一聽

---

❿ 電覽：急速閱覽。

父母之命。即媒約成言，父母有命，亦必需六禮⓫行聘，三星⓬照室，方迎之子于歸⓭。從未聞男父在朝，未有遣媒之舉，女父戍邊，全無允諾之辭。而按臣入境，一事未舉，先即連遣虎牌，立勒犯女無媒苟合，欲圖諂師媚權，以極私恩，如馮瀛者也。

犯女柔弱，何能上抗？計惟有刎頸憲墀，以全名節。但恐冤沉莫雪，怨鬱之氣，蒸為災異，以傷聖化，故特遣家奴水用，蹈萬死擊登聞鼓上聞。伏望皇仁垂憐凌虐威逼慘死之苦，敕戒按臣，小有公道，則犯女雖死，而情同犯女者，或可少偷生於萬一矣。臨奏不勝幽冥感憤之至！

馮按院才看得頭一句「諂師媚權」，早驚出一身冷汗；再細細看去，忽不覺滿身抖起來。急忙看完，又不覺勃然大怒。一腔怒氣，欲要發作，又見水小姐手持利刃，口出悻悻之聲，只要刺死。倘刺死了，一發沒解。再四躊躇，只得將一腔怒氣按納下去，轉將好言勸諭道：「本院初至，一時不明，被過公子蒙蔽了。只道婚姻有約，故諄諄促成。原是好意，並不知全無父母之命，倒是本院差了。小姐請回，安心靜處，本院就有告示，禁約土惡強婚。但所上的本章，還須趕轉，不要張揚為妙。」冰心小姐道：「既蒙大人寬宥，犯女焉敢多求？但已遣家奴，長行三日矣。」馮按院道：「三日無妨。」因立刻差了一個

⓫ 六禮：古時婚制有六禮，即納采、問名、納吉、納徵、請期、親迎。

⓬ 三星：指婚期的天象。詩唐風綢繆：「綢繆束薪，三星在天。今夕何夕，見此良人。」後以「三星在天」為男女婚期之典。

⓭ 之子于歸：女子出嫁。詩周南桃夭：「之子于歸，宜其室家。」之子，這個女子。

能幹舍人，問了水小姐家人的姓名形狀，發了一張火牌，限他星夜趕回，立刻去了。然後水小姐拜謝出來，悄悄上了一乘小轎回家。

莫說過公子與水運全然不曉，就是鮑知縣一時也還不知。過公子還高高興興，擇了一個好日子，通知水運。水運因走過來，說道：「侄女恭喜！過公子入贅，有了吉期了。」冰心小姐笑一笑道：「叔叔可知這個吉期，還是今世，還是來生？」水運道：「賢侄女莫要取笑，做叔叔的便與你取笑兩句，也還罷了。按院代天巡狩，掌生殺之權，只怕是取笑不得的哩！」冰心小姐道：「叔叔猶父也，侄女安敢取笑？笑今日的按院，與往日的按院不同，便取笑他也不妨。」水運道：「既是取笑他不妨，前日他兩張牌倒下來，就該取笑他一場，為何又收了他的？」冰心小姐道：「收了他的牌票，焉知不是取笑？」

正說不了，只見家人進來，說道：「按院老爺差人在外面，送了一張告示來，要見小姐。」冰心小姐故意沉吟道：「是甚告示送來？」水運道：「料無他故，不過催你早早做親。待我先出去看看，若沒甚要緊，你就不消出來了。」冰心小姐道：「如此甚好。」

水運因走了出來，與差人相見過，就問道：「馮老爺又有何事，勞尊兄下顧？莫不是催結花燭？」差人道：「倒不是催結花燭。老爺吩咐說：老爺因初下馬，公務繁多，未及細察，昨才訪知水老爺戍出在外，水小姐尚係弱女，獨自守家，從未受聘，恐有強暴之徒，妄思謀娶，特送一張告示在此，禁約地方。」因叫跟的人將一張告示，遞與水運。

水運接在手中，心中吃了一驚，暗想道：「這是哪裏說起！」心下雖如此想，口中卻說不出。只得請差人坐下，便拿了進來，與冰心小姐看，道：「按院送這張告示來，不知為甚？你可念一遍與我聽。」

冰心小姐因展開，細細念道：

按院示：照得原任兵部侍郎水官，勤勞王事，被遣邊庭，止有弱女，尚未受聘，守貞於家，殊屬孤危。仰該府該縣，時加存恤，如有強暴之徒，非禮相干，著地方並家屬，即時赴院稟明，立拿究治不貸！

冰心小姐念完，笑一笑道：「這樣嚇鬼的東西，要他何用！但他既送來，要算一團美意，怎可拂他！」因取出二兩一個大封送差人，二錢一個小封賞跟隨，遞與水運，叫他出來打發。水運聽見念完，竟呆了，開不得口，接了封兒，只得出來送了差人去了。復進來說道：「賢侄女，倒被你說著了，這按院真與舊不同。前日出那樣緊急催婚的牌票，怎今日忽出這樣禁約告示來，殊不可解！」冰心小姐道：「有甚難解了？初下馬時，只道侄女柔弱易欺，故硬要主婚，去奉承過公子。今訪知侄女的辣手，恐怕害他做官不成，故又轉過臉來，奉承侄女。」水運道：「哥哥又不在家，你有甚麼手段害他，他這等怕你？」冰心小姐笑道：「叔叔此時不必問，過兩日自然知道。」

水運滿肚皮狐疑，只得走了出來，暗暗報知過公子，說按院又發告示之事。過公子不肯信，道：「哪有此事？」水運道：「我非哄你，你急急去打聽，是甚麼緣故？」過公子見水運說是真話，方才著急，忙乘了轎子去見按院。前日去見時，任是事忙，也邀入相見。這日閑退後堂，只推有事不見。過公子沒法，到次日又去，一連去了三四日，俱回不見。心下焦躁道：「怎麼老馮一時就變了！他若這等薄情，我明日寫信通知父親，看他這御史做得穩不穩！」只因這一急，有分教：

小人逞醜，貞女傳芳。

不知過公子畢竟如何，且聽下回分解。

第十一回　熱心腸放不下千里赴難

詞曰：

漫道無關，一片身心都被綰。急急奔馳，猶恐他嫌緩。
豈有拘攣，總是情長短。非兜攬，此中冷暖，捨我其誰管？

——調寄點絳唇

話說過公子見馮按院不為他催親，轉出告示與水小姐，禁止謀娶，心上不服，連連來見，馮御史只是不見。十分著急，又摸不著頭路，只得來見鮑知縣，訪問消息，就說馮御史反出告示之事。鮑知縣聽了，也自驚訝道：「這是為何？」因沉吟道：「一定又是水小姐弄甚神通，將按院壓倒。」過公子道：「他父親又不在家，一個少年女子，又不出閨門，有甚神通弄得？」鮑知縣道：「賢契不要把水小姐看做等閑。他雖是一個小女子，卻有千古大英雄的智量。前日本縣持牌票去說時，他一口不違，就都依了，我就疑他胸中別有主見。後來我去回復他，又曾叮囑他莫要改口，他就說：『我倒不改口，只怕按君倒要改口。』今日按臺果然改口，豈非他弄的神通？賢契倒該去按君衙門前訪問，定有緣故。」

過公子只得別了縣尊，仍到按院衙門前打聽。若論水小姐，在按院堂上一番舉動，衙門皆知，就該訪出，只因按臺怕出醜，吩咐不得張揚，故過公子打聽不出。悶悶的過了二十餘日，忽見按院大人來請，只道有好意，慌忙去見。

不期到了後堂，相見過，馮按院就先開口說道：「本院為世兄，因初到不知就裏，幾乎惹出一場大禍來。」過公子道：「以烏臺❶之重，成就治下一女子婚姻，縱有些差池，恐也無甚大禍。為何老恩臺大人出爾反爾？」馮按院道：「本院也只認這水小姐是治下一女子，故行牌彈壓他，使他俯首聽命，不敢強辭。誰知這水小姐，為人甚是厲害，竟是個大才大智之人。牌到時略不動聲色，但滿口應承，卻悄悄自做了一道本，暗暗差一個家奴，進京去擊登聞鼓參劾本院，你道厲害不厲害了！」過公子聽了，吃驚道：「他一個少年女子，難道這等大膽？只怕還是謊說，以求苟免。且請問老恩臺大人，何以得知？」馮按院道：「他參劾本院，還不為大膽；他偏又有膽氣，親自送奏本來與本院看。」過公子道：「老恩臺大人就該扯碎他的奏章，懲治他個盡情，他自然不敢了。」馮按院道：「他妙在將正本先遣人進京三日，然後來見本院。本院欲要重處他，他的正本已去了。倘明日本准時，朝廷要人，卻將奈何？不獨本院不便處治他，他卻手持一把利刃，欲自刺，將以死來挾制本院。」過公子道：「就是他的本上了，老恩臺大人辯一本，未必就辯不過他。」馮按院道：「世兄不曾見他的本章，他竟將本院參倒了，竟無從去辨。此本若是准了，不獨本院有罪，連世兄與老師都要被反出是非來。故本院不得已，只得出告示安慰他，他方說出家奴姓名、形狀，許我差人星夜趕回。連日世兄賜顧，本院不敢接見者，恐怕本趕不回，耳目昭彰，愈加談論。今幸本趕回了。故請世兄來看，方知本院不是出爾反爾，蓋不得已也。」因取了

❶ 烏臺：御史臺。馮瀛以御史外任巡按。

水小姐的本章，送與過公子看。

過公子看了，雖不深知其情，然看見「諂師媚權」等語，也自覺寒心，道：「這丫頭怎無忌憚至此，真也可惡！難道就是這等罷了？其實氣他不過，又其實放他不下！還望老恩臺大人看家父之面，為治晚另作一個斧柯之想。」馮按院道：「世兄若說別事，無不領教。至於水小姐這段姻緣，說來有些不合，本院勸世兄倒不如冷了這個念頭罷。只管勉強去求，恐怕終要弄出事來。我看這女子舉動莫測，不是一個好惹的。」

過公子見按院推辭，無可奈何，只得辭了出來。心不甘服，因尋心腹成奇，與他商量，遂將他的本章大意念與他聽，道：「這丫頭告『諂師媚權』，連父親也參在裏面，你道惡也不惡！」成奇道：「他本章雖惡，然推他苦死推託之懷，卻不是嫌公子無才無貌，但只念男女皆無父命。若論婚姻正禮，他也說得不差。我想這段姻緣，決難強求。公子若必要成就，除非乘此時他父親貶謫，老爺又不日拜相，速速趕人進京，與老爺說知此情，求老爺做主，遣人到戍所去求親。你想那水侍郎，在此落難之時，無有不從。倘他父親從了，便不怕他飛上天去。」

過公子聽了，方才大喜道：「有理，有理！現一條大路不走，卻怎走遠路？如今就寫家書去與父親說。但是書中寫不盡這些委曲，家裏這些人又都沒用，必得兄為我走一遭，在老父面前見景生情，撮成了方妙。」成奇道：「公子喜事，既委託我，安敢辭勞？就去，就去！」過公子大喜道：「得兄此去，吾事濟矣。」因懇懇切切寫了一封家書與父親，又取出盤纏，叫一個老家人同成奇進京。正是：

滿樹尋花不見花，又從樹底覓根芽。
誰知春在鄰家好，蝶鬧蜂忙總是差。

按下成奇與老家人進京求親，不題。卻說鐵公子自山東歸到大名府家裏，時時佩服小姐之恩，將俠烈之氣漸次消了，只以讀書求取功名為念。一日，在邸報上看見父親鐵都院有本告病，不知是何緣故，心下著急，因帶著小丹，騎了匹馬，忙忙進京去探望。

將到京師，忽見一個人，騎著匹驢子在前面走。鐵公子馬快，趕過他的驢子，因回頭一看，卻認得是水家的家人水用。因著驚問道：「你是水管家耶，卻為何到此？」水用抬頭，看見是鐵公子，慌忙跳下驢來，說道：「正要來見鐵相公。」鐵公子聽了，驚訝道：「你要來見我做甚？」只得也勒住馬，跳了下來，又問道：「你來是端的為老爺的事，還是為小姐的事？」水用道：「是為小姐的事。」鐵公子又吃一驚，道：「小姐又為甚事？莫非還是過公子作惡？」水用道：「正為過公子作惡。這遭作得更惡，所以家小姐急了，叫我進京擊登聞鼓上本。又恐怕我沒用，故叫我尋見相公，委求指點指點。」鐵公子道：「上本容易。且問你，過公子怎生作惡，就至於上本？」

水用道：「前番皆過公子自家謀為，識見淺短，故小姐隨機應變，俱搪塞過了。誰知新來的按院，是過老爺門生，死為他出力，竟倒下二張憲牌到縣裏來，勒逼著一月成親，如何拗得他過？家小姐故不得已，方才寫了一道本章參他，叫我來尋鐵相公指引。今日造化，恰好撞著，須求鐵相公作速領小的去上。要使用的，小人俱帶在此。」鐵公子聽了，不覺大怒道：「那個御史，敢如此胡為？」水用道：「按院姓馮。」鐵公子道：「定然是馮瀛這賊坯了！小姐既有本，自然參得他痛快。這不打緊，也不消擊鼓，我送到通政司❷，央他登時進上，候批下來，等我再央禮科❸抄參幾道，看這賊坯的官可做得穩！」水用道：「若得鐵相公如此用情，自然好了。」鐵公子說罷，因跨上馬道：「路上說話不便，我的馬快先去，你可隨後趕到都察院私衙裏來，我叫小丹在衙前接你。」水用答應了，鐵公子就將馬加上一鞭，就似飛的去了。

不多時，到了私衙。原來鐵御史告病不准，門前依舊熱熱鬧鬧。鐵公子忙進衙，拜見了父母，知道是朝廷有大議，要都察院主張，例該告病辭免，沒甚大事，故放了心。就吩咐小丹在衙前等候水用，直等到晚，並不見來。

鐵公子猜想道：「水小姐既吩咐他託我上本，怎敢不來？莫非他驢子慢，到得遲，尋下處歇了，明早必來見我。」到了次早，又叫小丹到衙前守候，直守到午後，也不見來。鐵公子疑惑道：「莫非他又遇著有力量的熟人，替他上了，故不來見我？」只得差了一個能事的承差，叫他去通政司訪問，可有兵部水侍郎的小姐差人上本。承差訪問了來回復道：「並沒有。」鐵公子委決不下，鐵公子又叫人到午門外打聽，今日可有人擊鼓上本，又回道：「沒有」。鐵公子一發動疑，暗暗思忖道：「他分明說要央我上本，為何竟不見來？莫非他行事張揚，被按院耳目心腹聽知，將他暗害了？或者是一時得了暴病睡倒

❷ 通政司：全稱通政使司。明制，凡臣民建言、陳情、申訴及軍情災異等事，報送所司辦理，事重者得請旨裁決。

❸ 禮科：禮部科道。參見第一回注❾。

了？」一霎時就有千思百想，再也想不到是水用將到城門，忽被馮按院的承差趕轉去。鐵公子又叫人到各處去找尋，一連尋了三五日，並無蹤影。

鐵公子著了急，暗想道：「水小姐此事，若是上本准了，到下處去，便不怕按君了。今本又不上，按君威勢，他一個女子，任是能幹，如何拗得他過？況他父親又被貶謫，歷城一縣，都是奉承過公子的，除了我不去救他，再有誰人肯為他出力？古語云：『士為知己者死』，水小姐與我鐵中玉，可謂知己之出類拔萃者矣。我若不知，猶可謝責，今明明已知，而不去助他一臂，是鬚眉男子不及一紅顏女子，不幾負知己乎？」

主意定了，因辭別父母，只說仍回家讀書，卻悄悄連馬也不騎，但雇了一匹驢子騎著，仍只帶了小丹，星夜到山東歷城縣來，要為水小姐出力。一路上思量道：「若論這賊坯如此作惡，就該打上堂去，辱他一番，與他個沒體面，才覺暢意。只他是個代天巡狩的御史，我若如此，他上一本，說我凌辱欽差，他倒轉有詞了。那時就到御前與他折辯，他的理短，我的理長，也不怕他。但我見水小姐折服強暴，往往不動聲色。我若驚天動地，他未免又要笑我是血氣用事了。莫若先去見水小姐，只將馮按院的兩張勒婚虎牌拿了進京，叫父親上本，參他諂師媚權，逼勒大臣幼女，無媒苟合，看他怎生樣救解！」正是：

熱心雖一片，中有萬千思。
不到相安處，彷徨無已時。

鐵公子主意定了，遂在路不敢少停，不數日就趕到歷城縣。尋一個下處，安放了行李，叫小丹看守，遂自走到水侍郎家裏來。

到了門前，卻靜悄悄不見一人出入。只得走進大門來，也不看見一人出入。只得又走進二門來，雖也不見有人出入，卻見門旁有一張告示掛在壁上，近前一看，卻正是馮按院出的，心下想道：「這賊坯既連出二牌，限日成婚，怎又出告示催逼？正好拿他去作個指證。」一邊想，一邊看，卻原來不是催婚，倒是禁人強娶他。看完了，心下又驚又喜，道：「這卻令人不解：前日水用明明對我說，按院連出二牌催婚，故水小姐事急上本。為何今日轉掛著一張禁強娶的告示在此？莫非是水小姐行了賄賂，故反過臉來？再不然，或是水侍郎復了官，故不敢妄為？」

再想不出，欲要進去問明，又想道：「他一個寡女，我又非親非故，若是他遭了強娶的患難，我進去問聲還不妨；他如今門上貼著這樣平平安安的告示，我若進去訪問，便涉假公濟私之嫌了，這又斷乎不可。且到外面去細訪，或者有人知道，也未可知。」因走了出來。

不期剛走出大門，忽撞見水運在門前走過，彼此看見，俱各認得，只得上前施禮。水運暗想道：「他向日悻悻而去，今日為何又來？想是也著了魔。」因問道：「鐵先生幾時來的？曾見過舍侄女麼？」鐵公子道：「學生今日才來，並不敢驚動令侄女。」水運道：「既不見舍侄女，又為何到此？」鐵公子道：「學生在京，傳聞得馮按君擅作威福，連出二牌，限一月要逼令侄女出嫁。因思女子之嫁，父命之關，關御史何事？私心竊為不平，故不遠千里而來，欲為令侄女少助一臂。適在門內見馮按君有示，禁人強娶，此乃居官善政，乃知是在京之傳聞者誤也，故決然而返耳。」水運聽了大笑道：「鐵先生可謂『聞所聞而來，見所見而去』矣，雖屬高義，也只覺舉動太輕了。此話便是這等說，然既已遠遠到此，還須略略少停，待學生說與舍侄女，使他知感，出來拜謝拜謝，方不負此一番跋涉。」鐵公子道：「學生之來，原不全是為人，不過要平自心之不平耳。今自心之不平已平，又何必人之知感，又何必人之拜謝！」說罷，將手一舉道：「老丈請了。」竟揚揚而去。

水運還要與他說話，見他竟一拱而別，心下十分不快，因想道：「這小畜生怎還是這等無狀，怎生擺布他一場方快暢！」想了半晌，並無計策，因又想道：「還須與過公子去商量方好。」因先叫了一個小廝，悄悄趕上鐵公子，跟了去打聽他的下處。然後一徑走來，尋見過公子，將撞見鐵公子的事情，細細說了一遍。過公子聽罷，跌足道：「這畜生又想要來奪我婚姻了，殊可痛恨！我實實饒他不過，拚著費些情面，與他做一場。」水運道：「這一場卻怎生與他做？」過公子道：「明日尋見他，借些事故，與他廝鬧一番，然後將他告在馮按院處，不怕老馮不為我！」水運搖頭道：「此計不妙。我聞得這姓鐵的父親做都察院，我想都察院是按院的堂官❹。這馮按院就十分要為公子，卻也不敢難為堂官的兒子。」過公子聽了吃驚道：「是呀，我倒不曾想著。此卻如之奈何！」水運道：「我想起來，如今也不必動大干戈，只小耍他一場，先弄得他顛三倒四，再打得他頭破血出，卻又沒處叫屈，便也夠他的了。」過公子道：「得能如此，方能少出我氣。且請問計將安出？」

❹ 堂官：朝廷各部衙門的長官。按此，鐵中玉的父親為都察院的長官。都察院負責監察彈劾官吏，參與審理重大案件。馮瀛是由都察院的御史出任外省巡按的，都察院的長官為都御史、副都御史，並沒有各科道監察御史。

水運道：「這姓鐵的雖然嘴硬，然年紀小小的，我窺他來意，未必不專致在我侄女兒身上。方才被我撞破了，沒奈何，只得說這些好看話兒，遮掩遮掩。我想他心上，不知怎生樣思量一見哩！公子如今莫若將計就計，叫一個童子去請他，只說是水小姐差來的，說今早知他到門，恐人多不便出來相見，約他今晚定更時分，在後花園門首一會，有要緊的話說。那姓鐵的便是神仙，也猜不出是假的。等他來時，公子卻暗暗埋伏下幾個好漢，打得他頭青眼腫，卻到哪裏去訴苦？你道此計好不好？」過公子聽了，喜得滿臉都是笑，因贊道：「好妙計！百發百中。且打他一頓，報個信與他，使他知歷城縣豪傑是惹不得的。」因叫出一個乖巧會說的童子來，將訴說的言語，細細吩咐明白，叫他如此如此，那童子果然乖巧，一一領會。正吩咐完，恰好水運叫去打探下處的小廝也來了，因叫他領到鐵公子下處來。

此時鐵公子因馮按院出告示的緣故，不知其詳，放心不下，遂走到縣前，要見鮑知縣，問個明白。不料鮑知縣有公務出門，不在縣中，只得仍走了回來。水家小廝看見，忙指與童子道：「這走來的，正是鐵相公。」童子認得了，卻讓鐵公子走進下處，他即隨後跟了進來，低低叫一聲：「鐵相公，又到哪裏去來？小廝候久了。」鐵公子回頭看時，卻是一個十四五歲的童子，因問道：「你是誰家的？候我做甚麼？」

那童子不就說話，先舉眼四下一看，見沒有人，方走近鐵公子身邊，低低說道：「小的是水小姐差來的。」鐵公子驚疑道：「水小姐他家有大管家水用等，為何不差來，卻是你來？你且說，差你來見我，有甚話說？」童子道：「小姐要差水用來，因說恐有不便，故差小的來。小的是小姐貼身服侍的，可以傳達心事。」鐵公子道：「有甚麼心事要你傳達？」童子道：「小姐說，早間蒙鐵相公賜顧，已有人看見，要出來相會，一來眾人矚目，不便談心；二來被人看見，又要論是非；三來鐵相公又未曾扣門升堂，差人留見，又恐涉私非禮，只得隱忍住了。然感激鐵相公遠來一片好心，必要面謝一謝，故悄悄差小的來見鐵相公。」鐵公子道：「你可回去對小姐說，說我鐵挺生雖為小姐不平而來，不過盡我之心，卻非要見小姐之面。小姐縱有感我之心，卻無見我謝我之理，蓋男女與朋友不同耳。」童子道：「小姐豈不知男女無相見之理？但說是前番已曾相見過，今日鐵相公又為小姐遠遠而來，反避嫌不見，轉是矯情了。欲令請去相見，又恐閑人說短說長，要費分辯。莫若請鐵相公定更時分，悄悄到後花園門首去一會，人不知鬼不覺，實為兩便。望鐵公子不要爽約，以負小姐之心。」

鐵公子聽了，勃然大怒道：「胡說！這些話從哪裏說起？莫非你家小姐喪心病狂麼？」童子道：「家小姐是一團美意，怎麼鐵相公倒惱起來？」鐵公子一頭怒，一頭想道：「水小姐以禮法持身，何等矜慎，怎說此非禮之言？難道相隔不久，就變做兩截人？此中定然有詐。」

因一手將童子捉住，又一手指著童子的臉要打，道：「你這小奴才，有多大本領，怎敢將美人局來哄騙我鐵相公！那水小姐乃當今的女中豪傑，你怎敢造此邪穢之言來污他？我鐵相公也是一個皎皎錚錚的漢子，你怎敢揑此淫蕩之言來誘我？我想這些言語，你一個小小孩子，也造作不出，定有人主使你。你可實說是誰家的小廝，這些言語是誰教你的？我便饒你。你若半字含糊，我就帶你到縣中，叫縣主老爺將你這小奴才活活打死！」

童子正說得有枝有葉，忽被鐵公子一把捉倒，只恨恨要打，嚇得他魂都不在身上，又見鐵公子將他隱情都先說破，更加慌張。初還強辯一兩句道：「我實是水小姐差來的，這些話實在是水小姐叫我說的。」後被鐵公子兜嘴兩個耳光子打慌了，只得直說道：「我實是過公子的童子，這些話都是水老相公教的，實實不干小的之事，求鐵相公饒了我罷。」鐵公子聽了，方哈哈大笑道：「魑魅魍魎，怎敢在青天之下弄伎倆！」因開了手，放起小童子道：「你既直說了，饒你去罷。你可對水家那老奴才說，我鐵相公是個烈丈夫，水小姐是個奇女子，所行所為，非義即俠，豈小人所能得知！叫他不要只管自討苦吃。饒你去罷！」童子得脫了身，哪裏還敢做聲，因將袖子掩著臉，一路跑了回來。

此時水運還同過公子坐著等信，忽見童子垂頭喪氣走了回來，不勝驚訝。過公子忙問道：「你如何這等模樣？」童子因吃了苦，看見家主，不覺眼淚落了下來，道：「這都是水老相公害我！」水運道：「我叫你去充作水家的人，傳水小姐的說話，他自然歡喜，你怎倒說我害你？」童子道：「水老相公，你也忒將那鐵相公看輕了。那鐵相公好不厲害，兩隻眼看人，比相面的還看得準些；一張嘴說話論事，就像看見的一般。小的才走到面前，說是水小姐差來的，那鐵相公就有些疑心，說道：『既是水小姐差來，怎不差那大家人，卻叫你來？』小的說：『我是水小姐貼身服侍的，故差了來。』那鐵公子早有幾分不信，就放下面孔問道：『差你來做甚麼？』小的一時沒變動，只得將水老相公教我去說水小姐約他後園相會的話，細細說了一遍。那鐵公子也忒性急，等不得說完，便大怒起來，將小的一把捉住亂打道：『你是誰家的小奴才，敢大膽將美人局來哄我鐵相公！那水小姐是個閨中賢淑，怎說此喪心病狂之言，定是誰人詐騙！』若不實說，就要送小的到縣去究治。小的再三求饒，他好不利害，決定不放，只等小的說出真情，他方大笑幾聲，饒了小的。臨出門，又罵水老相公作魑魅魍魎，叫我傳話說給水老相公，不要去捋虎鬚，自討苦吃。」

過公子與水運聽了，面面相覷，做聲不得。呆了半晌，水運忽發狠道：「這小畜生，怎如此可惡，我斷斷放他不過！」過公子道：「你雖放他不過，卻也奈何他不得。」水運道：「不打緊，我還有一計，偏要奈何他一場才罷！」只因這一計，有分教：

孽造於人，罪還自受。

不知水運更有何計，且聽下回分解。

第十二回　冷面孔翻得轉一席成仇

詞曰：

犬子無知，要捋虎鬚稱結契。且引魚蝦，上把蛟龍劈。

及至傷情，當面難迴避。閑思議，非他惡意，是我尋淘氣！

——調寄點絳唇

卻說過公子聽見水運說，又有甚算計，可以奈何鐵公子，因忙忙問道：「老丈又有甚妙計算？」水運道：「也無甚妙算。但想他既為舍侄女遠遠而來，原要在舍侄女身上弄出他破綻來。方才童子假的被他看破，故作此矯態。我如今攛掇我侄女兒，真使人去請他，看他反作何狀，便可奈何他了。」過公子聽了，沉吟道：「此算好便好，只是他正沒處通風，莫要轉替他做了媒人，便不妙了。」水運道：「媒人其實是個媒人，卻又不是合親的媒人，卻是破親的媒人。公子但請放心，我只管安排。」

因辭了回家，來見冰心小姐道：「賢侄女，你果然有些眼力，我如今方服煞你。」冰心小姐道：「叔叔有甚服我？」水運道：「前日那個鐵公子，人人都傳說是拐子，賢侄女獨看定不是。後來細細訪問，方知果然不是拐子，倒是一個有情有義的好人。」冰心小姐道：「這是已往之事，叔叔為何又提起？」

水運道：「因我今日撞見他，感他有情有義，故此又說起。」

冰心小姐道：「叔叔偶然撞見，那路上便知他有情有義？」水運道：「我今日出門，剛走到你門前，忽撞見鐵公子從門裏出來，我想起他向日我為你婚姻，只說得一句，他就怫然變色而去，今日復來，疑他定懷不良之念，因上前相見，要捉他的破綻，搶白他一場。不期他竟是一個好人，此來倒是好意。」冰心小姐道：「叔叔怎知他來卻是好意？」水運道：「我問他到此何幹，他說在京中聽得人說，馮按院連出二牌，要強逼侄女與過公子成婚，知道非侄女所願，他憤憤不平，故不憚道路之遠，趕將來要與馮按院作對。因不知起事根由，故走來要見侄女，問個明白。不期到了門內，看見馮按院出的告示，卻是禁止強娶的，與他所聞大不相同，始知是傳言之誤，故連門也不敲，竟歡歡喜喜而去。我見他如此有情有義的舉動，豈不是個好人？」

冰心小姐道：「據叔叔今日說來，再回想當日在縣堂救我之事，乃知此生素抱熱腸，不是一時輕舉，侄女感佩敬之，不為過矣。」水運道：「他前日在縣堂救你，你即接他養病，可謂義俠往來，兩不相負矣。但他今日遠來，赴你之難，及見無事，竟歡然默默而去，絕不自矜，要你知感，則他獨自一段義氣，已包籠侄女於內矣。侄女受他如此護持之高誼，卻漠然不知，即今知之，卻又漠然不以為意，揆之於事，殊覺失禮，問之於心，未免抱慚。若以兩個人之義俠相較，只覺侄女稍遜一籌矣。」冰心小姐道：「叔叔教訓侄女之言，字字金玉。但侄女一女子，舉動有嫌，雖抱知感之心，亦只好獨往獨來於漠然之中，而冀知我者知耳。豈能剖而相示，以尊義俠之名？」水運道：「說便是這等說，但只覺他數百里奔走之勞，毫無著落，終不舒暢。莫若差人去請他來拜謝，使他知一片熱腸，消受有人，不更快乎？」

此時冰心小姐，因水用到京，被馮按院趕了轉來，後來不上本事情，正無由報知。今見水運要他差人去請鐵公子來謝，正合了他的機會。雖明知水運是計，遂將計就計，答應道：「聽叔叔說來，甚是合理，侄女只得遵叔叔之命而行。但請他的帖子，卻要借叔叔出名。」水運道：「這個自然。」

冰心小姐因取出一個請帖來，當面寫了，請他明午小酌，叫水用去下。水用道：「不知鐵相公下處在哪裏？」水運因叫認得的小廝領了去。

水用到得下處，恰好鐵公子正在躊躇要回去，又不知馮按院出告示的緣故，要訪問，又不知誰人曉得。忽見水用走進來，滿心歡喜，因問道：「前日遇見時，你曾說要央我上本？」水用道：「不期那日剛遇見相公之後，就被馮按院老爺的承差趕上，不由分說，竟趕了回來。路上細細訪問，方知是家小姐當堂將本稿送與馮按院看，馮按院看見本內參得他厲害，也慌了，再三央求家小姐，許出告示，禁人強娶。家小姐方說明小的姓名、形象，叫他來趕。小人一時被他趕回，故失了鐵相公之約。不期鐵相公抱此雲天高誼，放心不下，又遠遠跋涉而來。家小姐聞之，甚是感激，故差小人來，要請鐵相公到家去拜謝。」因將請帖呈上。

鐵公子聽見水用說出緣由，更加歡喜，道：「原來有許多委曲。我說馮瀛這賊坯，為何就肯掉轉臉來？你家小姐真可作用也。我早間到你門上看見告示，就要回去，因不知詳細，故在此尋訪。今你既說明了，我明早准行矣。本該到府拜謝小姐向日垂救深情，惟嫌疑之際，恐惹是非，故忍而不敢耳。這帖子你可帶回，小姐的盛意，已心領了，萬萬不能趨教。」水用道：「鐵相公舉動光明，家小姐持身正大，況奉屈鐵相公，止不過家二老爺相陪，有何嫌疑？還望鐵相公過去略略盡情。」鐵公子道：「我與你家小姐往來，本義俠之中，原不在形骸之內，何必區區作此世情酬應？你可回去謝聲，我斷斷不來。」水用見鐵公子說得斬截，知不可強，只得回家報知冰心小姐與水運。

冰心小姐聽說不來，反歡喜道：「此生情為有情，義為有義，俠為有俠，怎認得這等分明？真可敬也！」

惟水運所謀不遂，不勝跼蹴，只得又走來與過公子商量道：「這姓鐵的，一個少年人，明明為貪色，卻真真假假，百般哄誘他不動。口雖說去，卻又不去，只怕他暗暗的還有圖謀，公子不可不防。」過公子道：「我看此人如鬼如蜮，我一個直人，哪裏防得他許多？我在歷城縣，也要算做一個豪傑，他明知我要娶你侄女兒，怎偏偏要遠到我縣中來，與你侄女兒歪纏，豈不是明明與我做對頭？你誘他落套，他又乖偏不落套；你哄他上當，他又巧偏不上當。我哪有許多的功夫去防範他？莫若明日去拜他，只說是慕他豪傑之名，他沒個不來回拜之理。等他來回拜之時，拚著設一席酒請他，再邀了張公子、李公子、王公子一班貴人同飲。飲到半酣，將他灌醉，尋些事故，與他爭鬧起來，再伏下幾個有力氣的閑漢，大家一齊上，打他一個半死，出出氣，然後告到馮按院處。就是老馮曉得他是堂官之子，要護他，卻也難為我們不得。弄到臨時，做好做歹，放了他去，使他正眼也不敢視我歷城縣的人物，豈不快哉！」

水運聽了，歡喜的打跌道：「此計痛快之極，只要公子做得出。」過公子道：「我怎的做不出？他老子是都堂，我父親是將拜相的學士，哪些兒不如他？」水運道：「既然公子主意定了，何不今日就去拜他，恐他明日三不知去了。」

過公子因叫人寫了一個「眷小弟」的大紅全柬，坐了一乘大轎，跟著幾個家人，竟抬到下處來拜鐵公子。鐵公子見了名帖，知是過公子，因鄙其為人，連忙躲開，叫小丹只回說不在。過公子下了轎，竟走進寓內，對小丹說了許多殷勤思慕之言，方才上轎而去。

鐵公子暗想道：「我是他的對頭，他來拜我做甚麼？莫非見屢屢算計我不倒，又要設法來害我？」又暗笑道：「你思量要害我，只怕還甚難。但我事已完了，明日要回去，哪有閑工夫與他遊戲，只是不見他罷了。」又想道：「他雖為人不端，卻也是學士之子，既招招搖搖來拜一場，我若不去回拜，只道我傲物無禮了。我想他是個酒色公子，定然起得遲，我明日趕早投一帖子就行，拜猶不拜，使他無說，豈不禮智兩全？」

算計定了，到了次日，日未出就起來，叫小丹收拾行李，打點起身。自卻轉央店上一個店廝，拿了帖子，來回拜過公子。不期過公子已伏下人在下處打聽，一見鐵公子來拜，早飛報與過公子。剛等的鐵公子到門，過公子早衣冠齊楚，笑哈哈的迎將出來道：「小弟昨日晉謁，不過聊表仰慕之忱，怎敢又勞兄臺賜顧？」因連連打恭，拱請進去。鐵公子打量只到門，投一名帖便走，忽見過公子直出門迎接，十分殷勤，一團和氣，便放不下冷臉來，只得投了名帖。

兩相揖讓到廳，鐵公子就要施禮，過公子止住道：「此間不便請教。」遂將鐵公子直邀到後廳，方才施禮序坐，一面獻茶，過公子因說道：「久聞臺兄英雄之名，急思一會。前蒙臨辱敝邑時，即謀晉謁，而又匆匆發駕，抱恨至今。今幸再臨，又承垂顧，誠為快事。敢攀作平原十日之飲❶，以慰飢渴之懷。」

❶ 平原十日之飲：用以指朋友歡聚。平原，即平原君，原名趙勝，戰國趙武靈王之子、趙惠文王之弟，封於東武城，號平原君。三任趙相，禮賢下士，有門客三千人。秦昭王曾致書平原君：「寡人聞君之高義，願與君

鐵公子茶罷，就立起身來道：「承長兄厚愛，本當領教，只是歸心似箭，今日立刻就要行了。把臂之歡，留待異日可也。」說著往外就走。過公子攔住道：「相逢不飲，真令風月笑人。任是行急，也要屈留三日。」鐵公子道：「小弟實實要行，不是故辭，乞長兄相諒。」說罷，又往外走。過公子一手扯住道：「小弟雖不才，也忝為宦家子弟，臺兄不要看得十分輕了。若果看輕，就不該來賜顧了；既蒙賜顧，便要算做賓主。小弟苦苦相留，不過欲少盡賓主之誼耳，非有所求也。不識臺兄何見拒之甚也？」鐵公子道：「蒙長兄殷殷雅愛，小弟亦不忍言去。但裝已束，行色倥傯，勢不容緩耳。」過公子道：「既是臺兄不以朋友為情，決意要行，小弟強留，也自覺惶愧。但只是清晨枵腹❷而來，又令枵腹而去，弟心實有不安。今亦不敢久留，只求略停片時，少勸一餐，而即聽驅駕就道，庶幾人情兩盡，難道臺兄還不肯俯從？」鐵公子本不欲留，因見過公子深情厚誼，懇懇款留，只得坐下道：「才進拜，怎便好相擾？」過公子道：「知己相逢，當忘你我，臺兄快士，何故作此套言。」

正說不了，只見水運忽走了進來，看見鐵公子，忙施過禮，滿面堆笑道：「昨日舍侄女感鐵先生遠來高誼，特託我學生具柬奉屈，少表微忱，不識鐵先生何故見外，苦苦辭了。今幸有緣，又得相陪。」鐵公子道：「我學生來殊草草，去復匆匆，於禮原無酬酢，故敬託使者辭謝。即今日之來，不過願一識荊❸也。而蒙過兄即諄諄投轄❹，欲留恐非禮，欲去恐非情，正在此費躊躇，幸老翁有以教之。」水運

為布衣之友，君幸過寡人，寡人願與君為十日之飲。」（史記范雎蔡澤列傳）

❷ 枵腹：空腹，指飢餓。

❸ 識荊：荊，指唐代韓朝宗，韓氏曾為荊州長史，以識拔後進著稱於世。李白與韓荊州書：「白聞天下談士相

道：「古之好朋友，傾蓋如故。鐵先生與過舍親，難道就不如古人，乃於拘拘於世俗？如此甚非宜也。」過公子大笑道：「還是老丈人說得痛快！」鐵公子見二人互相款留，竟不計前情，只認做好意，便笑了一笑坐下，不復言去。

不多時，備上酒來，過公子就遜坐。鐵公子道：「原蒙憐朝飢而授餐，為何又勞賜酒？恐飲非其時也。」過公子笑道：「慢慢飲去，少不得遇著飲時。」三人俱各大笑，原來三人與麴蘗生❺俱是好友，一拈上手，便津津有味，你一杯，我一盞，便不復推辭。

飲了半晌，鐵公子正有個住手之意，忽左右報：「王兵部的三公子來了。」三人只得停杯接見。過公子就安坐道：「王兄來得甚好。」因用手指著鐵公子道：「此位鐵兄，豪傑士也，不可不會。」王公子道：「莫非是打入大夬侯養閑堂的鐵挺生兄麼？」水運忙答道：「正是，正是。」王公子因復重舉手打恭道：「久仰，久仰！失敬，失敬！」因滿斟了一巨觴，送與鐵公子道：「借過兄之酒，聊表小弟仰慕之私。」鐵公子接了，也斟一觴，回敬道：「小弟粗豪何足道，臺兄如金如玉，方得文品之正。」彼此交贊，一連就是三巨觴。

聚而言曰：『生不用封萬戶侯，但願一識韓荊州。』何令人之景慕一至於此耶！」後用作久聞大名初次見面的敬詞。

❹ 投轄：主人留客。典出漢書陳遵傳：「遵耆酒，每大飲，賓客滿堂，輒關門，取賓客車轄投井中，雖有急，終不得去。」轄，車廂兩端的鍵，去轄則車不能行。

❺ 麴蘗生：酒。麴蘗，釀酒用的發酵劑。

鐵公子正要告止，忽左右又報：「李翰林的二公子來了。」四人正要起身相迎，那李公子已走到席前，止住道：「相熟兄弟，不消動身，小弟竟就坐罷。」過公子道：「尚有遠客在此。」鐵公子聽說，只得離席作禮。那李公子且不作揖，先看著鐵公子，問道：「好英俊人物！且請教長兄尊姓臺號？」鐵公子道：「小弟乃大名鐵中玉。」李公子道：「這等說，是鐵都憲的長君了！」連連作揖道：「久聞大名，今日有緣幸會！」過公子就邀入座。鐵公子此時酒已半酣，又想著要行，因辭說道：「李兄才來，小弟本不該就要去，只因來得早，叨飲過多，況行色倥傯，不能久住，只得要先別了。」李公子因作色道：「鐵公子太欺人了，既要行，何不早去，為何小弟剛到，即一刻也不能留？這是明明欺小弟不足與飲了！」水運道：「鐵先生去是要去久了，實不為李先生起見。只是李先生才來，一杯也不共飲，未免恝然。方才王先生已有例，對飲過三巨觴。李先生也只照例對飲三觴罷。三觴飲後，去不去，留不留，聽憑主人，卻與客無干了。」李公子方回嗔作喜道：「水老丈此說還略略近情。」鐵公子無奈，只得又復坐下，與李公子對飲了三巨觴。

飲才完，忽左右又報道：「張吏部的大公子來了。」眾人還未及答應，只見那張公子歪戴著一頂方巾，乜斜著兩隻色眼，糟包著一個麻臉，早吃得醉醺醺，一路叫將進來，道：「哪一位是鐵兄，既要到我歷城縣來做豪傑，怎不會我一會？」鐵公子正立起身來，打量與他施禮，見他言語不遜，便立住答應道：「小弟便是鐵挺生，不知長兄要會小弟，有何賜教？」張公子也不為禮，瞪著眼，對鐵公子看了又看，忽大笑說道：「我只道鐵兄是七個頭、八個膽的好漢子，卻原來青青眉目，白白面孔，真無異於女子。言且慢講，且先較一較酒量，看是如何？」眾人聽了，俱贊美道：「張兄妙論，大得英雄本色！」

鐵公子道：「飲酒，飲情也，飲興也，飲性也，各有所思，故張旭❻神聖之傳，僅及三杯；淳于髡簪珥縱橫❼，盡乎一夜。而此時之飲，妙態百出，未嘗較量多寡以為雄。」張公子道：「既是飲態百出，安知較量多寡以為雄，又非飲態中之妙態哉！」即用手扯了鐵公子同坐下，叫左右斟起兩巨觴來，將一觴送與鐵公子，自取一觴在手，說道：「朋友飲酒，飲心也。我與兄初會面，知人知面不知心，且請一觴，看是如何。」因舉起觴來，一飲而乾。自乾了，遂舉空觴，要照乾鐵公子。鐵公子見他乾的爽快，無奈何只得勉強吃乾了。張公子見鐵公子吃乾，方歡喜道：「這才像個朋友。」一面又叫左右斟起兩觴，鐵公子因辭道：「小弟坐久，叨飲過多，適又陪王兄三觴，李兄三觴，方才又陪長兄一觴。賤量有限，實實不能再飲了。」張公子道：「既王、李二兄俱連三觴，何獨小弟就要一觴而止？是欺小弟了。不瞞長兄說，小弟在歷城縣中，也要算一個人物，從不受人之欺，豈肯受吾兄之欺哉！」因舉起觴來，又一飲而乾，自乾了，又要照乾鐵公子。

鐵公子因來得早，又不曾吃飯，空心酒吃了這半日，實實有八九分醉意，拿著酒杯，只是不吃。因被那張公子催的緊急，轉放下酒杯，瞪著眼，靠著椅子，也不作聲，但把頭搖。張公子看見鐵公子光景不肯吃，便滿臉含怒道：「講明對飲，我吃了，你如何不吃？莫非你倚強欺我麼？」鐵公子一時醉的身子都軟了，靠著椅子，只是搖頭道：「吃得便吃，吃不得便不吃，有甚麼強？有甚麼欺？」張公子聽了，

❻ 張旭：唐代著名書法家，尤善草書。嗜酒，每大醉，呼叫狂走，乃下筆，時稱草聖。

❼ 淳于髡簪珥縱橫：淳于髡，戰國齊人，滑稽多辯。齊威王好長夜飲酒，沈湎不治，淳于髡諷諫其罷長夜之飲，說到自己州閭之會，男女雜坐行酒，乃至「前有墮珥，後有遺簪」之狼藉狀。事見史記滑稽列傳。

忍不住發怒道：「這杯酒你敢不吃麼？」鐵公子道：「不吃便怎麼？」張公子見說不吃，便勃然大怒道：「你這小畜生，只可在大名府使勢，怎敢到我山東來裝腔！你不吃我這杯酒，我偏要你吃了去！」因拿起那杯酒來，照著鐵公子夾頭夾臉只一澆。

鐵公子雖然醉了，心下卻還明白，聽見張公子罵他小畜生，又被澆了一頭一臉酒，著這一急，急得火星亂迸，因將酒都急醒了。忙跳起身來，將張公子一把抓住，揉了兩揉道：「好大膽的奴才，怎敢到虎頭上來尋死！」張公子被揉急了，便大叫道：「你敢打我麼？」鐵公子便兜嘴一掌，道：「打你便怎麼？」王、李二公子看見張公子被打，便一齊亂嚷道：「小畜生，這是甚麼所在，怎敢打人！」過公子也發話道：「好意留飲，乃敢倚酒撒野！快關門，不要放他走了，且打他個酒醒，再送到按院去治罪！」暗暗把嘴一呶，兩廂早走出七八個大漢，齊擁到面前。水運假勸道：「不要動粗！」因要上前來封鐵公子的手。

鐵公子此時酒已急醒了，看見這些光景，已明知落局，轉冷笑一笑道：「一群瘋狗，怎敢來欺人！」因一手捉住張公子不放，一手將臺子一掀，那些肴饌碗盞，打翻一地。水運剛走到身邊，被鐵公子只一推，道：「看水小姐分上，饒你打！」早推跌去有丈餘遠，竟跌倒地上，扒不起來。

王、李二公子看見勢頭凶惡，不敢上前，只是亂嚷亂叫道：「反了！反了！」過公子連連揮眾人齊上，眾人剛就到來，早被鐵公子將張公子就像提大夬侯的一般，提將起來，只一手，掃得眾人東倒西歪。張公子原是個色厲內荏、花酒淘虛的人，哪裏禁得提起放倒，撴撴捽捽，只弄得頭暈眼花，連吃的幾杯酒都嘔了出來，滿口叫道：「大家不要動手，有話好講！」鐵公子道：「沒甚話講，只好好送我出去，便萬事全休，若要圈留，要你人人都死！」張公子連連應承道：「我送你，我送你！」鐵公子方將張公子放平站穩了，一手提著，自步了出來。眾人眼睜睜看著，氣得白挺，又不敢上前，只好在旁說硬話道：「禁城之內，怎敢如此胡為！且饒他去，少不得要見個高下！」

鐵公子只作不聽見，提著張公子，直同走出大門之外，方將手放開道：「煩張兄傳語諸兄：我鐵中玉若有寸鐵在手，便是千軍萬馬中也可出入，何況三四個酒色之徒，十數個挑糞蠢漢，指望要捋猛虎之鬚，何其愚也！我若不念紳宦體面，一個個毛都掃光，腿都打折。我如今饒了他們的性命，叫他須朝夕焚香頂禮，以報我大赦之恩，不可不知也！」說罷，將手一舉道：「請了！」竟大踏步回下處來。

到得下處，只見小丹行李已打點的端端正正，又見水用牽著一匹馬，也在那裏伺候。鐵公子不知就裏，因問水用道：「你在此做甚？」水用道：「小姐訪知過公子留鐵相公吃酒，不是好意，定有一場爭鬥；又料定過公子爭鬥鐵相公不過，必然要吃些虧苦；又料他若吃些虧苦，斷不肯干休，定要起一場大是非。家小姐恐鐵相公不在心，竟去了，讓他們造成謗案，那時再辯就遲了。家小姐又訪知按院出巡東昌府，離此不遠，請鐵相公一回來，即快去面見馮按院，先將過公子惡跡呈明，立了一案，到後任他怎生播弄，便不妨了。故叫小人備馬，在此伺候，服侍鐵相公去。」鐵公子聽了，滿心歡喜道：「你家小姐，怎在鐵中玉面上如此用情，真令人感激不盡。你家小姐料事怎如此快爽，用心怎如此精細，真令人嘆服不了。既承小姐教誨，定然不差。」因進下處，吃了午飯，辭了主人，竟上馬，帶著水用、小丹，來到東昌府，去見馮按院。正是：

英俊多餘勇，佳人有俏心。
願為知己用，一用一番深。

鐵公子到了東昌府，訪知馮按院正在坐衙門，忙寫了一張呈子，將四公子與水運結黨朋謀，陷害之事，細細呈明，要他提疏拿問。走到衙門前，不等投文放告，竟擊起鼓來。擊了鼓，眾衙役就不依衙規，竟扯扯曳曳，擁了進去。到了丹墀，鐵公子尊御史代天巡狩的規矩，只得跪一跪，將呈子送將上去。馮按院在公座上見鐵公子，已若認得，及接呈子一看，見果是鐵中玉。也不等看完呈子，就走出公座來，一面叫掩門，一面就叫門子請鐵相公起來相見。

鐵中玉因上堂來，還要再跪，馮按院用手挽住，只以常禮相見，一面看坐待茶，一面就問道：「賢契幾時到此，到此何幹？本院並不知道。」鐵公子道：「晚生到此，不過遊學，原無甚事，本不該上瀆。不料無意中忽遭群奸結黨謟害，幾至喪命。今幸逃脫，情實不甘，故匍匐臺前，求老恩臺代為伸雪。」馮按院聽了道：「誰敢大膽陷害賢契，本院自當盡法。」時復取呈子，細細看完，便蹙著眉頭，只管沉吟道：「原來又是他幾人！」鐵公子道：「鋤奸去惡，憲臺事也。憲臺鏡宇清肅，無所畏避，何猶躊躇，寬假於此輩？」馮按院道：「本院不是寬假他們，但因他們尊翁，俱當道於朝，處之未免傷筋傷骨，殊覺不便。況此輩不過在膏粱紈袴中作無賴，欲警戒之，又不知悛改；欲辱彈章，又實無強梁跋扈之雄，故本院未即剪除耳。今既得賢契，容本院細思所以治之者。」鐵公子道：「事既難為，晚生怎敢要苦費老憲臺之心？但晚生遠人，今日之事，若不先呈明，一旦行後，恐他們如鬼如蜮，詞轉捏虛，以為毀謗，則無以解。既老憲臺秦鏡❽已燭其奸，則晚生安心行矣。此呈求老憲臺立案可也。」馮按院聽了，大喜道：「深感賢契相諒，乞少留數日，容本院盡情。」鐵公子立刻要行，馮按院知留不住，取了十二兩程儀相送，鐵公子辭謝而出。正是：

烏臺有法何須執，白眼無情用轉多。

不知鐵公子別後又將何往，且聽下回分解。

❽ 秦鏡：傳說秦宮藏有的方鏡，寬四尺，高五尺九寸，能照見人的腸胃五臟，能照見人的疾病和邪心。後稱斷獄清明者為秦鏡高懸。事見劉歆西京雜記。

第十三回　出惡言拒聘實增奸險

詞曰：

禮樂場中難用狠，況是求婚，須要他心肯。一味蠻纏拿不穩，全靠威風多是滾。

君子持身應有本，百歲良緣，豈不深思忖？若教白璧受人污，寧甘一觸成齏粉！

——調寄蝶戀花

話說鐵公子辭了馮按院出來，就將馮按院說的話一一都與水用說明了，叫他報知水小姐。因又說道：「你家小姐，慧心俠膽，古今實實無二，真令我鐵中玉服煞。只因男女有別，不得時時相親為恨耳。然此天所定也，禮所制也，無可奈何！」因將馬仍歸還水用回去，卻自雇了一匹蹇驢，仍回大名府去，

正是：

來因義激輕千里，去為深情繫一心。
慢道靈犀通不得，瑤琴默默有知音。

按下水用回復水小姐，鐵公子自回大名府，不題。卻說過公子邀了三個惡公子，七八個硬漢，只指望痛打鐵公子一場，出了胸中之氣，不料反被鐵公子將酒席掀翻，把眾人打得狼狼狽狽，竟提著張公子送他出門，揚揚而去，甚是裝成模樣，大家氣得說話不出。氣了半晌，還是水運說道：「此事是我們看輕了，氣也無用，也不料這小畜生倒有些膂力。」過公子道：「他雖有膂力，卻不是眾人打他不過，只因他用手提著張兄，故不敢前耳。如今張兄脫了身，這事放手不得，待我率性叫二三十人去打他一頓，然後到按院處去告他一狀。」張公子道：「既是過兄叫人去，我也叫二三十人去相幫。」王公子、李公子也去叫人相幫，一時乘著興，竟聚了百十餘人。

四公子同水運領著，竟擁到下處來尋鐵公子廝打。及到下處問時，方知鐵公子已去了，大家懊悔，互相埋怨。過公子道：「不須埋怨，他雖逃去，我有本事告一狀，叫按院拿了他來。」水運道：「他是北直隸人，又不屬山東管，就是按院也拿他不來。」過公子道：「要拿他來也不難，只消我四人，共告一狀，說他口稱千軍萬馬殺他不過，意在謀反，故屢屢逞雄，打奪四人，欲為聚草屯糧之計，聳動按臺，要他上本。等本上了，我四家再差人進京，稟明各位大人，求他們暗暗預力。去鑽下命令來拿人，那時他便有萬分膂力，也無用了。」大家聽了，俱歡喜道：「此計甚妙！」

因叫人寫了一張狀子，四人同出名，又寫水運做見證，約齊了，竟同到東昌府來，候馮按院放告日期，竟將狀子投上。馮按院細細看了見證，合著鐵公子前告之事，欲待就將鐵公子先告他之事批明不准，又恐他們謗他聽信一面之辭；欲要叫他四人面審，卻又恐傷體面。因見水運是見證，就出一根簽，先拿水運赴審。

原來水運敢做見證，只倚著四公子勢力，料沒甚辯駁。忽見按院一根簽，單單拿他去審，自己又沒有前程，嚇得魂飛天外，滿身上只是抖。差人聞知他是水運，哪管他的死活，扯著就走。水運看著四公子，著急道：「這事怎了？還求四位一齊同進，見見方好。恐怕我獨自進去，沒甚情面，一時言語答應差了，要誤大事。」四公子道：「正該同見。」遂一齊要進去。差人不肯，道：「老爺吩咐，單拿水運，誰有此大膽，敢帶你眾人進去！」

四公子無法，只得立住，因讓差人單帶水運到丹墀下，跪稟道：「蒙老爺見差，水運拿到。」馮按院叫帶上來，差人遂將水運直帶到公座前跪下。馮按院因問道：「你就是水運麼？」水運戰戰兢兢的答應道：「小的正是水運。」馮按院又問道：「做證見的就是你麼？」水運道：「正是小的。」馮按院又問道：「這證見還是你自己情願做的，還是他四人強你做的？」水運道：「這證見也不是四人強小的做，也不是小的自情願做，只因這鐵中玉謀反之言，是小的親耳聽見，故推辭不得。」馮按院道：「這等說來，這鐵中玉謀反是真了？」水運道：「果然是真。」馮按院道：「既真，你且說這鐵中玉說的是甚麼謀反之言。」水運道：「這鐵中玉自誇他有手段，便若手持寸鐵，縱有千軍萬馬，也殺他不過。」馮按院又問道：「這鐵中玉謀反之言，還是你獨自聽見的，還有別人亦聽見的？」水運道：「若是小的獨自聽見的，便是小的冤枉他了。這句話實實是與他四人一同聽見的。他四人要做原告，故叫小的做證見。」馮按院道：「既是你五人同聽見，定有同謀，卻在何處？」水運因不曾打點，一時說不出，口裏只管咯咯的打舌花。

馮按院看見，忙叫取夾棍來。眾衙役如虎如狼，吆喝答應一聲，就將一副短夾棍，丟在水運面前。

水運看見，嚇得魂不附體，面如土色。馮按院又用手將案一拍，道：「問你在何處聽見，怎麼不說？」水運慌做一團，沒了主意，因直說道：「這鐵中玉謀反之言，實實在過其祖家裏聽見。」馮按院道：「這鐵中玉既是大名府人，為何得到過其祖家裏來？」水運道：「這鐵中玉訪知過其祖是宦家豪富，思量劫奪，假作拜訪，故到他家。」馮按院又問道：「你為甚也在那裏？」水運道：「這過其祖是小的女婿家，小的常去望望，故此遇見。」馮按院又問道：「你遇見他二人時，還是吃酒？還是說話？還是廝鬧？」水運見按院問的兜搭，一時摸不著頭路，只管延捱不說。

馮按院因喝罵道：「這件事，本院已明知久矣，你若不實說真情，我就將你這老奴才活活夾死！」水運見按院喝罵，一發慌了，只得直說道：「小的見他二人時，實是吃酒。」馮按院又問道：「你可曾同吃？」水運道：「小的撞見，也就同吃。」馮按院又問道：「這王、李、張三人，又是怎生來的？」水運道：「也是無心陸續撞來的。」馮按院又問道：「他三人撞來，可曾同吃酒？」水運道：「也曾同吃。」馮按院又問道：「你五人既好好同吃酒，他要謀反，你五人必定也同謀了，為何獨來告他？」水運道：「過其祖留鐵中玉吃酒，原是好意，不料鐵中玉吃到酒醉時，露出本相來，將酒席掀翻，抓人亂打，打得眾人跌跌倒倒，故賣嘴說出『千軍萬馬殺他不過』謀反的言語來，還說要將四家蕩平做寨費，故四人畏懼，投首到老爺臺下。若係同謀，便不敢來出首了。」馮按院道：「抓人廝打，只怕還是掩飾，彼此果曾交手麼？」水運道：「怎不交手？打碎的酒席器皿還在，老爺可以差人去查看。」馮按院道：「既相打，他從大名府遠來，不過一人，你五家的主僕多，自然是他被傷了，怎麼倒告他謀反？」水運道：「這鐵中玉雖止一人，他動起手來，幾十人也打他不過。因他有此本事，又口出大言，故過其祖等四人告他謀反。」馮按院又問道：「這鐵中玉可曾捉獲？」水運道：「鐵中玉猛勇絕倫，捉他不住，被他逃走了。」

馮按院叫吏書將水運的口詞，細細錄了，因怒罵道：「據你這老奴才供稱，只不過一群惡少酒後之毆，怎就妄告謀反？鐵中玉雖勇，不過一人，豈有一人敢於謀反之理？就是他說千軍萬馬，殺他不過，亦不過賣弄雄勇，並非謀反之言。你說鐵中玉逃走，他先已有詞，告你們朋謀陷害，怎說逃走？據二詞看來，吃酒是真，相打是真。他只一人，你們五人並奴僕一干，則你們謀陷是實；而謀反毫無可據，明明是虛。本院看過、王、張、李四人皆貴體公子，怎肯告此謊狀？一定是你這老奴才與鐵中玉有仇，在兩邊挑起事端，又敢來做硬證見，欺瞞本院，情殊可恨！」說著，將手去筒子裏拔了六根簽，丟在地下，叫拿下去打。

眾皂隸聽了，吆喝一聲，就將水運拉下去，拖翻在地，剝去褌子，揿著頭腳，只要行杖。嚇得水運魂都沒了，滿口亂叫道：「天官老爺，看鄉紳體面，饒了罷！」馮按院因喝道：「看哪個鄉紳體面？」水運道：「小的就是兵部侍郎水居一的胞弟。」馮按院道：「你既是他胞弟，可知水侍郎還有甚人在家？」水運道：「家兄無子，止有小的親侄女在家看守，甚是孤危。前蒙老爺天恩，賞了一張禁人強娶的告示張掛，近日方得安寧，舉家感激不盡。」馮按院道：「這等是真了。你既要求本院饒你，你可實說你與鐵中玉有甚仇隙，要陷害他？」

水運被眾皂隸揿在地下，屁股朝天，正在求生不得之際，哪裏還敢說謊，只得實說道：「小的與鐵中玉原無仇隙，只因過其祖要娶小的侄女，未曾娶成。因前番過其祖搶侄女到縣堂，被鐵中玉救去，故懷恨在心。今見鐵中玉又來，恐怕不懷好意，故算計去拜他，等他來回拜，留他吃酒，邀眾人酒中尋鬧，要打他出氣。不料鐵中玉是個豪傑，反被他打的不堪。氣忿不過，故激撓到老爺臺下，實與小的一毫無仇。」按院聽了，道：「這是實情了。」又叫吏書錄了，方吩咐放起水運道：「若論這事，就該痛打你一頓板子，枷號一月，以儆刁風。今一則念你是紳宦子弟，又則看四公子體面，故饒了你。快出去勸四位公子息訟，不要生事。」因叫一個書吏押著水運，將原狀與鐵公子的呈子，並水運供稱的口詞，都拿出去與四位公子看，又吩咐道：「你就說此狀，老爺不是不行，若行了，審出這樣情由，實於四位有不便。」吩咐完，因喝聲：「押出去！」

水運聽見，就像鬼門關放赦一般，跟著書吏，跑了出來。看見四公子，只是伸舌，道：「這條性命，幾乎送了。馮老爺審事，真如明鏡，一毫也瞞他不得，快快去罷！」四公子看見鐵公子已先有呈子，盡皆驚駭道：「我們只道他害怕，逃走去了，誰知他反先來呈明，真要算能事！」又見水運害怕，大家十分沒趣，只得轉寫一帖子，謝了按院，走了回來，各自散去。

別人也漸漸丟開，惟過公子，終放心不下，見成奇進京去，久無音信，又差一個妥當家人，進京去催信。正是：

青鳥❶不至事難憑，黃犬❷無音側耳聽。

---

❶ 青鳥：借指使者。漢武故事：「七月七日，上（漢武帝）於承華殿齋。日正中，忽見有青鳥從西來。上問東方朔，朔對曰：『西王母暮必降尊像。』」李商隱無題有「蓬山此去無多路，青鳥殷勤為探看」之句。

難道花心不輕露，牢牢密密護金鈴？

按下過公子又差人進京，不題。

卻說先差去的家人並成奇到了京中，尋見過學士，將過公子的家書呈上。過學士看了，因叫成奇到門房中，與他坐了，細細問道：「大公子為何定要娶這水小姐？這水小姐的父親已問軍到邊上去了，恐怕門戶也不相當。」成奇道：「大公子因訪知這水小姐是當今的淑女，不但人物端莊，性情靜正，一時無兩；只那一段聰明才幹，任是有才智人也算他不過，故大公子立誓要求他為配。」過學士因笑道：「好痴兒子，既要求他為配，只消與府縣說知，央他為媒，行聘去娶就是了，何必又要你遠遠進京來見我，又要我遠遠到邊上去求他父親？」

成奇道：「大公子怎麼不求府縣？正為求府縣，用了百計千方，費了萬千氣力，俱被這水小姐不動聲色，輕輕的躲過，到底娶他不來。莫說府縣壓服他不倒，就是新到的馮按院，是老爺的門生，先用情為大公子連出兩張虎牌，限一月成婚，人人盡道再無移改了。不料這水小姐真真是個俏膽潑天，竟寫了一道本章，叫家人進京擊登聞鼓，參劾馮按院。」過學士聽了，驚訝道：「小小女子，怎有這等大膽？難道不怕按院拿他？」成奇道：「莫說他不怕拿，他等上本的家人先去了三日，他偏有膽氣，將參他的副本親自當堂送與馮按院看。馮按院看見參得厲害，竟嚇慌了。再三苦苦求他，他方說出上本家人名姓，

❷黃犬：借指傳遞書信者。相傳晉代陸機在洛陽做官，久無吳地家人訊息，遂將書信繫於愛犬（名黃耳）之頸，黃犬乃奔至吳地家中，並帶家人回信還洛陽。事見任昉述異記、晉書陸機傳。

許他差飛馬趕回。馮按院曉得他是個女中英俊，惹他不得，故後來轉替他出了一張禁人強娶的告示，掛在門前，誰敢問他一問？大公子因見按院也處他不倒，故情急了，只得託晚生傳達此情，要老爺求此淑女，以彰『關雎』雅化。」

過學士聽了，又驚又喜道：「原來這水小姐如此聰慧，怪不得痴兒子這等屬意。但這水居一也是個倔強任性之人，最難說話。雖與我同鄉同里，往來卻甚疏淡；況他無子，止此一女，未知他心屬意何人。若在往日求他，他必裝模做樣，今幸他遣戍邊庭，正在患難之際，巴不得有此援引，我去議親，不愁不成。」成奇道：「老爺怎生樣去求？」過學士道：「若論求親之事，原該託一親厚的媒人，先去道達其意，講得他心允了，然後送定行聘禮。只是他如今問軍在邊遠，離京一二千里，央誰為媒去好？若央個小官，卻又非禮；若求個大老，大老又豈可遠出？況大老中，並無一人與他親厚。莫若自寫一封書，再備一副厚禮，就煩成兄去自求罷。」成奇道：「老爺寫書自求，倒也捷徑。若書中隱隱許他辯白，他貪老爺勢力，自然依允。倘或畢竟執拗不從，他已問軍，必有衛所管轄之官，並親臨上司，老爺可再發幾個圖書名帖，與晚生帶著，到臨時或勸諭他，或挾制他，不怕他不允。」過學士點頭道是。因一一打點停當，擇個日子，叫成奇依舊同了兩個得力的家人同去。正是：

關雎須要傍河洲，展轉方成君子逑。
若是三星不相照，空勞萬里問衾裯。

話說水侍郎在兵部時，因邊關有警，他力薦一員大將，叫做侯孝，叫他領兵去守禦。不期這侯孝是西北人，為人勇猛耿直，因兵部薦他為將，竟不曾關會得邊帥，徑自出戰。邊帥惱他，暗暗將前後左右的兵將俱撤回，使他獨力無援，苦戰了一日，不曾取勝，因眾口一詞，報他失機，竟拿了下獄，遂連累水侍郎薦舉非人，竟問了充軍，貶到邊庭。水侍郎又為人寡合，無人救解，只得竟到貶所，一年有餘。雖時時記念女兒，卻自身無主，又在數千里之外，只得付之度外。

不料這日正閑坐無聊，忽報京中過學士老爺差人候見。此時水侍郎雖是大臣被貶，體面還在，然名在軍籍，便不好十分做大。聽見說過學士差人，不知為甚，只得叫請進來。成奇因帶了兩個家人進去，先送上自己的名帖，說是過學士的門客。水侍郎因賓主見了，一面趨坐待茶，一面水侍郎就問道：「我學生蒙聖恩貶謫到此，已不齒於朝紳，長兄又素昧生平，不知何故，不憚一二千里之途，跋涉到此？」成奇因打了一恭，道：「晚生下士，怎敢來候見老先生？只因辱在過先生門下，今皆過老先生差委，有事要求老先生，故不惜奔走長途，斗膽上謁。」水侍郎道：「我學生雖與過老先生忝在同鄉，因各有官守，相接轉甚疏闊。自從貶謫到邊，一發有雲泥之隔。不知有何見諭，直勞長兄遙遙到此？莫非朝議以我前罪尚輕，又加以不測之罪麼？」成奇道：「老先生受屈之事，過老先生常說，不久就要為老先生辨明，非為此也。所為者，過老先生大公子，年當授室之時，尚未有佳偶，因訪知老先生令愛小姐，乃閨中名秀，又擅林下高風，誠當今之淑女，願以弱菟仰附喬木❸久矣。不意天緣多阻，老先生復屈於此，

❸ 弱菟仰附喬木：菟，俗稱菟絲子，蔓生，莖細長，纏絡於其他植物上。這裡把過家比做菟，把水家比做喬木，過家與水家聯姻，有如弱菟仰附喬木，意謂高攀。

不便通於媒人，當俟老先生高升復任，再遣冰人，又恐失桃夭之詠。今過老先生萬不得已，只得親修尺楮❹，並不腆之儀❺，以代斧柯。」因叫兩個家人，將書札呈上，又打一恭道：「書中所懇，乞老先生俯從。」

水侍郎接了書，即拆開細看。看完了，見書中之意與成奇所說相同，因暗想道：「這過學士在朝為官，全靠柔媚，已非吾輩中人。他兒子遊浪有名，怎可與我女兒作配？況我女兒在家，這過公子既要求他，里巷相接，未有不先求近地，而竟奔波於遠道者。今竟奔波遠道而不惜者，必近地求之而有不可也。我若輕率應承，倘非女兒所願，其誤非小。」

因將書袖了，說道：「婚姻之事，雖說父命主之，經常之道也。然天下事，有經則有權，有常則有變。我學生孤官弱息，蒙過老先生不鄙，作蘋蘩之采❻，可謂榮幸矣。今我學生宦京五載，又成邊年餘，前在京已去家千里，今去京則又倍之。則離家之久，去家之遠，可想而知。況我學生無子，止此弱息，雖女猶男，素不曾以閨中視之，故產業盡聽其所掌管，而議婚一事，久已囑其自擇矣。此雖未合經常，聊從權變耳。過公子既不以小女為陋，府尊，公祖也；縣尊，父母也；舍弟，親叔也，何不一絲繫之，百輛迎之？胡捨諸近，而求諸遠乎？」成奇道：「老先生臺諭，可謂明見萬里。過公子因夢想好逑，恨

---

❹ 尺楮：書信。尺，古代十寸為尺；楮，紙的代稱。尺楮、尺書、尺素、尺牘，均指書信。

❺ 不腆之儀：微薄的禮儀。腆，豐厚。

❻ 蘋蘩之采：聯姻。蘋與蘩皆草類植物，詩召南有采蘋、采蘩二篇，采蘩篇毛傳：「公侯夫人，執蘩菜以助祭，神饗德與信，不求備焉。」後來用蘋蘩指婚儀。

不能一時即遂鐘鼓琴瑟之願，故求之公祖，公祖已許和諧；求之父母，父母已允結褵；求之親叔，親叔已經納聘。然反復再四，而淑女終必以父命為婚姻之正，故過老先生薰沐遣晚生奔馳以請也。」

水侍郎聽見說女兒不肯，已知此婚非女兒之欲。因而說道：「小女必待父命，與過老先生必請父命者，固守禮之正也。但我學生待罪於此，也是朝廷之罪人，非復家庭之嚴父矣。旦夕生死，且不可測，安敢復問家事？故我學生貶謫年餘，並不敢以一字及小女長短者，蓋以臣罪未明也，君命未改也。若當此君命未改，臣罪未明之時，而即遙遙私圖兒女之婚姻，則是上不奉君之命，下不自省其罪也，其罪不更大乎？斷乎不敢！」成奇道：「老先生金玉，自是大臣守正，不欺室漏之言，然禮有貶之輕而伸之重者。如老先生今日，但曲賜一言，即成百年秦晉之好，孰重孰輕？即使在聖主雷霆之下，或亦憐而不問也。」

水侍郎道：「兄但知禮可貶，而不知禮之體有不可貶者。譬如今日，我學生在患難中，而小女孤弱，不能拒大力之求，凡事草草為之，此亦素患難之常，猶之可也。倘在患難中，而不畏患難，必以父命為正，此賢女之所為也。女既待父之正，則為父者，自不容以不正教其女也。若論婚姻之正，上下有體，體卑而強尊之謂之瀆，體尊而必降之謂之褻。以我學生被謫在此，體卑極矣，有勞長兄遠繫赤繩，則我學生以為僭而不敢當矣。若以我學生昔日曾備員卿貳，亦朝廷侍從之官也，倘若絲蘿下結，即借鴛鷺為斧柯之用，亦無不可。何竟不聞，而乃自遣尺書，為析薪之用，不亦大褻乎？尊兄試思之，可不可也？」

成奇被水侍郎一番議論，說得頓口無言，捱了半晌，因復說道：「晚生寒賤下士，實不識臺鼎桃夭大禮。但奉過老先生差委而來，不過聊充紅葉❼、青鸞❽之下塵，原不足為重輕。設於禮有舛錯，望老先生勉而教之，幸勿以一介非人，而誤百年大事。」水侍郎道：「尊兄周旋，亦公善意。但我學生細思此婚，實有幾分不妥。」成奇道：「有何不妥？」水侍郎道：「過老先生乃臺鼎重臣，我學生係沙場戍卒，門戶不相當，一也；女無母而孤處於南，父獲罪而遠流於北，音信難通，請命不便，二也；我學生不幸，門祚衰涼，以女為子，于歸則家無人，贅入則亂宗祀，婚姻不便，三也。況議婚未有止憑兩姓，而擇婿未有不識其面者也。敢煩成兄，善為我辭為感。」成奇又再三撮合，而水侍郎只是不允，因送成奇到一小庵住下。

又議了兩三日，成奇見沒處入頭，只得拿了過學士的名帖，央衛所管轄之官，並親臨上司武弁，或來勸勉，或來挾制，弄得個水侍郎一發惱了，因回復成奇道：「我水居一是得罪朝廷，未曾得罪過學士，而過學士為何苦以聲勢相加？我水居一得罪朝廷，不過一身，而小女家居，未嘗得罪，為何苦苦逼婚？煩成兄為我多多達意，我水居一被貶以來，自身已不望生還久矣。求其提拔，吾所不願；彼縱加毀，吾亦不畏。原禮原書，乞為我繳上。」成奇無可奈何，只得收拾回京。正是：

鐵石體難改，桂姜性不移。
英雄寧可死，決不受人欺。

❼ 紅葉：傳情的媒介，借指媒人。唐代有「紅葉題詩」的佳話。事見范攄雲溪友議卷十。
❽ 青鸞：同青鳥。借指使者。參見注❶。

成奇回到京中，將水侍郎倔強不從之言，細細報知過學士。過學士滿心大怒，因百計思量，要中傷水侍郎。

過不得半年，恰值邊上忽又有警，守邊將帥俱被殺傷，一時兵部無人，朝廷著廷臣舉薦，過學士合著機會，因上一本道：

邊關屢失，皆因舊兵部侍郎水居一誤用侯孝，失機之所致也。今水居一雖遣戍，實不足盡辜；而侯孝尚繫獄遊移，故邊將不肯效力也。懇乞聖明大奮乾斷，敕刑部、大理寺、都察院三法司，即將侯孝審明定罪，先正典型；再逮還水居一，一並賜死，則雷霆之下，薦舉不敢任情，而將士感奮，自然效力，而邊關何愁不靖矣。

不日旨下，依擬。刑部、大理寺、都察院只得奉旨提出侯孝，會審定罪。只因這一審，有分教：

李白重逢，子儀再世。

不知後事如何，且聽下回分解。

第十四回 捨死命救人為識英雄

詞曰：

肉眼無知肉食鄙，骯髒英雄，認作駑駘比。不是虛拘縛其體，定是苛文致其死。
自分奇才今已矣，豈料臨刑，突爾逢知己。拔起邊庭成大功，始知國士能如此。

——調寄蝶戀花

話說刑部、大理寺、都察院三法司，接了聖旨，隨即會同定了審期，在公衙門提出侯孝來同審。這日，適值鐵公子又因有事，到京中來省親，問道：「母親，父親因為甚公務出門？」石夫人道：「為審一員失機該殺的大將。這件事已審過一番，今奉旨典刑，不敢耽延，大清晨就去了。」鐵公子道：「孩兒聽得邊關連日有警，正在用人之際，為何轉殺大將？父親莫要沒主意，待孩兒去看看。」石夫人道：「看看也好，只是此乃朝廷大事，不可多嘴。」

鐵公子應諾，因叫長班領到三法司衙門去看。只見那大將侯孝，已奉旨失機該斬，綁了出來，只待午時三刻，便要行刑。鐵公子因分開眾人，將那大將一看，只見那人年紀只好三十上下，生得豹頭環眼，燕頷虎鬚，十分精悍。心下暗驚道：「此將才也，為何遭此！」因上前問道：「我看將軍堂堂凜凜，自是英傑中人，為何殺人不過，失了事機？」那大將聽見說，他殺人不過，不禁暴聲如雷，道：「大丈夫視死如歸，便死便殺，也不為大事。只是我侯孝，兩臂有千斤之力，一身有十八般本事，怎的說殺人不過，失了甚麼事！」鐵公子道：「既不失機，為何獲此大罪？請道其詳。」那大漢道：「罷了！事到如今，說也無益。」鐵公子道：「不說也罷。只是目今邊庭，正需用人，將軍還能力戰否？」那人道：「斬將搴旗，本分內事，有甚不能？」

鐵公子聽了，便不再問，竟氣忿忿直沖著甬道，奔進三法司堂上來，大叫道：「三位老大人乃朝廷卿貳大臣，宜真心為國！為何當此邊庭緊急之秋，國家無人之日，乃循案牘具文，而殺大將？誤國不淺！請問還是為公乎，為私乎？竊為三大人不取也！」

刑部侍郎王洪與大理寺卿陳善、都察院鐵英三人，因過學士本上有「先正典刑」之言，聖旨准了，便不敢十分辯駁。雖同擬了一個「斬」字，請下旨來，心下總有幾分不安。忽見有人嚷上堂來，不覺又驚、又愧、又怒。再細看時，卻認得是鐵公子，刑部與大理不好作威，到是鐵都院先拍案怒罵道：「好大膽的小畜生！這是朝廷的三法司，乃王章國憲森嚴之地，三大臣奉旨在此，審獄決囚。你一介書生，怎敢到此狂言，法不私親，左右拿下！」

鐵公子大叫道：「大人差矣，朝廷懸登聞鼓於國門，凡有利弊，尚許諸人直言無隱，怎出生入死之地，不容人伸冤？」鐵都院道：「你是侯孝甚人，為他伸冤？」鐵公子道：「孩兒素不識侯孝，怎為他伸冤？但念人材難得，乃為朝廷的大將伸冤。」鐵都院道：「朝廷的大將，生殺自任朝廷，關你何事，卻如此胡為？快與我拿下！」

衙役見都院吩咐，只得上前來拿。刑部與大理寺都搖頭道：「且慢！」因將鐵公子喚到公座前，好言撫慰道：「賢契熱腸直性，雖未為不是，但國有國法，官有官體，獄有獄例，自難一味鹵莽而行。就是這侯孝失機一案，已繫獄經年，水居一兵部，又為他謫戍，則當時論其非而議其過者，不一人矣。豈至今日，過犯尚存，罪章猶在，而問官突然辨其無罪？此國法、官體、獄情之所必無也。設有議輕之奏，尚不敢擅減重條，況過學士彈章請斬，而聖明已依擬，則問官誰敢立異，為之請命哉！勢不可也。」鐵公子聽了，怫然長嘆道：「二位大人之言，皆庸碌之臣貪位慕祿、保身家之言也，豈乃真心王室，以國事為家事者所忍出哉？倘國法、官體、獄情必應如此，則一下吏為之有餘，何必老大人為股肱腹心耶？且請問，古稱堯曰宥之三❶，皋陶曰赦之三❷，此何意也？若果如此言，則都俞吁咈❸，大非盛世君臣也。」

王洪與陳善聽了，俱默默無言。鐵都院因說道：「痴兒子，無多言，這侯孝一死不能免矣！」鐵公子忿然曰：「英雄豪傑，天生實難，大人奈何不惜？若必斬侯孝，請先斬我鐵中玉！」鐵都院道：「侯孝前之失機，已有明據，斬之不過一駑駘❹耳，何足為怪？」鐵公子道：「人不易知，知人不易。侯孝

❶ 堯曰宥之三：堯制對犯罪者可以從寬處理之三種情況：一曰弗識，二曰過失，三曰遺忘。見史記五帝本紀。

❷ 皋陶曰赦之三：皋陶，舜之臣，掌刑獄。三赦：一赦幼弱，二赦老旄，三赦惷愚。

❸ 都俞吁咈：指君臣論政問答。都俞吁咈四字皆嘆詞，以為可，則曰都曰俞；以為否，則曰吁曰咈。書益稷：「禹曰：『都，帝，慎乃在位。』帝曰：『俞。』」書堯典：「帝曰：『吁，咈哉！』」禹代舜立，舜曰吁咈，表示不同意。

❹ 駑駘：喻指庸才。駑、駘皆劣馬。

氣骨巖巖，以之守邊，乃萬里長城也，一時將帥，恐無其比。」鐵都院道：「縱使有才，其如有罪何？」鐵公子道：「自古之英雄，往往有罪朝廷，所以有戴罪立功之條，正此意也。」王洪道：「使過必須人保，你敢力保麼？」鐵公子道：「倘赦侯孝，使之復將，不能成功，先斬我鐵中玉之頭，以謝輕言之罪。」

王洪、陳善因對鐵都院道：「此乃眾人屬目之地，既是令公子肯挺身力保，則此番舉動，料不能隱瞞也。若定然不聽，我三人只合據實奏聞，請旨定奪。」鐵都院到此田地，也無可奈何，只得聽從。王洪因喚轉侯孝，依舊下獄，就叫鐵公子面寫一張保狀，差人帶起，然後三人寫了一本，頓時達上。此時，邊庭正緊急，拜本上去，只隔一日，御就批下來道：

邊關需人正急，鐵英子鐵中玉，既盛稱侯孝有才，可禦邊患，朕豈不惜？今暫赦前罪，假借原銜，外賜劍一口，凡邊庭有警之處，俱著即日領兵救援破敵。倘能成功，另行升賞。如再失機，即著梟示九邊，以儆無能。水居一前薦，鐵中玉後保，俱照侯孝功罪，一體定其功罪。嗚呼，使其過正，以勖其功，朕所望也。死於法何如死於敵，爾其懋哉！欽此。

聖旨下了，報到獄中，侯孝謝過聖恩。出了獄，且不去料理軍務，先騎著一匹馬，一徑來拜謝鐵公子。二人相見，英雄識英雄，彼此愛慕至極。鐵公子留飯，侯孝也不推辭，說一回劍術，談一回兵機，二人痛飲了一日，方才別去。

到第二日，兵部因邊庭乏人，又見期限緊急，一面料理兵馬，一面就催促起身。侯孝這番到邊，雖說帶罪，卻是御批，更加賜劍，一時邊帥無人敢與他作梗，故得任意施展。不半年報了五捷，邊境一時肅清。

天子大悅，加升總兵。水居一先復了侍郎之職，後因屢捷，加升尚書。鐵中玉力保有功，特授翰林院待詔❺。鐵中玉上疏辭免，願就制科。過學士自覺無顏，只得告病不出。正是：

冤家初結時，只道占便宜。
不料多翻復，臨頭悔自遲。

卻說水居一升了尚書，欽詔還京，何等榮耀！那些衛所管轄之官，並上司武弁，前為過學士出力作惡者，盡皆慌了，無不自縛，俯首請罪。誰知水尚書肚皮寬大，俱不與他較量。

到了京中，見過聖上，謝了恩。聞知鐵公子在三法司堂上以死力保侯孝，侯孝方能成功；又訪知前日打入大夬侯養閑堂，救出韓愿妻女，既感其恩，又慕其豪傑。既到了尚書的任，即用兩個名帖，來拜鐵都院父子。鐵都院接見，略敘寒溫，水尚書即欲要請鐵公子來相見。鐵都院道：「今秋大比，在西山藏修，故有失迎候。」水尚書道：「我學生此來，雖欲拜謝賢喬梓❻提拔之恩，然實慕令公子少年許多

❺ 翰林院待詔：翰林院是朝廷掌管編修國史及草擬制誥等事務的官署，其屬官有侍讀、侍講、修撰、編修、檢討、庶吉士等，待詔在翰林院是低微之品級，有候命的意思。

英雄作用，欲求一見，以慰平生。奈何無緣，卻又不遇！」鐵都院道：「狂妄小子，浪得虛名，我學生正以為憂，屢屢戒飭，怎老先生轉過為垂譽，何敢當也？」水尚書道：「令公子俠烈非狂，真誠無妄，學生非慕其名，正慕其實，故殷殷願見也。」鐵都院道：「下學小子，既蒙援引，誠厚幸也，自當遣其上謁。」水尚書道：「倘蒙惠顧，乞先示知，以便掃門恭候。」再三懇約，方才別去。正是：

秣馬明所好，溯洄言願親。
殷勤胡若此，總是為伊人。

鐵都院本意原不欲兒子交接，因水尚書投帖來拜，又再三要見，不可十分過辭，只得差人到西山，報與鐵公子知道，就叫他進城來回拜。鐵公子聞知，因想道：「他來拜我，只不過為我保了侯總兵，連他都帶升了，感謝之意，何必面見？」因吩咐來役道：「你可稟上太爺，就說我說，既要山中讀書，長安城中，乃冠蓋往來之地，哪裏應酬得許多，求老爺一概謝絕為妙。」來役領命回復鐵都院，鐵都院點

❻喬梓：比喻父子。喬、梓，二木名。尚書大傳卷四：「伯禽與康叔見周公，三見而三笞之。康叔有駭色，謂伯禽曰：『有商子者，賢人也。與子見之。』乃見商子而問焉。商子曰：『南山之陽有木焉，名喬。』二三子往觀之，見喬實高高然而上，反以告商子。商子曰：『喬者，父道也。南山之陰有木焉，名梓。』二三子復往觀焉，見梓實晉晉然而俯，反以告商子。商子曰：『梓者，子道也。』二三子明日見周公，入門而趨，登堂而跪。周公迎拂其首，勞而食之，曰：『爾安見君子乎？』」

頭道：「這也說得是。」因自來答拜。

見了水尚書，即回說道：「小兒聞老先生垂顧，即要趨瞻山斗❼，不期臥病山中，不能如願，獲罪殊深。故我學生將先代為請荊，稍可步履，即當走叩。」水尚書道：「古之高人，只許人聞其名，不許人識其面，正今日令公子之謂也，愈令我學生景仰不盡。」說罷，鐵都院辭了出來。

水尚書因暗想道：「我女兒冰心，才貌出眾，聰慧絕倫，我常慮尋不出一個佳婿來配他。今日看起這鐵公子來，舉動行事，大是可見。況聞他尚未有婚，又與我有恩，若捨此人不求，真可謂當面錯過矣。但不知人物生得如何？必須一面，方可決疑。」主意定了，即差人去細細訪問，鐵公子可正在西山讀書否？差人回報，果在西山讀書。

水尚書因瞞著人，到第二日，起個絕早，竟是便服，只自騎了一匹馬，帶了三四個貼身伏侍的長班，悄悄到西山來拜鐵公子。

此時鐵公子朝飯初罷，就差役報知水尚書來拜他，他打動了水小姐之念，正在那裏痴想道：「天下事奇奇怪怪，最料不定，再不料無心中救俟孝，倒像是有心去救水尚書的。設使當日不在縣堂之上遇見水小姐，今日與水尚書有此機緣，若求他女兒，未必不允。但既有了這番嫌疑，莫說我不便去求他，就是他來求我，我也不便應承，有傷名教。想將起來，有情轉是無情，有恩轉是無恩，有緣轉是無緣，老天何顛倒人若此！」正沉吟思索，忽見一個長髯老者，方巾野服，走進方丈中來。到了面前，叫了一聲：「鐵兄，何會面之難也！不怕令人想殺！」鐵公子倉卒中不知是誰，因信口答道：「我鐵中玉面皮最冷，

❼ 山斗：泰山、北斗的簡稱，或稱泰斗，喻指德高望重或有卓越成就而為眾所敬仰之人。

老先生思我，定是不曾會面；今既會了，只怕又不必想了。」因迎下來施禮。

那老者還禮畢，因執著鐵公子的手，細細端詳道：「未見鐵兄，還是虛想，今既見鐵兄，實實要想了。我學生一還京，即登堂拜謝，不期止謁見尊公，而未睹臺顏，悵然而返。後蒙尊公許我一會，又慎重自持，不肯賜顧。我學生萬不得已，故今悄地而來，幸勿罪其唐突也。」鐵公子聽了，驚訝道：「這等說來，卻就是水老先生了？」水尚書道：「正是學生水居一。」因叫長班送上名帖。鐵公子道：「晚生後學，偶爾憐才，實不曾為青天而掃浮雲，何敢當老先生如此鄭重？」水尚書道：「我學生此來，實不為一身一官而謝提拔，乃慕長兄青年有此明眼定識，熱腸壯氣，誠當今不易得之英雄，故願一識荊州耳。」鐵公子因連連打恭道：「原來老先生天空海闊，別具千秋，晚生失言矣。」因請坐奉茶，一面叫人備酒留飯，與水尚書對飲。

水尚書原有意選才，故諄諄問訊。鐵公子見水尚書偌遠而來，破格相待，以為遇了知己，便傾心而談。談一會經史文章，又談一會孫吳韜略。論倫常則名教真傳，論治化則經綸實際。莫不津津有味，鑿鑿可行。談了許久，喜得水尚書頭如水點，笑如花開，不住口贊羨道：「長兄高才，殆天授也！」又談了半晌，水尚書忍不住，因對鐵公子道：「我學生有一心事，本不當與兄面言，因我與兄相與，在牝牡驪黃❽之外，故不復忌諱耳。」鐵公子道：「晚生忝居子侄，老先生有言，進而明教之，甚盛心

❽ 牝牡驪黃：牝牡，雌性和雄性。驪黃，黑色和黃色的馬。淮南子道應：「（秦穆公）使之（九方堙）求馬，三月而反，報曰：『已得馬矣，在於沙丘。』穆公曰：『何馬也？』對曰：『牡而黃。』使人往取之，牝而驪。」此謂求駿馬不必拘泥於性別毛色，後以「牝牡驪黃」指事物的表面現象。

也。」水尚書道：「我學生無子，只生一女，今年一十八歲，若論姿容，不敢誇天下無二；若論他聰慧多才，只怕四海之內，除了長兄，也無人堪與作對。此乃學生自誇之言，長兄也未必深信。幸兄因我學生之言，而留心一訪，或果了然不謬，許結絲蘿，應使百輛三星無愧色，而鐘鼓琴瑟有正音也。婚姻大事，草草言之，幸長兄勿哂。」

鐵公子聽了，竟呆了半晌，方嘆一口氣道：「老天，老天！既生此美對，何又作此惡緣？奈何，奈何！」水尚書見鐵公子沉吟嗟嘆，因問道：「長兄莫非已諧佳偶？」鐵公子連連搖頭道：「四海求凰，常鄙文君非淑女，何處覓相如之配？」水尚書道：「既未結褵，莫非疑小女醜陋？」鐵公子道：「一人有美，舉國皆知為孟光。但恨曲徑相逢，非河洲大道；鳩巢鵲奪，恐遺名教羞耳。坐失好逑，已抱終身大恨。今復蒙老先生議及婚姻，更使人遺恨於千秋矣！」

水尚書聽見鐵公子說話，隱隱約約，不明不白，因說道：「長兄快士，有何隱衷，不妨直述，何故作此微詞？」鐵公子道：「非微詞也，實至情也，老先生歸而詢之，自得其詳矣。」水尚書因離家日久，全未通音信，不知女兒近作何狀，又見鐵公子說話鶻鶻突突，終有曖昧，不可明言，遂不復問。又說些閑話，吃了飯，方別了回去。正是：

來因看衛玠⑨，去為問羅敷⑩。

---

⑨衛玠：晉代人，風姿秀異，世稱玉人。人聞其名，圍觀如堵。這裡借指鐵中玉。

⑩羅敷：傳說中貌美而有節操的女子。樂府詩陌上桑：「秦氏有好女，自言名羅敷。」這裡借指水冰心。

欲遂室家願，多勞父母圖。

水尚書因別了回來，一路上暗想道：「這鐵公子果是個風流英俊，我女兒的婚姻，斷乎放他不得。但他說話模糊，似推又似就，似喜又似怨，不知何故？莫非疑我女兒有甚不端？但我知女兒的端方靜正，出於性成，非矯強為之，料沒有非禮之事，只怕還是過學士因求親不遂，布散流言。這都不要管他，我回去，但與他父親定了婚姻之約，任是風波，亦不能搖動矣。」

主意定了，到私衙，擇個好日，即央個相好的同僚，與鐵都院道達其意。鐵都院因過學士前參水尚書，知是為過公子求親不遂，起的釁端，由此得知水小姐是出類拔萃的多才小姐，正想著為鐵公子擇配。忽見水尚書央人來議親，正合其意，不勝歡喜，遂滿口應承。水尚書見鐵都院應承，恐怕有變，遂忙交拜請酒，又央同僚，催促鐵都院下定。

鐵都院與石夫人商量道：「中玉年也不小，若聽他自擇，擇到幾時？況我聞得這水小姐，不獨人物端莊，又兼聰慧絕倫。過學士的兒子，百般用計求他，他有本事百般拒絕，又是個女中豪傑，正好與中玉作配。今水尚書又來催定，乃是一段良緣，萬萬不可錯過。」石夫人道：「這水小姐既聞他如此賢慧，老爺便拿定主意，竟自為他定了，也竟不必去問兒子。若去問他，他定然又有許多推辭的話。」鐵都院道：「我也是這等想。」老夫妻商量停當，遂不通知鐵公子，竟自打點禮物，擇個吉日，央同僚為媒，下了定，過後方著人去與鐵公子賀喜。

鐵公子聞知，吃了一驚，連忙入城，來見父母道：「婚姻大事，名教攸關，欲後正其終，必先正其始。若不慎其初，草草貪圖才貌，留嫌隙與人談論，便是終身之玷。」鐵都院道：「我且問你，這水小姐想是容貌不美麼？」鐵公子道：「若論水小姐的容貌，真是秋水為神玉為骨，誰說他不美？」鐵都院道：「容貌既美，想是才智不能？」鐵公子道：「若論水小姐的才智，真不動聲色，而有鬼神不測之機，誰說他不能？」鐵都院道：「既有才智，想是為人不端？」鐵公子道：「若論水小姐的為人，真可謂不愧鬼神，不欺暗室，誰說他不端？」鐵都院與石夫人聽了，俱笑將起來道：「這水小姐既為人如此，今又是父母明媒正娶，有甚衅隙，怕人談論？」鐵公子道：「二大人跟前，孩兒不敢隱瞞。若論這水小姐的分明窈窕，孩兒雖寐寤求之，猶恐不得。今天從人願，何敢矯情？但恨孩兒與水小姐無緣，遇之於患難之中，而相見不以禮；接之於嫌疑之際，而貞烈每自許。今若到底能成全，則前之義俠，皆屬有心，故寧失閨閣之佳偶，不敢作名教之罪人。」遂將前日遊學山東，怎生遇見過公子搶劫水小姐，怎生縣堂上救回水小姐，自己又怎生害病，冰心小姐又怎生接去養病之事，細細說了一遍。

鐵都院夫妻聽了，愈加歡喜道：「據這等說起來，則你與水小姐正是有恩、有義之俠烈好逑矣。事既大昭於耳目，心又無愧於夢寐，始患難則患難為之，終以正則以正為之，有何嫌疑之可避？若今必避嫌疑，則昔之嫌疑，終洗不清矣。此事經權常變，按之悉合，吾兒無多慮也。快去安心讀書，以俟大小登科，娛我父母之晚景。」鐵公子見父母主意已定，料一時不能挽回，又暗想道：「此事我也不消苦辭，就是我從了，想來水小姐亦必不從，且到臨時，再作區處。」因辭了父母，依舊往西山去讀書。正是：

君子喜從名教樂，淑人遠避禽獸聲。

守正月老難為主，持正風流是罪人。

按下鐵公子為婚事躊躇，不題。

卻說水尚書為女兒受了鐵公子之定，以為擇婿得人，甚是歡喜。因念離家日久，又見宦途危險，遂上本告病，辭了回去。朝廷因憐他被謫，受了苦難，再三不允。水尚書一連上了三疏，聖旨方准他暫假一年，馳驛還鄉，假滿復任。水尚書得了旨，滿心歡喜，便忙忙收拾回去。

這番是奉旨馳驛，甚是榮耀，早有報到歷縣。報人寫了大紅條子，到水府來。初報復侍郎之職，次報升尚書，今又報欽假馳驛還鄉。水小姐初聞，恐又是奸人之計，還不深信，後見府、縣俱差人來報，雖信是真，但不知是甚麼緣故，能得復任，終有幾分疑惑。

過了兩日，忽水運走來獻功道：「賢侄女，你道哥哥的官是怎生樣復任的？」冰心小姐道：「正為不知，在此疑慮。」水運道：「原來就是鐵公子保奏的。」冰心小姐笑道：「此話一發荒唐！鐵公子又不是朝廷大臣，一個書生，怎生保奏？」水運道：「也不是他特保哥哥的，只因哥哥貶官，原為舉薦了一員大將，那大將失了機，故帶累哥哥貶謫。前日過公子要娶你，因你苦以無父命推辭，他急了，只得求他的父親過學士寫書，差人到邊上去求哥哥。不料哥哥又是個不允，他記了毒，又見邊關有警，他遂上了一本，說邊關失事，皆因舉薦非人之罪輕了，因乃請旨要斬哥哥與這員大將，聖旨准了。這日三法司正綁那員大將去斬，恰好鐵公子撞見，看定那員大將是個英雄，因嚷到三法司堂上，以死保他。三法司不得已，只得具疏請命。朝廷准了，就遣那大將到邊，帶罪征討。不期那員大將果然是個英雄，一到邊上，便將敵兵殺退，成了大功。朝廷大喜，道你父親舉薦得人，故召還復任，又加升尚書。推起根由，豈不是鐵公子保救的？」冰心小姐聽了，疑惑道：「此話是誰說的，只恐怕不真。」水運道：「怎麼不真？現有邸報。」冰心小姐因笑說道：「若果是真，他一個做拐子的，敢大膽嚷到三法司堂上去，叔叔就該告他謀反了！」水運聽了，知道是侄女譏誚他，然亦不敢認真，只得忍著沒趣，笑說道：「再莫講起，都是這班呆公子帶累我，我如今再不理他們了。」說罷，不勝抱慚而去。

冰心小姐因暗想道：「這鐵公子與我緣分甚奇：妾在陌路中，虧他救了，事亦奇了，還說是事有湊巧。怎麼爹爹貶謫邊庭，與他風馬牛不相及，又無意中為他救了，不更奇了？」又想道：「奇則奇矣，只可惜奇得無謂，空有感激之心，斷無和合之理。天心有在，雖不可知，而人事舛錯已如此矣！」寸心中日夕思慕。正是：

烈烈者真性，般般者柔情。
調乎情與性，名與教方成。

水小姐在家佇望，又過了些時，忽報水尚書到了。因是欽賜馳驛，府、縣官俱出郭郊迎，水運也騎馬出城迎接。熱熱鬧鬧，只到日午，方才到家。冰心小姐迎接進去，父女相見，先述別離愁，後言重見面，不勝之悲，又不勝之喜。只因這一見，有分教：

喜非常喜，情不近情。

不知水尚書與冰心小姐說了些甚麼，且聽下回分解。

第十五回　父母命苦叮嚀焉敢過辭

詞曰：

關雎君子，桃夭淑女，夫豈不風流？花自生憐，柳應溺愛，定抱好衾裯。

誰知妾俠郎心烈，不夢到溫柔。寢名食教，呑風吐化，別自造河洲。

——調寄少年遊

話說水尚書還到家中，看見冰心小姐比前長成，更加秀美，十分歡喜，因說道：「你為父的，前邊歷過了多少風霜險阻，也不甚愁；今蒙聖恩，受這些榮華富貴，也不甚喜。但見你如此長成，又平安無恙，我心甚慰；又為你擇了一個佳婿，我心甚快。」冰心小姐聽見父親說，為他擇了一個佳婿，因心有鐵公子影子，就有幾分疑心是鐵公子，因說道：「爹爹年近耳順，母親又早謝世，又不曾生得哥哥兄弟，膝下只有孩兒一人，已愧不能承繼宗祀，難道還不朝夕侍奉爹爹？怎麼說起擇婿，教孩兒心痛。孩兒雖不孝，斷不忍捨爹爹遠去。」水尚書笑道：「這也難說，任是至孝，也沒個女兒守父母不嫁之理。若是個平常之婿，我也要來家與你商量；只因此婿少年風流不必言，才華俊秀不必言，俠烈義氣不必言，只他那一雙識英雄的明眼，不怕人的大膽，敢擔當的硬骨，能言語的妙舌，真令人愛煞。我故自做主意，將你許嫁於他。」冰心小姐聽見說話，漸漸知了，因虛劈一句道：「爹爹論人則然，只怕論禮則又不然也。」

水尚書雖與鐵都院成了婚姻之約，卻因鐵公子前番說話不明，叫他歸詢自知。今見女兒又說恐禮不然，恰恰合著，正要問明，因直說道：「我兒，你道此婿是誰？就是鐵都堂的長公子鐵中玉也。」冰心小姐道：「若是別人，還要女兒苦辭；若說是鐵公子，便不消孩兒苦辭，自然不可。就是女兒以為可，鐵公子亦必以為不可。何也？於婚姻之禮有礙也。雖空費了爹爹一番盛心，卻免了孩兒一番逆命之罪。」水尚書聽了，著驚道：「這鐵公子既未以琴心相逗，你又不涉多露行藏，為何於婚姻之禮有礙？」冰心小姐道：「爹爹不知，有個緣故。」遂將過公子要娶他，叔叔要攛掇嫁他，並假報喜，搶劫到縣堂，虧鐵公子撞見，救了回來，及鐵公子被他謀害幾死，是他不忍，悄悄的移回養好之事，細細說了一遍。因道：「孩兒聞男女授受不親，豈有相見草草如此，彼此互相救援又如此，此乃義俠之舉，感恩知己則有之，若再議婚姻，恐不可如是之苟且也，豈非有礙？」水尚書聽了，更加歡喜，道：「原來有許多委曲，怪道鐵公子前日說話模模糊糊！我兒，你隨機應變，遠害全身，真女子中所少，愈令人可愛。這鐵公子見義敢為，全無沾滯，要算個奇男子，愈令人可敬。由此看來，這鐵公子非你，也無人配得他來，你非鐵公子，也無人配得你過，真是天生美對！況那些患難小嫌，正是男女大節，揆之婚姻嘉禮，不獨無礙，實且有光。我兒不消多慮，聽我為之，斷然不差。」正是：

女之所避，父之所貪。

貪避雖異，愛慕一般。

按下水尚書父女議婚，不題。

卻說過公子自成奇回來，報知水尚書不允之事，恨如切骨。後見父親上本請斬，甚是快活。又聞得被鐵公子救了侯孝成功，轉升了尚書，愈加憤恨。後又聞水尚書與鐵都院結了親，一發氣得發昏。因與成奇苦苦推求道：「我為水小姐不知費了多少心力，卻被這鐵家小畜生沖破救了去。前日指望騙他來，打一頓出出氣，不料轉被他打個不堪。大家告他，又被他先立了案，轉討個沒趣。這還是我們去尋他惹出來的，也還氣得過。只是這水小姐的親事，我不成也還罷了，怎因我之事，倒被他討了趣去？今日竟安安穩穩，一毫不費氣力，議成親事，我就拚死，也要與他做一場！兄須為我設個妙計。」

成奇道：「前日水小姐獨自居處，尚奈何他不得，今水居一又升了尚書回來，一發難算計了。」過公子道：「升了尚書，須管我不著！」成奇道：「管是管不著，只是要與他作對頭，終須費力。」過公子道：「終不能因費力就罷了。」成奇道：「就是不罷，也難明做，只好暗暗設計，打破他的親事。」過公子道：「得能打破他親事，我便心滿意足了。且請問計將安在？」成奇道：「我想他大官宦人家，名節最重，只消將鐵公子在他家養病之事，說得不乾不淨，四下傳開來，再央人說到他耳邊裏，他怕醜，或者開交，也未可知。他若聽了，全不動意，到急時拚著央一個相好的言官，參他一本，他也自然罷了。」

過公子聽了，方歡喜道：「此計甚妙。我明日就去見府、縣官，散起謠言。」成奇道：「這個使不得。那府、縣都是明知此事的，你去散謠言，不但他不信，只怕還要替他分辯哩！我聞得府尊不久要去，縣官又行升了，也不久要去。等他們舊官去了，候新官來，不曉得前邊詳細，公子去污辱他一場，便自然信了。府、縣信了，倘央人參論，便有指實了。」過公子聽了，歡喜道：「我兄怎算得如此詳盡，真孔明復生也！」

成奇道：「不敢欺公子，若不恥下問，還有妙於此者。」過公子道：「此是兄騙我，我不信更有妙於此者。」成奇道：「怎的沒有？前日我在京中，見老爺與大夬侯往來甚密，又聞得大夬侯被鐵中玉在他養閑堂搜了他的愛妾去，又奏知朝廷，對他幽閉三年，恨這鐵中玉刺骨。又聞得這大夬侯因幽閉三年，尚未曾生子，又聞他夫人又新死了。公子可稟知老爺，要老爺寫書一封，通知他水小姐之美，再說明是鐵中玉定下的，教大夬侯用些勢力求娶了去，一可得此美妾，二可泄鐵公子之恨，他自然歡喜去做。他若圖成，我們不消費力，豈非妙計？」過公子聽了，只歡喜得打跌。

成奇道：「公子且莫歡喜，還有一妙計，率性捉弄他一番，與公子歡喜罷。」過公子道：「既蒙相為，一發要請教了。」成奇道：「我在京中，又聞得仇太監與老爺相好，又聞得這仇太監有一個侄女，生得頗醜陋，還未嫁人，何不一發求老爺一封書，總承了鐵中玉，也可算我仇將恩報了。」過公子聽了，連聲贊妙，道：「此計尤妙，便可先行。要老爺寫書不難，只是又要勞兄一行。」成奇道：「公子之事，安敢辭勞。」正是：

好事不容君子做，陰謀偏是小人多。

世情叵測真無法，人事如斯可奈何！

按下過公子與成奇，謀寫書進京，不題。

卻說鐵公子在西山讀書，待到秋闈❶，真是才高如拾芥，輕輕巧巧中了一名舉人；待到春闈❷，又輕輕巧巧，中了一名進士，殿試❸二甲，即選了庶吉士❹。因前保薦侯孝有功，不受待詔，今加一級，升做編修，十分榮耀。

此時鐵中玉已是二十二歲，鐵都院急急要與他完婚，說起水小姐來，只是長嘆推辭，欲要另覓，卻又別無中意之人。恰好水尚書一年假滿，遣行人催促還朝，鐵都院聞知，因寫信與水尚書，要他連小姐都攜進京，以便結親。

水尚書正有此意，因與冰心小姐商量道：「我蒙聖恩欽召，此番進京，不知何時方得回家。你一個及笄的孤女，留在家中，殊為不便，莫若隨我進京，朝夕寂寞，也可消遣。」冰心小姐道：「孩兒也是

❶ 秋闈：科舉時代，每三年的秋天，在各省的省會舉行的考試，全省具有秀才（生員）資格者應試，中式者稱舉人。又稱秋試、鄉試。闈，考場。

❷ 春闈：科舉時代，在秋闈的次年春天京師舉行的考試，應試者為各省的舉人。又稱春試、會試。

❸ 殿試：明清科舉制度，會試中式者再參加殿試，以定甲第。一甲三名，進士及第；二甲若干名，進士出身；三甲若干名，同進士出身。

❹ 庶吉士：隸於翰林院的官職，一般從殿試名列二甲的進士出身者選用，肄業三年期滿再經考試，或授檢討、編修，未入選者，內用六部主事、內閣中書，外用知縣。

如此想，若只管丟在家中，要生孩兒何用？去是願隨爹爹去，只有一事，先要稟明爹爹。」水尚書道：「你有何事？不妨明說。」冰心小姐道：「若到京中，倘有人議鐵公子親事，孩兒卻萬萬不能從命！」水尚書聽了，大笑道：「我兒這等多慮，且到京中看機緣，再行區處。但家中託誰照管？」冰心小姐道：「叔叔總其大綱，其餘詳細，令水用夫妻掌管，可也。」水尚書一一聽了，因將家業託與水運並水用夫妻，竟領了冰心小姐，一同進京而去。正是：

父命隱未出，女心已先知。
有如春欲至，梅發向南枝。

不月餘，水尚書已到京師，原有田宅居住，見過朝廷，各官俱來拜望。鐵都院自拜過，就叫鐵中玉來拜。鐵中玉感水尚書是個知己，又有水小姐一脈，也就忙來拜過，但稱晚生，卻不認門婿。水尚書見鐵中玉此時已是翰林，又人物風流，十分歡喜，相見加禮款接。每每暗想道：「這鐵翰林與我女兒，真是郎才女貌，可稱佳婦佳兒。但他父親前次已曾行過定禮，難道他不知道？為何拜我的名帖竟不寫門婿？窺他的意思，實與女兒的意思一般，明日做親的時節，只怕還要費周旋。」又想道：「我與鐵都堂父母之命已定了，怕他不從？且從容些時，自然妥貼。」

過了些時，忽一個親信的堂吏，暗暗來稟道：「小的有一親眷，是大夬侯的門客，說大夬侯的夫人死了，又未曾生子，近日有人寄書與他，盛稱老爺的小姐賢美多才，叫他上本求娶。這大夬侯猶恐未真，因叫門客訪問。這門客因知小的是老爺的堂吏，故暗暗來問小的。」水尚書聽了，因問道：「你怎生樣回他？」堂吏道：「小的回他道：『老爺的小姐已久定與新中的翰林鐵爺了。』」他又問：『可曾做親？』小的回他道：『親尚未做』。他遂去了。有此一段情由，小的不敢不報知老爺。」水尚書道：「我知道了，他若再來問你，你可說做親只在早晚了。」堂吏應諾而去。

水尚書因想道：「這大夬侯是個酒色之徒，為搶劫女子幽閉了三年，今不思改悔，又欲胡為。就是請旨自來求親，我已受過人聘，怕是不怕他，只是又要多一番唇舌，又要結一個冤家。莫若與鐵親家說明此意，早早結了親，便省得與他爭論了。」又想道：「此事與鐵親家說倒容易，只怕與女兒說倒有些為難。」因走到冰心小姐房中，對他說道：「我兒，這鐵公子姻事，不是為父苦苦來逼你，只因早做一日親，早免一日是非。」冰心小姐道：「不做親，有甚麼是非？」水尚書就將堂吏之言，說了一遍，道：「你若不與鐵翰林早早的結了親，只管分青紅皂白，苦苦推辭，明日大夬侯訪知了，他與內臣相好的多，倘若在內裏弄出手腳來，那時再分辯便難了，不可十分任性。」

冰心小姐道：「不是孩兒任性，禮如此也。方才堂吏說是有人寄書與大夬侯，爹爹，不知這寄書與大夬侯，叫他上本娶我的是誰？」水尚書道：「這事我怎得知？」冰心小姐道：「孩兒倒得知在此。」水尚書道：「你知是誰？」冰心小姐道：「孩兒知是過學士。」水尚書道：「你怎知是他？」冰心小姐道：「久聞這大夬侯溺情酒色，是個匪人；又見這過學士助子邪謀，亦是匪人。以匪比匪，自然相合。況過學士前番為子求娶孩兒，爹爹不允，一恨也；後面請斬爹爹，聖上反召回升官，二恨也；今又聞爹爹將孩兒許與鐵家，愈觸其怒，三恨也。有此三恨，故聳動大夬侯與孩兒為難也。若不是他，再有何人？」水尚書道：「據你想來，一毫不差，但他既下此毒手，我們也須防備。」冰心小姐道：「這大夬侯若不來尋孩兒，便是他大造化；他若果信讒上本求親，孩兒有本事代爹爹也上一本，叫他將從前做過事，一齊翻出來。」水尚書道：「我兒雖如此說，然冤家可解不可結，莫若只早早的做了親，使他空費一番心機，強似撻之於市。」

父女正商量未了，忽報鐵都院差人請老爺過去，有事相商。水尚書也正要見鐵都院，因見來請，遂不扮職事，竟騎了一匹馬，悄悄來會鐵都院。鐵都院接著，邀入後堂，叱退衙役，握手低低說道：「今日我學生退朝，剛出東華門，忽撞見仇太監，一把扯住，說他有一個侄女兒，要與小兒結親。我學生一口就回他已曾聘了，他就問聘的是誰家，我學生怕他歪纏，只得直說出是親翁令愛。他因說道：『又不曾做親事，單單受聘，也還辭得，容再遣媒奉求。』我想這個仇太監，他又不明道理，只倚著內中勢力，往往胡為。若但以口舌與他相爭，甚是費力，況我學生與親翁，絲蘿已結，何不兩下講明，早早諧了秦晉，也可免許多是非耳。」

水尚書道：「原來親翁也受此累。我學生也正受此累。」遂將堂吏傳說大夬侯要請旨求親之事，細細說了一遍。鐵都院道：「既是彼此俱受此累，一發該乘他未發，早做了親，莫說他生不得風波，就是請了聖旨下來，也無用了。」

水尚書道：「早做親固好，只是小女任性，因前受過公子之害時，曾接令郎養病，一番嫌疑於心，只是不安，屢屢推辭。恐倉卒中不肯就出門。」鐵都院道：「原來令愛與小兒性情一般堅貞，小兒亦為此嫌，終日推三阻四。卻怎生區處？」水尚書道：「我想他二人才美非常，非不愛慕而願結絲蘿。所以推辭者，避養病之嫌疑也；所以避嫌者，恐傷名教耳。惟其避嫌疑，恐傷名教耳，此君子所以為君子，而淑女所以為淑女，則父母國人之所重也。若平居無事，便從容些時，慢慢勸他結親，未為不可。但恨添此大夬侯與仇太監之事，從中夾吵，卻從容不得了。只得煩老親翁與我學生，各回去勸諭二人，從權成此好事，便可免後來許多唇舌。令郎與小女，他二人雖說倔強，以理諭之，未必不從。」鐵都院道：「老親翁所論，最為有理，只得如此施行。」二人議定，水尚書別了回家。正是：

花難並蒂月難圓，野蔓閑藤苦苦纏。
須是兩心無愧怍，始成名教好姻緣。

鐵都院送了水尚書出門，因差人尋了鐵翰林回家，與他商量道：「我為仇太監之言，正思量要完親事，故請了水先生來計議。不期大夬侯死了夫人，有人傳說，他要來續娶水小姐。水先生急了，正來尋我，也願早早完婚。兩家俱如此想，想是姻緣到了，萬萬不可再緩。我兒你斷不可仍執前議，擾我之心。」鐵中玉道：「父親之命，孩兒焉敢不遵？但古聖賢於義之所在，造次必於是，顛沛必於是，孩兒何獨不然？奈何因此蜂蠆小毒，便匆匆草草，以亂其素心？若說仇太監之事，此不過為過公子播弄耳，焉能浼我哉！」鐵都院道：「你縱能駕馭，亦當為水小姐解紛。」鐵中玉道：「倘大人必欲如此周旋，須明與水尚書言過，外面但可揚言結親，以絕覬覦之念，而內實避嫌疑，不敢親枕衾也。」鐵都院聽了，暗想道：「既揚言做親，則名分定矣，內中之事，且自由他。」因說道：「你所說倒也兩全，只得依你。」遂令人揀選吉期要結親。

到了次日，忽水尚書寫了一封書來，鐵都院拆開一看，只見上面寫著：

所議之事，歸諭小女，以為必從。不期小女秉性至烈，只欲避嫌，全不畏禍。今再三苦訓，方許名結絲蘿以行權，而實虛合巹以守正。弟思絲蘿既已定名，則合巹終難謝絕矣。只得且聽之，以圖其漸。不識親翁以為然否？特以請命，幸示之教之。不盡。

弟名正具

鐵都院看了，暗喜道：「真是天生一對！得此淑女，可謂家門有幸，亦於名教有光矣。但只是迎娶回來，若不合巹，又要動人議論。莫若竟去做親，閨閣內事，合巹不合巹，便無人知覺矣。」因寫書將此意回復水尚書。水尚書見說來就親，免得女兒要嫁出，愈加歡喜。兩人同議定，擇了一個大吉之日，因要張揚，使人知道，便請了許多在朝顯官來吃喜筵。

到了這日，大吹大擂，十分熱鬧。到了黃昏，鐵都院打了都察院的執事，鐵中玉打著翰林院的執事，同穿了吉服，坐了大轎，徑到水尚書家來就親。到了門前，水尚書迎入前廳，與眾賓朋親戚相見。相見過，遂留鐵都院在前廳筵宴，就送鐵中玉入後廳，與冰心小姐結親。

鐵中玉到了後廳，天色已晚了，滿庭上垂下珠簾，只見燈燭輝煌，有如白晝。廳旁兩廂房藏著樂人在內，暗暗奏樂。廳上分東西，對設著兩席酒筵。廳下左右鋪著兩條紅氈。許多侍妾早已擁簇著冰心小姐，立在廳右。見鐵中玉到簾，兩個侍妾忙扯開簾子，請鐵中玉進去。冰心小姐見鐵中玉進來，他毫不帶女兒羞澀之態，竟喜孜孜迎接著，說道：「向蒙君子鴻恩高義，銘刻於心。只道今生不能致謝，不料天心若有意垂憐，父命忽無心遂願，今得少陳知感，誠厚幸也。請上客受賤妾一拜。」鐵中玉在縣堂看見冰心小姐時，雖說美麗，卻穿的是淺淡衣服，今日卻金裝玉裹，打扮得與天仙相似，一見了只覺神魂無主，因答道：「卑人受夫人厚德，不敢齒牙明頌，以辱芳香。惟於夢魂焚祝，聊銘感佩。今幸親瞻仙範，正有一拜。」遂各就紅氈，對拜了四禮，侍妾吩咐樂人，隱隱奏樂。拜完樂止，二人東西就位對坐，侍妾一面獻茶，因是合巹喜筵，不分賓主，無人定席，一面擺上酒來對飲。

飲過三巡，鐵中玉因說道：「卑人陷阱餘生，蒙夫人垂救，此恩已久難忘，不敢復致殷勤。只卑人浪跡浮沉，若非夫人良言，指示明白，今日尚不知流落何所。今雖叨一第，不足重輕，然夫人培植恩私，固時時躍入方寸中，不能去也。」冰心小姐道：「臨事，何人不獻芻蕘；問途，童子亦能指示。但患聽之者難，從之者不易耳。君子之能從，正君子之善所也，賤妾何與焉？若論恩私之隆重，君子施於賤妾者，猶說遊戲縣堂，無大利害。至於侯孝一案，事在法司，所關天子，豈遊戲之所哉？而君子竟談笑為之。雖義俠出於天生，而雄辯驚人，正言服眾，故能聳動君臣，得以救敗為功，而令家嚴由此生還，功莫大焉！妾雖殺身，不足報萬一，何況奉侍箕帚之末，而敢過為推辭哉？所以推辭者，因向日有養病之嫌，雖君子之心與賤妾之心無不白，而傳聞之人則不白者多矣。況於今之際，妒者有人，恨者有人，讒者有人，安保無污辱？安保無謗毀？若遵父命，而早貪旦夕之歡，設有微言，則君子與賤妾，俱在微言中矣，其何以自表？莫若待浮言散盡，再結褵於青天白日之下，庶不以賤妾之不幸，為君子高風累也。

不知君子以為然否？」鐵中玉聽了，連聲俯首道：「卑人之慕夫人，雖大旱雲霓不足喻也。每再思一侍教，有如天上。況聞兩大人之命，豈不願寢食河洲荇菜？而惶懼不敢者，只恐匆匆草草，以我之快心，致夫人之遺恨也。然而兩大人下詢，實逡巡不知所對。今既夫人之宛轉，實盡我心之委曲。共同此心，自無他議，事歸終吉，或為今日而言也。」

水小姐道：「即今日之舉，亦屬勉強，但欲謝大夬侯、仇太監於無言也，不得不出此。」鐵中玉道：「卑人想大夬侯與仇太監，皆風中牛馬，毫不相及。而突然作此山鬼伎倆者，自是過氏父子為之播弄耳。今播弄不行，惡心豈能遂息，不知又將何為？」冰心小姐道：「妾聞凡事未成可破，將成可奪。今日君子與賤妾，此番舉動，可謂已成矣，破之不能，奪之不可，計惟有布散流言，橫加污蔑，使自相乖違耳。妾之不敢即薦枕衾者，欲使通國知白璧至今尚瑩然如故，而青蠅自息矣。」鐵中玉道：「夫人妙論，既不失守身之正，又可謝讒口之奸，真可謂才德兼善者也。但思往日養病之事，出入則徑路無媒，居停則男女一室，當此之際，夫人與卑人之無欺無愧，惟有自知，此外則誰為明證？設使流言一起，縱知人者，以為莫須有，而執筆者何所據，而敢判其必無，致使良人之子，終屬兩懸，則將奈何？」

冰心小姐道：「此可無慮也，妾聞天之所生，未有不受天之所成者也。而人事於中阻撓者，正以砥礪其操守，而簡煉其名節也。君子得之，小人喪之，每每於此分途焉。譬如君子，義氣如雲，肝腸似鐵，爵祿不移，威武不屈，設非天生，當不至此。賤妾雖閨娃不足齒，然粗知大義，略諳內儀，亦自負稟於天者，不過冥冥中若無作合，則日東月西，何緣相會？枘圓鑿方，入於參差。乃相逢陌路，君即慷慨垂憐，至於患難周旋，妾亦冒嫌不惜，此中天意，已隱隱可知。然那時養病，心雖出於公，而事涉於私，故願留而不敢留，欲親而不敢親。至於今日，父母有命，媒妁有言，事既公矣，而心之私猶未白，故已成而終不敢調成，既合而猶不敢合者，蓋欲操守名節之無愧君子也。此雖係自揆，而實成天之所成。君與妾既成天之所成，而天若轉不相成，則天生君與妾，不既虛乎？斷不然也。但天心微妙，不易淺窺，君子但安俟之。天若鑒明，兩心自表白也。即使終不表白，到底如斯，君與妾夫婦為名，朋友為實，而朝花夕月，樂此終身，亦未必非千秋佳話也。」鐵中玉聽了，喜動眉宇，道：「夫人至論，茅塞頓開，使我鐵中玉自今以後，但修人事，以俟天命，不敢復生疑慮矣。」

二人說話投機，先說過公子許多惡意，皆是引君入幕；後說過學士無限毒情，轉是激將成功。正是：

合卺如何不合歡，合而不合合而安。
有人識得其中妙，始覺聖人名教寬。

只個鐵中玉與冰心小姐，直飲得醺然，方才住手。侍妾送鐵中玉到東邊洞房中安歇；水小姐仍退歸西閣。此一合而不合，有分教：

藤蔓重纏，絲蘿再結。

不知後事如何，且聽下回分解。

第十六回　美人局歪廝纏實難領教

詞曰：

臉兒粉白，眉兒黛綠，便道是佳人。不問紅絲，未憑月老，強要結朱陳。
豈知燕與鶯兒別，相見不相親。始之不納，終之不亂，羞殺洞房春。

——調寄少年遊

話說鐵中玉與冰心小姐自成婚之後，雖不曾親共枕衾，而一種親愛悅慕之情，比親共枕衾而更密。一住三日，並不出門。水尚書與鐵都院探知，十分歡喜，不題。

卻說大夬侯與仇太監，俱受了過學士的讒言，一個要嫁，一個要娶，許多勢利之舉，都打點的停停當當，卻聽見鐵中玉與冰心小姐已結了親，便都大驚小怪，以為無法，只得叫人來回復過學士。過學士聽見，心愈不服，暗想道：「我卑詞屈禮，遠遠求他一番，倒討他一場沒趣。我出面自呈，狠狠的參他一番，竟反替他成了大功。此氣如何得出！此恨如何得消！今央大夬侯與仇太監，指望夾吵得他不安，他又安安靜靜結了親，此著棋又下虛了，卻將奈何？」因差了許多精細家人，暗暗到水尚書、鐵都院兩處，細細訪他過失。

有人來說：「鐵翰林不是娶水小姐來家，是就親到水尚書家中去。」又有人來說：「鐵翰林與水小姐雖說做親，卻原是兩房居住，尚未曾同床。」又有人來說：「鐵翰林與水小姐恩愛甚深，一住三日，並不出門。」過學士聽在肚裏，甚費躊躇，道：「既已結親，為何不娶回家，轉去就親？既已合巹，為何又不同床？既不同床，為何又十分恩愛？殊不可詳。莫非原為避大夬侯與仇太監兩頭親事，做的圈套？我想圈套雖由他做，若果未同床，尚可離而為兩。今要大夬侯去娶水小姐，他深處閨中，弄他出來，甚是費力。若鐵翰林日日上朝，只須叫仇太監弄個手腳，哄了他家去，逼勒他與侄女兒結成親，他這邊若果未同床，便自然罷了。」

算計停當，遂面拜仇太監，與他細細定計。仇太監滿口應承道：「這不打緊，若是要謀害鐵翰林的性命，便恐礙手礙腳。今但將侄女與他結親，是件婚姻美事，就是明日皇爺得知了，也不怕他。老先生只管放心，這件事一大半關乎我學生身上，自然要做的妥帖。只是到那日，要老先生撞將來，做個媒證，使他就到後來無說。」過學士道：「這個自然。」因見仇太監一力擔承，滿心歡喜，遂辭了回來，靜聽好音不題。正是：

邪謀不肯伏，奸人有餘惡。
只道計萬全，誰知都不著。

卻說鐵中玉為結婚，告了十日假。這日假滿要入朝，冰心小姐終是心靈，因說道：「過學士費了一番心機，設出大夬侯與仇太監兩條計策，今你我雖不動聲色，而默默謝絕，然他們的殺機尚未曾發，恐不肯便已。我想大夬侯雖說無賴，終屬外廷臣子，尚礙官箴，不敢十分放肆，妾之強求可無慮矣。仇太監係寵幸內臣，焉知禮法？恐尚要胡為。相公入朝，不可不防。」鐵中玉道：「夫人明燭機先，慮周意外，誠得奸人之肺腑。但我視此輩腐鼠耳，何足畏也！」冰心小姐道：「此輩何足畏？畏其近於朝廷，不可輕投也。」鐵中玉聽了，連連點頭道：「夫人教我良言，敢不留意。」因隨眾入朝。

朝罷，回到東華門外，恰好與仇太監撞著。鐵中玉與他拱拱手，就要別去，早被仇太監一把扯住道：「鐵先生遇著得甚巧，正要差人到尊府來請。」鐵中玉問道：「我學生雖與老公公同是朝廷臣子，卻有內外之別。不知有何事見教？」仇太監道：「若是我學生之事，也不敢來煩瀆鐵先生。這是皇爺吩咐，恐怕鐵先生推辭不得。」就要扯著鐵中玉同上馬去。鐵中玉因說道：「就是聖上有旨，也要求老公公見教明白，以便奉旨行事。」仇太監道：「鐵老先生，你也太多疑，難道一個聖旨，敢假傳的？實對你說罷，皇爺有心愛的兩軸畫兒，聞知鐵先生詩才最美，要你題一首在上面。」鐵中玉道：「這畫如今在哪裏？」仇太監道：「現在我學生家裏，故請同去題了，還要回旨。」

鐵中玉因有冰心小姐之言，心雖防他，卻聽他口口聖旨，怎敢不去？只得上馬並轡，同到他家。仇太監邀了入去，一面獻茶，一面就吩咐備酒。鐵中玉因辭道：「聖旨既有畫要題，可請出來，以便應詔。至於盛意，斷不敢煩。」仇太監道：「我們太監家，雖不曉得文墨，看見鐵先生這等翰苑高第，倒十分敬重，巴不得與你們吃杯酒兒，親近親近。若是無故請你，你也斷不肯來，今日卻喜借皇爺聖旨這個便兒，屈留你坐半日，也是緣法。鐵先生，你也不必十分把我太監們看輕了。」鐵中玉道：「內外雖分，同一臣也，怎敢看輕？但既有聖旨，就領盛意，也須先完正事。」仇太監笑了笑道：「鐵老先生，你莫要騙我，你若完了正事，只怕就要走了。也罷，我也有個處法：聖上是兩軸畫，我先請出一軸來，待鐵先生題了，略吃幾杯酒，再題那一軸，豈不人情兩盡？」鐵中玉只得應承。仇太監就邀入後廳樓下，叫孩子抬過一張書案來，擺列下文房四寶，自上樓去，雙手奉下一軸畫來，放在案上，叫小太監展開與鐵中玉看。鐵中玉看見是名人畫的一幅磬口蠟梅❶圖，十分精工，金裝玉裹，果是大內之物。不敢怠慢，因磨墨舒毫，題了一首七言律詩在上面。

剛剛題完，外面報，過學士來拜。仇太監忙叫：「請進來。」不一時，過學士進來相見，仇太監就說道：「過老先生，你來得恰好。今日我學生奉皇爺聖旨，請鐵先生在此題畫，我學生只道題詩在畫上，要半日工夫，因治一杯水酒，屈留他坐坐。不期鐵先生大才，拿起來就題完了。不知題些甚麼，煩過老先生念與學生聽，待我學生聽明白些，也好回旨。」過學士道：「這個當得。」因走近書案前，細細念與他聽道：

懨懨低斂淡黃衫，緊抱孤芳未許探。
香口倦開檀半掩，芳心欲吐葩猶含。
一枝瘦去容疑病，幾瓣攢來影帶慚。
不是畏寒凝不放，要留春色占江南。

❶ 磬口蠟梅：蠟梅的一種，花常半含，似僧磬之口，因名。

過學士念完，先自稱贊不已，道：「題得妙！題得妙！字字是蠟梅，字字是磬口，真足令翰苑生輝！」仇太監聽了，也自歡喜道：「過老先生稱贊，自然是妙的了。」因叫人將畫收開，擺上酒來。鐵中玉道：「既是聖上還有一軸，何不請出來，一發題完了，再領盛情，便心安了。」仇太監道：「我看鐵先生大才，題畫甚是容易，且請用一杯，潤潤筆看。」因邀入席。

原來翰林規矩，要分先後品級定坐席，過學士第一席，鐵中玉第二席，仇太監第三席相陪。飲過數巡，仇太監便開口道：「今日皇爺雖是一向知道鐵先生義俠之人，不知才學如何，故要詔題此畫；也因我學生有一美事，要與鐵先生成就，故討了此差來，求鐵先生見允。今日實是天緣，剛剛湊著。」過學士假作不知，道：「且請問老公公，有何事要成就鐵兄？」仇太監道：「鼓不打不響，鐘不撞不鳴。我學生既要成就這良姻緣，只得從實說了。我學生有個侄女兒，生得人物也要算做十全，更兼德性賢淑，今年正是十八歲了。一時揀擇一個好對兒不出。今聞知鐵先生青年高發，尚未曾畢婚，實實有個仰攀之意。前日朝回，撞見尊翁都憲公，道達此意，已蒙見允。昨日奏知皇爺，要求皇爺一道旨意，做個媒兒。皇爺因命我拿這兩軸畫來與鐵先生題。皇爺曾說：『梅與媒同意，就以題梅做了媒人罷，不必另降旨意。像他文人自然知道。』今畫已題了，不知鐵先生知道麼？」

鐵中玉聽了，已知道他的來歷，轉不著急，但說道：「蒙老公公厚情，本不當辭。只恨書生命薄，前已奠雁❷於水尚書之庭矣，豈能復居甥舍？」仇太監笑道：「這些事，鐵先生不要瞞我，我都訪得明明白白在這裏了。前日你明做的把戲，不過為水家女兒不肯嫁與大央侯，央你裝個幌子，怎麼就認真哄

❷ 奠雁：古時婚禮，新郎至新娘家迎親，先進雁為禮。這裡指成婚。

起我學生來？」鐵中玉道：「老公公此說，可謂奇談。別事猶可假得的，這婚姻之事，乃人倫之首，名教攸關，怎說裝個幌子？難道大禮既行，已交合巹，男又別娶，女又嫁人？」仇太監道：「既不打算別娶別嫁，為何父母在堂，不迎娶回來，轉去就親？既已合巹，為何不同眠同臥，卻又分居而住？」鐵中玉道：「不迎歸者，為水岳無子，不過暫慰其父女離別之懷耳。至所謂同眠不同眠，此乃閨閣私情，老公公何由而知？老公公身依日月，目擊綱常，切不可信此無稽之言。」

仇太監道：「這些話是真是假，我學生也都不管。只是我已奏知皇爺，我這侄女定要嫁與鐵先生的，鐵先生卻推脫不得！」鐵中玉道：「不是推脫，只是從古到今，沒個在朝禮義之臣，娶了一妻，又再娶一妻之理。」仇太監道：「我學生只嫁一妻與鐵先生，誰要鐵先生又娶一妻！」鐵中玉道：「我學生只因已先娶一妻在前，故辭後者。若止老公公之一妻，又何辭焉？」仇太監道：「鐵先生，娶妻的前後，不是這樣論。娶到家的，方才算得前，若是外面的閑花野草，雖在前，倒要算做後了。」鐵中玉道：「若是閑花野草，莫說論不得前後，連數亦不足算。至於卿貳之家，遵父母之命，從媒妁之言，鐘鼓琴瑟，以結絲蘿，豈閑花野草之比？老公公失言矣。」仇太監道：「父母之命，既然要遵，難道皇爺之命，倒不要遵？莫非你家父母大似皇帝？」

鐵中玉見仇太監說話苦纏，因說道：「這婚姻大禮，關乎國體，也不是我學生與老公公私自爭論的，縱不敢褻奏朝廷，亦當請幾位禮臣公議，看誰是誰非。」仇太監道：「這婚姻既要爭前後，哪得工夫又去尋人理論？若要請禮臣，現前的過老先生，一位學士大人在此，難道不是個詩禮之臣？就請問一聲便是了。」鐵中玉道：「文章禮樂，總是一般，就請教過老先生也使得。」仇太監因問道：「過老先生，我學生與鐵先生，這些爭論的言語，你是聽得明明白白的了，誰是誰非，卻要求你公判一判，卻不許黨護同官。」

過學士道：「老公公與鐵寅兄不問我學生，我學生也不敢多言。既承下問，怎敢黨護？若論起婚姻的禮來，禮中又有禮，禮外又有禮，雖召諸廷臣，窮日夜之力，也論不能定。若據我學生愚見，竊聞王者制禮，又聞禮樂自天子出，既是聖上有命，則禮莫大於此矣。於此禮不遵，而泥古執今，不獨失禮，竟可謂之不臣矣！」仇太監聽了，哈哈大笑道：「妙論！說得又痛快，又斬截，鐵先生再沒得說了！」因叫小太監滿斟了一大杯酒，親起身送與過學士面前，又深打一恭道：「就煩過老先生為個媒兒，與我成就這樁好事。」過學士忙接了酒，拱仇太監復了位，因回說道：「老公公既奏請過聖上，則拜老公如命，為聖上之命也，我學生焉敢不領教？」一面飲乾了酒，一面對著鐵中玉道：「老公公這段姻事，既是聖上有命，就是水天老與寅翁先有盟約，只怕也不敢爭論了。鐵寅兄料來推不脫，倒不如從直應承了罷，好教大家歡喜。」

鐵中玉聽了，就要發作，因暗暗想道：一來礙著他口口聖旨，不敢輕毀；二來礙著內臣是皇帝家人，不便動粗；三來恐身在內廳，一時走不出來。正想提著過學士同走，是條出路，恐發話重了，驚走了他，轉緩緩說道：「就是聖上有命，不敢不遵，也須回去稟明父母，擇吉行聘，再沒學生自應承之理。」仇太監道：「鐵先生莫要讀得書多，弄做個腐儒。若是皇爺的旨意看得輕，不要遵，便凡事一聽鐵先生自專可也；若是皇爺的聖旨，是違拗不得的，便當從權行事，不要拘泥，哪有這些迂闊的舊套了。恰好今朝正是個黃道吉日，酒席我學生已備了，樂人已在此伺候了，大媒又借重了過老先生，內裏有的是香閨繡閣，何不與舍侄女竟成鸞儔鳳侶，便完了一件百年的大事？若慮尊公大人怪你不稟明，你說是皇爺的聖旨，只得也罷了。若說沒裝奩，我學生自當一一補上，決不敢少。」過學士又攛掇道：「此乃仇老公公美意，鐵寅兄若再推辭，便不近人情了。」

鐵中玉道：「要近情，須先近禮，我學生今日之來，非為婚姻，乃仇老公公傳宣聖旨，命微臣題畫。今畫兩軸，才題得一軸，是聖上的正旨尚未遵完，怎麼議及私事？且求老公公，請出那一軸畫來，待學生應完了正旨，再及其餘，也未為遲。」仇太監道：「這卻甚好。只是這軸畫甚大，即在樓上取下來，甚是費力，莫若請鐵先生，就上面去題罷。」鐵中玉不知是計，因說道：「上下總是一般，但隨老公公之便。」仇太監道：「既是這等，請鐵先生再用一杯，好請上樓去題畫，且完了一件，又完一件。」

鐵中玉聽說，巴不得完了聖旨，便好尋脫身之路，因立起身來說道：「題畫要緊，酒是不敢領了。」仇太監只得也立起身來道：「既要題畫，就請上樓。」因舉手拱行。鐵中玉因見過學士，也立起身來，因說道：「老先生也同上去看看。」過學士將要同行，忽被仇太監瞟了一眼，會了意，就改口道：「題畫乃鐵寅兄奉旨之事，我學生上去不便。候寅兄題過畫下來做親，學生便好效勞。」鐵中玉道：「既然如此，學生失陪，有罪了。」說罷，竟被仇太監哄上樓去。正是：

魚防香餌鳥防弓，失馬何曾慮塞翁。
只道飛鴻天地外，誰知燕阻畫樓東。

鐵中玉被仇太監哄上樓來，腳還未曾立穩，仇太監早已縮將下去，兩個小內官早已將兩扇樓門，緊緊閉上。鐵中玉忙將樓中一看，只見滿樓上俱懸紅掛綠，結彩鋪氈，裝裹的竟是錦繡窩巢。樓正中列著一座錦屏，錦屏前坐著一個女子，那女子打扮得：

珠面金環宮樣妝，朱唇海闊額山長。
閻王見慣渾閑事，嚇殺劉郎與阮郎！

那女子看見鐵中玉到了樓上，忙立起身來，叫眾侍兒請過去相見。鐵中玉急要迴避，樓門已緊緊閉了。沒奈何，只得隨著眾侍兒，走上前深深作了一揖。揖作完，就回過身來立著。那女子自不開口，旁邊一個半老的婦人，代他說道：「鐵爺既上樓來結親，便是至親骨肉，一家人不須害羞，請同小姐並坐不妨。」鐵中玉道：「我本院是奉聖旨上樓來題畫的，誰說結親？」那婦人道：「皇爺要題的兩軸畫，俱在樓下，鐵爺為何不遵旨在樓下題，卻走上樓來？這樓上乃是小姐的臥樓，閑人豈容到此？」鐵中玉道：「你家老公公用的計策，妙是妙，只可惜加在我鐵中玉身上，毫釐無用！」那婦人道：「鐵爺既來之，則安之，怎說沒用？」鐵中玉道：「你們此計，若誣我撞上樓來，我是你家老公公口稱聖旨題畫，哄上來的。況是青天白日，現有過學士在樓下為證，自誣不去。若以這等目所未見的美色來迷我，我鐵翰林不獨姓鐵，連身心都是鐵的，比那坐懷不亂的柳下惠，秉燭達旦的關雲長，還硬掙三分，這些美人之計，如何有用！」

那女子不但不美，原是個儓賴之人。只因初見面，故裝做些羞羞澀澀，不便開言。後來偷眼看見鐵翰林水一般的年紀，粉一般的白面，皎皎潔潔，倒像一個美人，十分動火。又聽他說美人計沒用，便著了急，忍不住大怒道：「這官人說話也太無禮！我的叔雖是宦官人家，若論職分也不小。我是他侄女兒，也要算做個小姐。今日奏明皇爺嫁你，也是一團好意，怎麼說是用美人之計？怎麼又說沒用？既說沒用，我們內臣家沒甚名節，拚著一個不識羞，就與你做一處，看是有用沒用？」因吩咐眾侍妾道：「快與我拖將過來！」眾侍妾應了一聲，便一齊上前說道：「鐵爺聽見麼？快快過去陪個小心罷，免得我們囉唕。」

鐵中玉聽見，又好惱又好笑，只不做聲。眾侍妾看見鐵翰林不做聲，又見女子發急，只得奔上前來，你推一把，我扯一把，夾七夾八的亂嘈。鐵中玉欲要認真動手，卻見又是一班女子，反恐裝村❸，只得忍耐。因暗想道：「俗話說：『山鬼之伎倆有限，老僧之不睹不聞無窮。』只不理他們便了。」因移了一張椅子，遠遠的坐下，任眾侍妾言言語語，他只默默不睬。正是：

剛到無加柔至矣，柔而不屈是真剛。
若思何物剛柔並，惟有人間流水當。

鐵中玉正被眾侍妾囉唕，忽仇太監從後樓轉出來，一面將眾侍妾喝道：「貴人面前，怎敢如此放

❸裝村：裝傻。村，粗鄙、俗野。

肆！」一面就對鐵中玉說道：「鐵先生，這段姻緣已做到這個田地，料想也推辭不得，不如早早順從了罷，也免得彼此失了和氣。」鐵中玉道：「非是學生不從，於禮不可也。」仇太監道：「怎麼不可？」鐵中玉道：「老公公不看見會典上有一款：『外臣不許與內臣交結。』交結且不可，何況聯姻？」仇太監道：「這是舊制，舊制既要遵，難道皇爺的新命，倒不要遵？」鐵中玉道：「就是要遵，也須明奉了聖旨，謝過恩，然後遵行。今聖旨不知何處，恩又不曾謝，便要草草結親，這是斷乎不可，望老公公原諒。」二人正在樓上爭論，忽兩個小太監，慌慌忙忙跑將來，將仇太監請了下去。

原來是侯總兵邊關上又招降了許多敵人，又收了許多進貢的寶物，親解來京朝見，蒙聖上賜宴。因前保舉是鐵中玉，故有旨召翰林鐵中玉陪宴。侍宴官得了旨，忙到鐵衙來召，聞知被仇太監邀了去，只得趕到仇太監家裏來尋。看見鐵翰林跟隨的長班並馬，俱在門前伺候，遂忙稟仇太監要人。仇太監出來見了，聞知是這些緣故，與過學士兩個氣得你看著我，我看著你，話都說不出來。侍宴官又連連催促，仇太監無可奈何，只得叫人開了樓門，請他下來。

鐵中玉下便下來，還不知是甚緣故，因見侍宴官與長班稟明，方才曉得。又見侍宴官催促，就要辭出。仇太監滿肚皮不快活，因說道：「陪宴固是聖旨，題畫也是聖旨，怎麼兩軸只題一軸？明日聖上見罪，莫怪我不早說話！」鐵中玉道：「我學生多時催題，老公公匿畫不出，叫學生題甚麼？」原來這軸畫原在樓下，因要騙鐵中玉上樓，故不取出。及騙得鐵中玉上樓，便將這軸畫好好的鋪在案上，好入他的罪。今聽見鐵中玉說匿畫不出，因用手指著道：「現放在書案上，你自不奉旨題寫，卻轉說匿畫，幸有過老先生在此做個見證。」

鐵中玉見畫在案上，便不多言，因走近前，展開一看，卻畫的是一枝半紅半白的梅花，與前邊的磬口蠟梅，又不相同，便磨墨濡毫要題。侍宴官見鐵中玉要題畫，因連連催促道：「題詩要費工夫，侯總兵已將到，恐去遲了。」鐵中玉道：「不打緊。」因縱筆一揮，揮完擲筆，將手與過學士一拱道：「不能奉陪了！」竟往外走，仇太監只得送他出門，上馬而去。正是：

孤行不畏全憑膽，冷臉驕人要有才。
膽似子龍重出世，才如李白再生來。

仇太監送了鐵中玉去後，復走進來，叫過學士將此畫題的詩，念與他聽。過學士因念道：

一梅忽作兩重芳，仔細看來覺異常。
認作紅顏饒雪色，欲愁白面帶霞光。
莫非淺醉微添暈，敢是初醒薄曉妝。
休怪題詩難下筆，枝頭春色費商量。

過學士念完，仇太監雖不深知其妙，但見其一下筆敏捷，也就驚倒。因算計道：「這小畜生有如此才筆，那水小姐聞知也是個才女，怎肯放他？」過學士道：「他不放他，我學生如何又肯放他？只得將他私邀養病之事，央一個敢言的訴當道，上他一本，使他必不成全，方遂我意！」只因這一算，有分教：

鏡愈磨愈亮，泉越汲越清。

不知過學士央誰人上本，且聽下回分解。

第十七回　察出隱情方表人情真義俠

詩曰：

美惡由來看面皮，誰從心性看妍媸？
個中冷暖身難問，此際酸甜舌不知。
想是做成終日夢，莫須猜出一團疑。
願君細細加明察，名教風流信有之。

話說過學士與仇太監算計，借題畫的聖旨，將鐵中玉騙到樓上，與侄女結親，以為十分得計，不期又被聖旨召去，陪侯總兵之宴，將一場好事打破了。二人不勝懊惱，重思妙計。過學士道：「他與水小姐雖傳說未曾同床，然結親的名聲，人已盡知。今要他另娶另嫁，似覺費力，莫若只就他舊日到水家去養病的事體，裝點做私情，央一個有風力的御史，參他一本，說是先奸後娶，有污名教。再求老公在內中弄個手腳，批准禮部行查。待我到歷城縣，叫縣尊查他養病的舊事，出個揭帖，兩下夾攻，他自然怕醜要離異。」仇太監道：「等他離異了，我再請旨與他結親，難道又好推辭！」二人算計停當，便暗暗行事，不題。正是：

試問妒何為，總是心腸壞。
明將好事磨，暗暗稱奇怪。

卻說鐵中玉幸虧聖旨，召去陪侯總兵之宴，方得脫身。歸家與父親細說此事，鐵都院因說道：「我想你與水小姐既結絲蘿，名分已定，就是終身不同房，也說不得不是夫婦了，為何不娶了來家，完結一案，卻合而不合，惹人猜疑？仇太監之事，若不是僥幸遇了聖旨，還要與他苦結冤家，甚是無謂。你宜速與媳婦商量，早早歸正，以絕覬覦。」

鐵中玉領了父命，因到水家來見冰心小姐，將父親的言語一一說了。冰心小姐道：「妾非不知，既事君子，何惜親抱衾裯？但養病一事，涉於曖昧嫌疑，尚未曾表白。適君又在盛名之下，讒妒俱多，賤妾又居眾膻之地，指摘不少。若貪旦夕之歡，不留可白之身，以為表白之地，則是終身無可白之時矣。豈智者所為？」鐵中玉道：「夫人之慮，自是名節大端，卑人非不知，但恐遷延多事，無以慰父母之心。」冰心小姐道：「所防生衅者，並無他人，不過過氏父子耳。彼見君與妾之事已諧矣，其急讒急妒，當不俟終日。若要早慰公婆，不妨百輛於歸，再結花燭。但衾枕之薦，尚望君子少寬其期，以為名教光。」鐵中玉見冰心小姐肯嫁過去，滿心歡喜道：「夫人斟情酌理，兩得其中，敢不如命！」因告知父母，又稟知岳翁，又請欽天監，擇了個大吉之日，重請了滿朝親友，共慶喜事，外人盡道結親，二人實未曾合巹。正是：

盡道春來日，花無不吐時。
誰知金屋裏，深護牡丹枝。

鐵中玉與水小姐重結花燭，過學士打聽得知，心下一發著急。因行了些賄賂，買出一個相好的御史，姓萬名諤，叫他參劾鐵翰林一本。那萬諤得了賄，果草一道本章，奏上道：

陝西道監察御史臣萬諤，奏為婚姻曖昧，名教有乖，懇恩察明歸正，以培風化事：

竊惟人倫有五，夫婦為先；大禮三千，婚姻最重。故男女授受不親，家庭內外有別，此王制也，此古禮也。庶民寒族，猶知奉行，從未有卿貳之家，寡女孤男，而無媒並處一室，以亂婚姻於始；更未有朝廷之士，司馬憲臣，而有故污聯兩姓，以亂婚姻於終，如水居一之父女，鐵英之父子者也。臣職司言路，凡有所見所聞，皆當入告。

臣前過通衢，偶見有百輛迎親者。迎親乃倫禮之常，何足為異？所可異者，鼓樂迎來，而指視嘩笑者滿於路；軒車迎過，而議論嗟嘆者夾於道。臣見之不勝驚駭，因問為誰氏婚，乃知為翰林鐵中玉娶尚書水居一之女水冰心也。再細詳問其嘩笑嗟嘆之故，乃知鐵中玉曾先養病於水冰心之家，而孤男寡女，並處一室，不無曖昧之情。今父母徇私，招搖道路，而縱成之，實有傷於名教。故臣聞之，愈加驚駭，而不敢不入告也。

夫婚姻者，百禮之首，婚姻不正，則他禮難稽。臣子者，庶民之標，臣子蒙羞，則庶民安問？伏乞陛下念婚姻為風化大關，綱常重典，敕下禮臣，移文該省，行查鐵中玉、水冰心當日果否有養病之事，並曖昧等情，一一報部。

如果臣言不謬，仰懇援辜定罪，歸正判離，必多露之私有所戒，則名教不傷，有裨於關雎之化者不淺矣。因事陳情，不勝待命之至。

萬御史本到了閣中，閣臣商量道：「閨中往事，何足為憑？道路風聞，難稱實據！」就要作罷了，當不得仇太監再三來說道：「這事大有關係，怎麼不行？」閣臣沒奈何，只得標個「該部知道」。仇太監看了不中意，候本送到御前，就關會秉筆太監，檢出本來，與天子自看。天子看了，因說道：「鐵中玉一個男人，怎養病於水冰心女子之家？必有緣故。」因御批個「著禮部查明復奏。」

令下之日，鐵中玉與冰心再結花燭已數日矣。一時報到，鐵都院吃了一驚，忙走進內堂，與兒子、媳婦商量道：「這萬諤與你何仇，上此一本？」鐵中玉道：「此非萬諤之意，乃過學士之意，孩兒與媳婦早已料定，必有此舉，故守身以待之，今果然矣。」鐵都院道：「他既參你，你也須辯一本。」鐵中玉道：「辯本自要上了，但此時尚早。且待他行查回來復本時，再辯也不遲。」鐵都院道：「遲是不遲，只是聞人參己，從無一個不辯之理。若是不辯，人只疑情真罪當，無可辯也。」鐵中玉道：「他若參孩兒官箴職守，有甚差池，事關朝廷，便不得不辯。他今參的是孩兒在山東養病之事，必待行查而後明。若是查明了其中委曲，可以無辯；若是不明，孩兒就其不明處，方可置辯。此時叫孩兒從哪裏辯起？」鐵都院聽了，沉吟道：「這也說得是。此萬諤是我的屬官，怎敢參我？我須氣他不過。」鐵中玉道：「大人不必氣他，自作應須自受耳。」鐵都院見兒子如此說，只得暫且放開。正是：

閑時先慮事，事到便從容。
謗至心原白，羞來面不紅。

按下鐵都院父子商量，不題。

且說禮部接了行查的旨意，不敢怠慢，隨即回來，著山東巡撫去查。過學士見部裏文書行了去，恐下面不照應，忙寫了一封書與歷城縣新縣尊，求他用情。又寫信與兒子，叫他暗暗行些賄賂，要他在回文中，將無作有，的的確確，做得安安穩穩，不可遲滯。過公子得了父親的家信，知道萬諤參鐵中玉之事，歡喜不盡，趁部文未到，先備了百金，並過學士親筆書，來見縣尊。

你道這縣尊是誰？原來是鐵中玉打入養閑堂救出他妻子來的韋佩。因他苦志讀書，也就與鐵中玉同榜聯捷，中了一個三甲進士。鮑知縣行取去後，恰恰點選了他來做知縣。這日接著過公子的百金，並過學士的書信，拆開一看，乃知是有旨行查鐵中玉在水家養病之事，叫他裝點私情，必致其罪。韋佩看了，暗暗吃驚道：「原來正是我之恩人也，卻怎生區處？」又想想道：「此事正好報恩，但不可與過公子說明，使他防範。」轉將禮物都收下，好好應承。過公子以為得計，不勝歡喜而去。

韋知縣因叫眾吏到面前，細細訪問道：「鐵翰林怎生到水小姐家養病？」方知是過公子搶劫謀害起的禍根，水小姐知恩報恩，所以留他養病。韋知縣又問道：「這水小姐與鐵翰林同是少年，接去養病，可聞知有甚私事？」眾書吏道：「閨閣中事，外人哪裏得知？只因前任的鮑太爺，也因狐疑不決，差了一個心腹門子，叫做單祐，半夜裏潛伏在水府窺看，方知這鐵爺與水小姐冰清玉潔，毫不相犯。故鮑太爺後來敬這鐵爺就如神明。」韋知縣聽了，也自歡喜道：「原來鐵翰林不獨義俠過人，而又不欺暗室，如此真可敬也！既移文來查，我若不能為他表白一番，是負知己也。」因暗暗將單祐喚了，藏在身邊，又喚了長壽院的住持僧獨修和尚，問他用的是甚麼毒藥。獨修道：「並非毒藥，過公子恐鐵爺吃了毒藥死了，明日有形骸可驗，但叫用大黃、巴豆，將他泄倒了是實。」

韋知縣問明口詞，候了四五日，撫院的文書方到，下來行查。韋知縣便將前後事情，細細詳明，申詳上去。撫按因是行查回事，不便扳駁，就據申詳，做成回文，回復到部。部裏看了回文，見歷城縣的申詳，竟說得鐵中玉是個祥麟威鳳，水小姐不啻玉潔冰清，其中起衅生端，皆是過公子之罪。

部裏受了過學士之囑，原要照回文加罪鐵中玉，今見回文贊不絕口，轉弄得沒法，只得暗暗請過學士去看。過學士看了，急得他怒氣沖天，因大罵韋佩道：「他是一個新進的小畜生，我寫書送禮囑託他，他倒轉為他表彰節行。為他表彰節行也罷，還將罪過歸於我的兒子身上。這等可惡，斷斷放他不過！」因求部裏且將回文暫停，又來見萬御史，要他參韋知縣新任不知舊事，受賄妄言，請旨拿問，其養病實情，伏乞批下撫按，再行嚴查報部。

仇太監內裏有力，不兩日批准下來。報到山東，撫按見了，喚韋知縣去吩咐道：「你也太認真了。此過學士既有書與你，縱不忍誣枉鐵翰林，為他表彰明白，使彼此無傷，也可謂盡情了。何必又將過公子說壞，觸他之怒？他叫人奏請來拿你，叫本院也無法與你挽回。」韋知縣道：「這原不是知縣認真，既奉部文行查，因訪問合郡人役，眾口一詞，鑿鑿有據，只得據實申詳也，非為鐵翰林表白，亦非有意將過公子說壞。蓋查得鐵中玉與水冰心養病情由，實因過其祖而起，不得不詳其始末也。倘隱匿不申，或為他人所參，則罪所何辭？」巡撫笑道：「隱匿縱有罪，尚不知何時；不隱匿之罪，今已臨身矣。」韋知縣道：「不隱匿而獲罪，則罪非其罪，尚可辯也。隱匿而縱不獲罪，則罪為真罪，無所逃矣。故不敢偷安一時，貽禍異日。」巡撫道：「你中一個進士，也不容易，亦不必如此固執，莫若另做一道申詳，本院好與你挽回。」韋知縣道：「事實如此，而委曲之，是欺公了，欺公即欺君了，知縣不敢。」巡撫道：「你既是這等慷慨，有旨拿問，我也不遣人送你，你須速速進京辯罪。」韋知縣聽了，忙打一恭道：「是，是。」

因將縣印解了下來，交與巡撫，竟自回縣，暗暗帶了單祐與獨修和尚，並過學士的書信與禮物，收拾起身進京。正是：

不增不減不繁文，始末根由據實聞。
看去無非為朋友，算來原是不欺君。

韋知縣到了京中，因有罪不敢朝見，隨即到刑部聽候審問。刑部見人已拿到，不敢久停，只得坐堂審問，道：「這鐵中玉與水冰心養病之事，是在你未任之前，你何所據，而申詳得他二人冰清玉潔？莫非有受賄情由？」韋知縣道：「知縣雖受任在後，則任前之事，既奉部文行查，安敢以事在前面推諉？

若果事在隱微，無人知覺，謝曰不知，猶可無罪。乃一詢書吏，而眾口一詞，喧傳其事，以為美談。知縣明知之，而以為前任事，謝曰不知，則所稱知縣者，知何事也？」刑部道：「行查者鐵中玉、水冰心之事，而波及過其祖，何也？」韋知縣道：「事有根由，不揣其本，難齊其末。蓋水冰心之移鐵中玉養病者，實感鐵中玉於縣堂救其搶劫生還，而憐其轉自陷於死地也。水冰心之被搶劫至縣堂者，實由過其祖假傳聖旨，強娶而然也。鐵中玉之至縣堂者，實由過其祖搶劫水冰心，適相值於道，而爭哄以至也。過其祖無搶劫水冰心之事，則鐵中玉路人也，何由而救水冰心？使鐵中玉不救水冰心，則過其祖與鐵中玉風馬牛也，何故而毒鐵中玉？使過其祖不毒鐵中玉，則水冰心閨女也，安肯冒嫌疑而移鐵中玉於家養病哉？原如此，委如此，既奉部文行查，安敢不以實報？」刑部道：「這也罷了。只是鐵中玉在水冰心家養病，乃曖昧之事，該縣何以知其無私？其中莫非受賄？」韋知縣道：「知縣後任，原不知，奉命行查，乃知前任知縣鮑梓，曾遣親信門役單祐，前往窺覘，始知二人為不欺暗室之偉男兒、奇女子也。風化所關，安敢不為表白？若曰行賄，過學士書一封，過其祖百金現在，知縣不敢隱匿，謹當堂交納，望上呈御覽。」

刑部原受過學士之託，要加罪韋知縣，今被韋知縣將前後事並書、賄和盤托出，一時沒法，只得吩咐道：「既有這些委曲，你且出去候旨。」韋知縣方打一拱退出。正是：

醜人不自思，專要出人醜。
及至弄出來，醜還自家有。

韋知縣退去，不題。

卻說刑部審問過，見耳目昭彰，料難隱瞞，十分為過學士不安，只得會同禮臣復奏一本。天子看見道：「原來鐵中玉養病於水冰心家，有這許多委曲。知恩報恩，這也怪他不得。」又看到二人不欺暗室，因說道：「若果如此，又是一個魯男子了，誠可嘉也！」秉筆太監受了仇太監之託，因毀謗道：「此不過是縣臣粉飾之言，未必實實如此。若果真有此事，則鐵中玉、水冰心並其父母，聞旨久矣，豈不自表？何以至今默默？若果當日如此不苟，則後來又何以結為夫婦？只怕還有欺蔽。」天子聽了，沉吟不語，因批旨道：「鐵中玉與水冰心昔日養病始末，水居一與鐵英後來結親緣由，外臣毀譽不一，俱著各自據實奏聞。過其祖曾否求親水氏，亦著過隆棟奏聞，候旨定奪。」

聖旨下了，報到各家，鐵、水二家，於心無愧，都各安然上本復旨，轉是過學士不勝懊悔道：「只指望算計他人，誰知反牽連到自己身上！」他欲待不認，遣成奇到邊上去求，已有形跡；欲待認了，又只怕兒子強娶之事，愈加實了。再三與心腹商量，只得認自己求親是有的，兒子求親是無的，因上疏復旨道：

左春坊學士臣過隆棟謹奏，為遵旨復奏事：

竊以初求窈窕，原思光寵蘋蘩；後知狐媚，豈復敢聯蔦蘿❶？臣官坊待罪，忝為朝廷侍從之臣，有子詩禮修身，亦辱叨翰苑文章之士。年當成立，頗有室家。臣一時昏瞶，妄採虛聲，誤聞才慧，曾

❶ 蔦蘿：草類植物，莖細長，捲絡於他物生長。喻指親戚關係，這裡指聯姻。

於某年月日，遣人於邊廷戍所，求聘同鄉水居一之女水冰心，欲以為兒婦。不意既往求之後，疊有穢聞，故中道而止之。不識縣臣以今之耳目，何所聞見，遽證往日之是非？而且過毀臣子以強娶之名？夫既強娶，則水冰心宜諧琴瑟於微臣之室矣，何復稱紅拂之奔，以為識英雄於貧賤也？竊所不解。蒙恩下察，謹據實奏聞，仰祈天鑒，勿使魴鰥❷辱加麟鳳，則名教有光，而風化無傷矣。不勝待命之至！

過學士本上了，鐵中玉只得也上一本道：

翰林院編修臣鐵中玉謹奏，為遵旨陳情事：

竊以家庭小節，豈敢辱九五萬乘之觀；兒女下情，何幸回萬里上天之聽。綸音❸遽來，足徵風化之不遺；暗室是詢，具見綱常之為重。既蒙昭昭下鑒，敢不瑣瑣以陳？

臣於某年月日，遵父命遊學山東，意在思得真傳，一切公務都捐，何心人間閑事？不意將至歷城縣前，突被擁擠多人，奔沖欲倒，因而爭鬧至縣，始知為過學士隆棟之子過其祖，搶劫水居一之女水冰心，以為婚之所致也。臣見之不覺大怒，以為婚姻嘉禮，豈可搶劫而成？縣官迫於不義者，助桀為虐。因縱水冰心而歸。臣於此時，實不知過其祖為何人，而水冰心為何人也。不過路見不平，聊為一削之，何嘗知恩於何人，而仇於何人也？孰知仇者竟至毒臣於死，而恩者遂至救臣於生也？臣時陷身

❷ 魴鰥：魴魚和鰥魚，喻指品行不端之人。

❸ 綸音：指皇帝的詔書、制令。典出禮緇衣：「王言如絲，其出如綸；王言如綸，其出如綍。」謂言出而彌大。

於此中，而兩不知也。既臣始知其死臣者為過其祖，生臣者為水冰心也。死臣者情雖毒，然臣未死，可置勿問。既知生臣者為水冰心，而後細察水冰心之為人，始知水冰心冒嫌疑而不諱，為義女子也；出奇計而不測，為智女子也；任醫藥而不辭，為仁女子也；分內外而不茍，為禮女子也；言始終而不負，為信女子也。臣感之敬之，尚恐不足報萬一，何敢復有室家之想哉？今之所為室家者，迫於父命也，岳命也。

父命只知遵常經，求淑配，不知臣前之遇，出於後。岳命，蓋感臣保侯孝，而得白其冤，因思結好，不知水冰心前且行權，後難經正。然屢辭而終弗獲辭者，蓋岳父誤認臣為君子，而臣父深知水冰心為淑女，而彼此不忍失好逑也，故執大義，而百輛迎來，不復問明燭避嫌之小節矣。雖然兩番花燭，止有虛名，聊以遂父母之心，而二性之歡，尚未實結，不欲傷廉恥之性。此係家庭小節，兒女下情，本不當瀆奏，今蒙聖恩下採，謹具實奏聞，不勝悚惶待命之至！

鐵中玉本上了，水冰心也上一本道：

翰林院編修鐵中玉妻水冰心謹奏，為遵旨陳情事：

竊以黃金以久煉為鋼，白璧以不玷為潔。臣妾痛生不辰，幼失慈母，嚴父又適違功令，待罪邊戍，煢煢寡居，孤守家庭，自應閉戶飲泣，豈敢妄思婚姻？不意禍遭同鄉學士過隆棟之子過其祖，窺臣妾孤懦，欲思吞占，百計邪誘，臣妾俱正言拒絕。詎意聖世明時，惡膽如天，竟倚父巖巖之勢，蜂擁多人，假傳聖旨，打入內室，搶劫臣妾而去。臣妾於此時，身如葉而命若雞，名教不可援，而王法不可問，自惟一死。幸值鐵中玉遊學山東，恰遇強暴，目擊狂蕩，感憤不平，因義激縣主，救妾生還。當此之際，不過青天霹靂，自發其聲，何嘗為妾施恩，而望妾之報也？乃惡人知陽抗理屈，而陰謀施毒，遂令鐵中玉待斃於寺僧之手，而萬無生機。而臣妾既受其恩，苟非豺狼，安忍坐待其死，而不一為救援也？因用計移歸，而求醫調治。此雖非女子所宜出，然事在垂危，行權解厄，或亦仁智所不廢也，臣妾敢冒嫌疑而為之者，自視此心無愧，而此身無玷也。

若陌路於始，而婚姻於終，則身心何以自白，故後妾父水居一感鐵中玉之賢，而欲以臣妾侍巾櫛，而屢命屢辭者，以此也。即父命難違，自如今已諧花燭，而兩心猶惕惕不安，必異室而居者，亦以此也。此非矯情也，亦非沽名也，正以煉黃金之剛，而保白璧之潔也。至於過其祖強娶之事，搶劫之後，又勒按臣行牌而迫婚，又至戍所而逼臣父允嫁，真可謂強橫之甚者矣，及今事已不諧，而又買囑言路，妄瀆宸聰，尤可謂父子濟惡，而不知自悔者也。國法廷爭，恩威上出，臣妾何敢仰瀆？蒙恩詔奏，謹據實以聞，不勝待命之至！

水冰心之本上了，鐵都院也上一本道：

都察院副都御史臣鐵英謹奏，為遵旨陳情事：

臣聞結婚以遵父命為正，擇婦以得淑女為賢。擇婦既賢，婚姻既正，則倫常無愧，而風化有光矣，人言何恤焉？臣待罪副都，官居表率，凡有不正者，皆當正之，豈有為子求婦而不擇端莊賢淑，以自貽譏者也？臣有子中玉，濫廁詞林，頗知禮義，臣為擇婦亦已久矣，而不獲宜家，寧虛中饋。近聞兵部尚書水居一，有女水冰心，幽閑自足，莫窺聲色，而窈窕日聞，才智過人，孤處深閨，而能禦強暴。臣屢欲遣子秣駒❹而無媒，今幸水居一赦還，為憐才貌，適欲坦臣子於東床❺，兩有同心，而因結褵，此兩父母之正命也，遑恤其他？

乃臣子中玉，則以養病之住嫌為辭。臣細詢之，始知公庭遭變，義氣之所為；閨閣救人，仁心之所激，小人謂之曖昧，正君子謂之光明者也，不獨無嫌，實為可敬。故三星啟戶，不聽兒女之言；百輛迎歸，竟行父母之命。彼二人雖外從公議，而內尚痴守私貞，此兒女之隱，為父母者不問之矣。至於人之吹求，或亦謀婚不遂，而肆為譏謗，自難逃明主之深鑒，臣何敢多喙焉？蒙恩詔奏，謹據實以聞，不勝惶悚待命之至！

鐵都院之本上了，水尚書也上一本道：

兵部尚書臣水居一謹奏，為自陳下情事：

❹ 秣駒：餵飽馬駒準備行動。這裡指準備求婚。

❺ 坦臣子於東床：使鐵中玉做水居一的女婿。用王羲之「東牀坦腹」被選做郗太傅女婿的典故。見世說新語雅量。臣子，指鐵中玉。

竊聞婚姻謂之嘉禮，安可勢求？琴瑟貴乎和諧，豈宜強娶？詩云輾轉反側，猶恐不遂其求，何況多人搶劫，有如強盜；高位挾持，無復禮義？宜女子誓死不從，而褰裳遠避也。

臣不幸，妻亡無子，僅生弱女，擬作後人。雖不敢自稱窈窕，謂之淑人，然四德三從，頗亦聞之有素，安忍當罪父邊庭遣戍之日，而竟作無媒自嫁之人之理者也！乃過其祖一味冥頑，百般強橫，不復思維，竟行劫奪。一買伏莽漢，搶之於南莊；二假傳赦詔，劫之於臣家；三鴻張虎噬，劫之以御史之威，可謂作惡至矣。若臣女無才，陷於虎口，幾乎不免矣。此猶曰紈袴膏粱之習，奈何過隆棟為朝廷重臣，以詩禮侍從朝廷，乃溺愛不明，竟以赫赫巖巖之勢，公然逼臣於戍所！臣若一念畏死，而苟合婚姻，則名教掃地矣。因思臣一身一女之事小，而綱常名教之事大，故正色拒之，因觸其怒，而疏請斬臣矣。

孰知侯孝功成，請斬臣正所以請赦臣也。又買囑言官，以為誣蔑之圖，又孰知誣蔑臣女者，正所以表彰臣女也。至所以表彰臣女，疏中已悉，臣不敢復贅瀆聖聰。然過隆棟父子之為惡，可謂至矣。蒙恩詔奏，謹據實上聞，伏乞加察，而定罪焉。不勝激切待命之至！

五本一齊奏上。只因這一奏，有分教：

大廷吐色，屋漏生光。

不知天子如何降旨，且聽下回分解。

第十八回　驗明完璧始成名教終好逑

詞曰：

一虞水火盈廷躋，非不陳詩說禮。若要敦倫明理，畢竟歸天子。
聖聰一察讒言止，節義始知有此。漫道稗官野史，隱括春秋旨。

——調寄桃源憶故人

話說鐵英父子、水居一父女並過學士五道本，一齊上了，天子看見，因御便殿召閣臣，問道：「這事各奏具在，還當如何處分？」閣臣奏道：「今五奏看來，這過其祖強娶水冰心，以致鐵中玉養病情由，似實實有之，不容辨矣。但強娶而實未娶，謀死而尚未死，似可從寬。如鐵中玉犯難，救水冰心之禍，而自受禍幾不免，應是俠腸。水冰心感恩，移鐵中玉養病，冒嫌疑而不惜，似為義舉。然一為孤男，一為寡女，同居共宅，正貞淫莫辨之時，倘曖昧涉私，則前之義俠，皆付流水。若果如縣臣所稱，窺探而無欺暗室，則又擅千古風化之美，而流一時名教有光者也。臣等遠無灼見之明，故前下行查之命，行查若此，似無可議。但縣臣後任，只係耳聞，未經身歷，不足服觀聽之心，一時難以定罪。伏望陛下降旨，著舊縣臣將前事一一奏聞，庶清濁分而彰癉有所公矣。」天子點首稱善，因降旨道：

著舊歷城縣知縣，將鐵中玉養病情由，據實奏明，不許隱匿誣罔。欽此。

聖旨下了，頓時就傳旨。原來前知縣鮑梓行取到京，已欽選北直隸監察御史，此時正出巡真定府。見了報，知道鐵中玉與水冰心已結了親，因萬謗疏參，故有此命，因滿心歡喜道：「鐵翰林這頭親事，我原許與他成就，只因受了此職，東西奔走，竟未踐前言，時時在念。近聞他已遵父命，結成此親，我心甚喜。不期今日又有聖旨，命我奏明，正好完我前日之願。」因詳詳細細，復了一本，道：

直隸監察御史臣鮑梓謹奏，為遵旨回奏事：

竊以義莫義於救人於危，俠莫俠於臨事不畏，貞莫貞於暗室不欺，烈莫烈於無媒不受。臣於某年月日，蒙恩選知歷城縣事。臣雖不才，蒞任之後，遂留心名教，以揚朝廷風化之美。

適值學士過隆棟之子過其祖，聞兵部侍郎今升尚書水居一之女水冰心之美，授聘為妻，託府臣命臣為媒。時臣為屬官，不敢逆府臣之命。時水居一被謫，因見水居一之弟水運，道達府臣與過其祖聘其侄女水冰心之意。水運言之水冰心者再四，始邀其允。凡民間允親，以庚帖為主，水運既允，因送庚帖於過宅。孰知水冰心正女也，無父命焉敢自嫁？為叔水運催逼甚急，水冰心又智女也，因將水運親女之庚帖以為庚帖，而水運愚不知也。及至于歸，水冰心執庚帖非是，不往，而水運事急，因以親女往焉。過其祖以誤受帖，不能有言。此水冰心一戲過其祖者也。

既而過其祖情不能甘，暗改庚帖，以朝期為召，欲邀水冰心會親而劫留者。焉知水冰心俠女之俏膽潑天，偏許其往，使其遍請貴戚，大設綺筵，又偏肩輿及門，又使其鵲躍於庭，以為得計。然後借鼓聲之音，以發其奸狀，突然而返，追之不及。此水冰心二戲過其祖者也。

過其祖心愈恨而謀愈急，因訪知水冰心秋祭於南莊，便伏多人於野，以為搶劫之計。孰知水冰心奇女也，偏盛其騶輿❶，招搖而往，招搖而還，以為搶劫之標。及其搶劫而歸，眾諸親為榮觀焉，乃啟轎而空無人，惟大小石塊，一黃袱而已，於時喧傳以為笑。此水冰心三戲過其祖者也。

過其祖受此三戲，其情愈迫，因假寫水居一復職之報條，遣多人口稱聖旨往報焉。水冰心聞有聖旨，不敢不出，因墮其術中，而群劫之往。孰知水冰心烈女也，暗攜利刃，往而欲刺焉。適鐵中玉遊學至此，無心恰遇之，怪其唐突，而相哄於道，同結至縣堂而告臣。臣問出其故，因叱散眾人，而送水冰心歸，欲彼此相安於無事也。

不意過其祖怏怏焉，不得於水，欲甘心於鐵焉，因授計寺僧，而鐵中玉病危矣。鐵中玉病危，鐵中玉不自知，幸水冰心仁女也，感其救己之恩，而不忍坐視其死，因秘計而移之歸，迎醫而理其病，甘冒嫌疑，而不惜犯物議而安焉。非青天為身，白日為心，不敢也。過其祖聞而愈怒焉，因以曖昧污辱之，欲令臣正名教罪之，宣風化懲之。

臣待罪一縣，則一縣之名教風化，實在其職，臣何敢不問？但思同此男女之情態，淫從此出，貞亦從此出也，又何敢不見不聞，盡坐以小人哉？萬不得已，因遣善窺探門役單祐，潛往窺探之。始知鐵中玉君子也，水冰心淑女也。隔簾以見，不以冥冥廢禮；異席分飲，又不以矯激廢情。談者道義，

❶ 騶輿：車駕，這裡指水冰心秋祭出行的轎馬。

論者經權。言事則明決，過於良友；詮理則迎機，不啻明師。並無半語及私，一言不慎。且彼此歸感而有喜心，內外交言而無愧色。誠古今名教之後而合正者也。

臣聞見之，不勝歡羡。因思白璧不易成雙，明珠應難獲對，天既生鐵中玉之義男兒，又復生水冰心之俠女子，夫豈無意？臣因就天意思之，非鐵中玉而水冰心無夫，非水冰心而鐵中玉無婦矣。故以媒自任，而往見鐵中玉，勸其結朱陳❷之好，以為名教光。孰知鐵中玉正以持己，禮以潔身，聞臣言怒以為污辱，已肆曲而行，竟不俟駕。其磨不磷，涅不緇❸，豪傑之士也。臣即欲上聞，因臣職卑，必欲轉詳轉申，最為多事。而正不料天意果不虛生，後復因鐵中玉力保侯孝之事，水居一由此赦還，因而締結朱陳。此雖人事，實天意成全。

臣聞知不勝欣快，以為良緣佳偶，大為名教增色。不意御史萬諤，不知始末詳細，誤加參劾，致蒙聖恩下詢往事，正遂夙心。臣不勝雀躍，謹將前事，據實一一奏聞。揆之於義，義莫義於此矣；按之於俠，俠莫俠於此矣；考之貞烈，貞烈莫過於此矣。

伏乞聖明鑒察，特加旌異，以為聖世名教風化之光。臣無任感激待命之至！

---

❷朱陳：原為一個村名，在今江蘇豐縣東南。一村唯有朱陳兩姓，兩姓世世為婚姻。故用以指締結婚姻。白居易長慶集有朱陳村詩：「徐州古豐縣，有村曰朱陳……一村唯兩姓，世世為婚姻。」

❸磨不磷二句：磨而不損，染而不黑。語出論語陽貨：「不曰堅乎？磨而不磷；不曰白乎？涅而不緇。」磷，因磨而致薄損。緇，因染而變黑。

鮑梓本上了，天子覽過，龍顏大悅道：「原來水冰心有如許妙用，真奇女子也。鐵中玉又能不欺暗室，真是天生佳偶！言官安得妄奏？」就要降旨褒美，當不得仇太監通了秉筆的太監，要他黨護。秉筆太監因乘間奏道：「鐵中玉與水冰心同居一室，此貞淫大關頭也。今止憑鮑梓遣下役單祐一窺，即加褒美，設有奸詭情出，豈不辱及朝廷？且奴婢看鐵中玉與水冰心，自上本內說的話，大有可疑。」天子道：「有何可疑？」秉筆太監道：「鐵中玉本上說：『兩番花燭，止有虛名；二性之歡，尚未實結。』水冰心本上說：『於今已諧花燭，而兩心猶惕惕不安，必異室而居者，正以煉黃金之剛，而保白璧之潔也。』據他二人自誇之言看來，則今日水冰心猶處子也，恐無此理。倘今日之自誇過甚，則前日之譽言，未免不失情也。伏乞皇爺再加詳察。」天子道：「既如此，可將鐵中玉、水冰心並諸臣，限明日午朝，俱召至便殿，待朕親問。」

秉筆承旨，便傳與閣臣，閣臣即傳出外廷。眾臣聞了，誰敢不遵。因於次日午朝，齊集於便殿，正是：

白日方垂照，浮雲忽蔽焉。
豈知雲散盡，依舊見青天。

不一時，天子駕坐便殿，百官朝賀畢，天子先召鐵中玉上殿。鐵中玉因鞠躬而入，拜伏於地。天子看見鐵中玉，少年秀美，心下歡喜，因問道：「向日打入養閑堂，救出韓愿妻女的是你麼？」鐵中玉應道：「正是臣。」天子又問道：「前日力保侯孝的是你麼？」鐵中玉又應道：「正是臣。」天子道：「既兩件俱是汝，則汝之膽識，誠可嘉矣。然膽識猶才氣之能，如縣臣所稱，養病於水冰心家，而孤男寡女，五夜無欺，則古今之奇行矣，果有此事麼？」鐵中玉道：「此事實有之。然非奇行，男女之禮，應如此也。」天子道：「此事雖有，然已往無可據矣。且問你：上本說『兩番花燭，止有虛名；二性之歡，尚未實結。』此又何故？」鐵中玉奏道：「臣與水冰心因有養病之嫌，義無結親之禮，乃迫於父命，不敢以變而廢常，故勉承之，而兩番花燭也。若花燭而即結二性之歡，則養病之嫌，終身莫辨矣。故臣與水冰心至今猶分居而寢，非好為名高，蓋欲鉗眾人之口，而待陛下之新命，以為人倫光耳。」天子聽奏，欣然道：「據你所奏明，水冰心猶然處子也。」因召水冰心上殿。

水冰心聞命，即鞠躬而入，拜伏於地。天子展龍目一看，見水冰心貌疑花瘦，身似柳垂，一嫵媚女子也。因問道：「你就是水冰心麼？」水冰心朗朗答應道：「臣妾正是水冰心。」天子道：「由縣臣鮑梓上本，稱你三戲過其祖，才智過人，果有此事麼？」水冰心因奏道：「臣妾一女子，焉敢戲弄過其祖？只因臣父待罪邊戍，臣妾一弱女家居，過其祖威逼太甚，避之不得，聊借此以脫禍耳。」天子又道：「你既知脫禍，怎不避嫌，卻移鐵中玉於家養病？」水冰心道：「欲報人恩，故小嫌不敢避也。」天子又笑道：「當日陌路且不避嫌，今日奉父母成婚，反異室而居，又何避嫌之甚？」水冰心道：「當日之嫌，一時之嫌也，設有謗言，從夫而即白。今日之嫌，終身之嫌也，若不存原體以自明，則今日之良人，即前日之陌路，剖心莫辨，瀝血難明。今日蒙恩召見，卻將何顏以對陛下？」天子聽了，大喜道：「若果存原體，則汝二人，又比梁鴻、孟光加一等矣。朕當為汝明之。」因傳旨命太監四人，引入朝見皇后，就命皇后召宮人驗試水冰心果係處女否。四太監領旨，遂將水冰心引了入去。正是：

白玉不開終是璞，黃金未煉尚疑沙。
兩番花燭三番結，始有芳名萬古誇。

四太監引水冰心入後宮，去朝見皇后。不多時，即有兩人先來回旨道：「娘娘奉旨，即著老成宮人試驗水冰心三遍，俱稱實係處子。娘娘甚喜，留住賜茶，先著奴婢回奏。」

天子聽了，滿心歡喜，因對閣臣說道：「鐵中玉與水冰心已經奉父母之命，兩番花燭，而猶不肯失身，欲以保全名節，以表名教，以美風化，則前之養病，五夜無欺，今表明矣。真好逑中出類拔萃者也。若非朕召來親問，而聽信浮言，豈不虧此美節奇行！」

因召過隆棟，問道：「汝身為大臣，不能訓子安分，乃任其三番搶劫，若非水冰心多才善禦，必為其所辱久矣。強梁驕橫，罪已不赦，乃腹肆為謗毀，幾致白璧受青蠅之玷。又行賄買囑縣臣，大非法紀！」過隆棟見天子詰責，慌忙無措，只得免冠伏地，奏說道：「臣非毀謗，實不知鐵中玉與水冰心，有此暗室不欺之美行。」

天子又召萬諤詰責道：「汝為御史，當採幽察隱，為朕表章大化，奈何聽道路浮言，誣蔑俠烈？朕若誤聽，豈不有傷名教？」萬諤聞責，驚得汗流浹背，惟伏地叩頭而已。

天子又召韋佩，嘉獎道：「汝一新進知縣，能持正敢言，不避權貴，且言言得實，事事不誣，誠可嘉也。」因命閣臣擬旨，閣臣因擬旨道：

朕聞人倫以持正為貴，而持正於臨變之際為尤貴；節義以不渝為奇，而不渝於曖昧之時為更奇。水冰心一弱女也，能不動聲色，而三禦強暴，已不尋常矣。又能悄然解人於危病報恩，且又能安然置身於嫌疑而無愧，其慧心俏膽，明識定力，又誰能及之？至其所最不可及者，琴瑟已諧，鐘鼓已樂，而猶然勵堅貞於自持，表清潔於神明，誠女子中之以賢聖自持者也。

鐵中玉既能出韓愿於虎穴，又能識侯孝於臨刑，義俠信乎天成者矣。若夫水冰心一案，陌路救援，如至親骨肉；燕居密邇，如畏敬大賓。接談交飲，疏不失情；正視端容，親不及亂。從心所欲，而名教出焉；率性以往，而禮可不沒。至若已繫赤繩❹，猶不苟合，誠冥冥不墮行之君子也。

以鐵中玉之君子，而配水冰心之淑女，誠可謂義俠好逑矣。朕甚嘉焉。其超進鐵中玉為學士，水冰心為夫人，賜黃金百兩，彩緞百端，宮袍宮衣各十襲，烏紗、鸞冕各一領，撤御前金蓮鼓樂旌彩，迎歸重結花燭，以為名教之寵榮。

水居一、鐵英義教子女，善結婚姻，俱褒進一階。韋佩申詳無隱，報命不欺，具見骨鯁之風，任滿欽取重用。鮑梓復奏詳明，留意人材有素，朕甚嘉焉。過隆棟縱子毀賢，本當重處，姑念經筵舊績，著降三級。萬諤奏劾不當，罰俸半年。過其祖三行搶劫，放肆毒謀，謀雖未遂，情實可惡，著該縣痛儆一百，少懲其橫。

嗚呼！有善弗彰，人情誰勸；有惡勿癉，王法何為？朕不敢私，眾其共懔！特諭。

---

❹已繫赤繩：相傳月下老人主司人間婚姻，有赤繩繫住男女之足，則此男女注定為夫妻。事見唐李復言續玄怪錄。

閤臣才擬完聖諭，水冰心蒙娘娘賜了許多珠翠寶物，著四太監領出見駕謝恩。

天子大喜道：「女子守身非偶者，古今尚有之，從未有君子、淑女相為悅慕，已結絲蘿，而猶不肯草草合巹，以防意外之讒，如汝之至清至白者也。今日重結花燭，萬姓觀瞻，殊令名教生輝也。汝歸，宜益懋後德，以彰風化。」鐵中玉、水冰心與眾臣一齊謝恩，歡聲如雷。

侍臣得旨，此時撤出的金蓮寶燭，一對一對，已點得輝輝煌煌；合奏的御樂，一聲一聲，已吹得悠悠揚揚；排列的旗幟，一行一行，已擺得花花綠綠。鐵中玉與水冰心，簇擁而歸，十分榮幸。正是：

名花不放不生芳，美玉不磨不生光。
不是一番寒徹骨，怎得梅花撲鼻香？

鐵中玉與水冰心迎回到家，先拜過天地，再排香案，謝過聖恩，然後再拜父母，重結花燭。只因這一番是奉聖旨之事，滿城臣民，皆轟傳二人是義夫俠婦，無不交口稱揚。

惟過學士被降，又見兒子被責，不勝悔，又不勝怒，追究聳使之人，將成奇盡情處治。萬諤被罰，十分沒趣。水運雖做個漏網之魚，然驚出一場大病，因回心感贊哥哥、侄女用情，不敢再萌邪念。仇太監見聖上如此處分，也不敢再蒙邪念。正是：

奸人空自用機心，到底仇深禍亦深。

何不回心做君子，自然人敬鬼神欽。

鐵中玉與水冰心這番心跡表明，直如玉潔冰清，毫無愧怍，方歡歡喜喜，真結花燭。這一日，在洞房中安排喜筵同飲，彼此交謝。鐵中玉謝水冰心，虧他到底守身，掩盡讒人之口；水冰心謝鐵中玉，虧他始終不亂，大服天子之心。飲畢合巹，眾侍妾擁入洞房，只見翠幃停燭，錦帳熏香，良人似玉，淑女如花，共效名教於飛之樂，十分完滿。後人有詩贊之曰：

三番花燭始于歸，表正人倫是與非。
坐破貞懷惟自信，閉牢門戶許推依。
義將足繫紅絲美，禮作車迎金鈿肥。
漫道一時風化正，千秋名教有光輝。

鐵中玉與水冰心，自結親之後，既美且才，美而又俠，閨中風雅之事，不一而足，種種俱堪傳世，已譜入二集，茲不復贅。

世俗人情類

紅樓夢 曹雪芹撰 饒彬校注
脂評本紅樓夢 曹雪芹原著 脂硯齋重評 馬美信校注
金瓶梅 笑笑生原作 劉本棟校注 繆天華校閱
老殘遊記 劉鶚撰 田素蘭校注 繆天華校閱
平山冷燕 天花藏主人編次 張國風校注 謝德瑩校閱
品花寶鑑 陳森著 徐德明校注
野叟曝言 夏敬渠著 黃珅校注
綠野仙踪 李百川著 葉經柱校注
禪真逸史 方汝浩撰 黃珅校注
海上花列傳 韓邦慶著 姜漢椿校注
九尾龜 張春帆著 楊子堅校注
醒世姻緣傳 西周生輯著 袁世碩、鄒宗良校注

三門街 清・無名氏撰 嚴文儒校注
花月痕 魏秀仁著 趙乃增校注
孽海花 曾樸撰 葉經柱校注 繆天華校閱
魯男子 曾樸著 黃珅校注
遊仙窟 玉梨魂（合刊） 張鷟、徐枕亞著 黃瑚、黃珅校注
筆生花 心如女史著 黃明校注 亓婷婷校閱
浮生六記 沈三白著 陶恂若校注 王關仕校閱
玉嬌梨 天藏花主人編撰 石昌渝校注
好逑傳 名教中人編撰 石昌渝校注
啼笑因緣 張恨水著 束忱校注
歧路燈 李綠園撰 侯忠義校注

公案俠義類

水滸傳 施耐庵撰 羅貫中纂修 金聖嘆批 繆天華校注

兒女英雄傳　文康撰　饒彬標點　繆天華校注
三俠五義　石玉崑著　張虹校注　楊宗瑩校閱
七俠五義　石玉崑原著　俞樾改編
楊宗瑩校注　繆天華校閱
小五義　清・無名氏編著　李宗為校注
續小五義　清・無名氏編著　文斌校注
蕩寇志　俞萬春撰　侯忠義校注
綠牡丹　清・無名氏著　劉倩校注
羅通掃北　鴛湖漁叟較訂　劉倩校注
楊家將演義　紀振倫撰　楊子堅校注　葉經柱校閱
萬花樓演義　李雨堂撰　陳大康校注
粉妝樓全傳　竹溪山人編撰　陳大康校注
七劍十三俠　唐芸洲著　張建一校注
包公案　明・無名氏撰　顧宏義校注
謝士楷、繆天華校閱
海公大紅袍全傳　清・無名氏撰
楊同甫校注　葉經柱校閱
施公案　清・無名氏編撰　黃珅校注
乾隆下江南　清・無名氏著　姜榮剛校注

歷史演義類

三國演義　羅貫中撰　毛宗崗批　饒彬校注
東周列國志　馮夢龍原著　蔡元放改撰
劉本棟校注　繆天華校閱
東西漢演義　甄偉、謝詔編著　朱恒夫校注
劉本棟校閱
隋唐演義　褚人穫著　嚴文儒校注　劉本棟校閱
說岳全傳　錢彩編次　金豐增訂　平慧善校注
大明英烈傳　楊宗瑩校注　繆天華校閱

神魔志怪類

西遊記　吳承恩撰　繆天華校注
封神演義　陸西星撰　鍾伯敬評
楊宗瑩校注　繆天華校閱
濟公傳　王夢吉等著　楊宗瑩校注　繆天華校閱
三遂平妖傳　羅貫中編　馮夢龍增補　楊東方校注
南海觀音全傳　達磨出身傳燈傳（合刊）
西大午辰走人、朱開泰著　沈傳鳳校注

諷刺譴責類

儒林外史　吳敬梓撰　繆天華校注
官場現形記　李伯元撰　張素貞校注　繆天華校閱

文明小史　李伯元撰　張素貞校注　繆天華校閱
鏡花緣　李汝珍撰　尤信雄校注　繆天華校閱
二十年目睹之怪現狀　吳趼人著　石昌渝校注
何典　斬鬼傳　唐鍾馗平鬼傳（合刊）
張南莊等著　鄔國平校注　繆天華校閱

擬話本類

拍案驚奇　凌濛初撰　劉本棟校注　繆天華校閱
二刻拍案驚奇　凌濛初原著　徐文助校注
繆天華校閱
喻世明言　馮夢龍編撰　徐文助校注　繆天華校閱
警世通言　馮夢龍編撰　徐文助校注　繆天華校閱
醒世恒言　馮夢龍編撰　廖吉郎校注　繆天華校閱
今古奇觀　抱甕老人編　李平校注　陳文華校閱
豆棚閒話　照世盃（合刊）
艾衲居士、酌元亭主人編撰
陳大康校注　王關仕校閱
石點頭　天然癡叟著　李忠明校注　王關仕校閱
十二樓　李漁著　陶恂若校注　葉經柱校閱
西湖佳話　墨浪子編撰　陳美林、喬光輝校注
西湖二集　周楫纂　陳美林校注

型世言　陸人龍著　侯忠義校注

著名戲曲選

竇娥冤　關漢卿著　王星琦校注
漢宮秋　馬致遠撰　王星琦校注
梧桐雨　白樸撰　王星琦校注
琵琶記　高明著　江巨榮校注　謝德瑩校閱
第六才子書西廂記　王實甫原著　金聖嘆批點
張建一校注
牡丹亭　湯顯祖著　邵海清校注
荊釵記　柯丹邱著　趙山林校注
荔鏡記　明・無名氏著　趙山林等校注
長生殿　洪昇著　樓含松、江興祐校注
桃花扇　孔尚任著　陳美林、皐于厚校注
雷峰塔　方成培編撰　俞為民校注
倩女離魂　鄭光祖著　王星琦校注

國家圖書館出版品預行編目資料

好逑傳／名教中人編撰；石昌渝校注.——初版一刷.
——臺北市：三民，2020
面；　公分

ISBN 978-957-14-6734-4（平裝）

857.44　　108017230

中國古典名著

好逑傳

編 撰 者　名教中人
校 注 者　石昌渝
責任編輯　邱文琪
美術編輯　郭雅萍
封面繪圖　謝祖華

發 行 人　劉振強
出 版 者　三民書局股份有限公司
地　　址　臺北市復興北路 386 號 (復北門市)
　　　　　臺北市重慶南路一段 61 號 (重南門市)
電　　話　(02)25006600
網　　址　三民網路書店 https://www.sanmin.com.tw

出版日期　初版一刷 2020 年 1 月
書籍編號　S858980
I S B N　978-957-14-6734-4

三民書局

遊仙窟　玉梨魂（合刊）

張鷟、徐枕亞／著　黃瑚、黃珅／校注

本書合刊二篇文言言情小說。在中國小說史上，它們一前一後，相互輝映。《遊仙窟》以自敘的方式，寫作者在旅途的一段豔遇，辭采絢麗，刻畫傳神，在唐人小說中別具異彩，風行一時。《玉梨魂》則是民初上海鴛鴦蝴蝶派小說最有價值的代表作，描寫青年何夢霞與寡婦白梨影相愛卻不能相守的悲劇故事，情節悱惻幽怨，哀感動人，曾改編成話劇和電影，轟動一時。二篇雖以文言寫成，但都情采並茂，耐人尋味，值得細細品賞。